移动互联网的大幕
已经开启,
满天朝霞.
我们总会在"互联网"
这世界的某处重逢.
莫愁前路无知己,
天下谁人不识君.

　　　　　　superpanda

水火难容

Water and Flames

Superpanda
——著

成都时代出版社
CHENGDU TIMES PRESS

图书在版编目（CIP）数据

水火难容 / Superpanda 著 . -- 成都：成都时代出版社，2024. 10 -- ISBN 978-7-5464-3482-7

Ⅰ . I247.5

中国国家版本馆 CIP 数据核字第 2024TD6062 号

水火难容
SHUIHUO NANRONG

Superpanda 著

出 品 人	达 海
责任编辑	黄 蕊
责任校对	胡小丽
责任印制	黄 鑫　曾译乐
封面设计	苏 茶
装帧设计	唐小迪

出版发行	成都时代出版社
电　　话	（028）86783717（编辑部）
	（028）86615250（发行部）
印　　刷	北京美图印务有限公司
成品尺寸	145mm×210mm
印　　张	7.25
字　　数	210 千
版　　次	2024 年 10 月第 1 版
印　　次	2024 年 10 月第 1 次印刷
书　　号	ISBN 978-7-5464-3482-7
定　　价	49.80 元

著作权所有·违者必究

本书若出现印装质量问题，请与工厂联系。电话：010-65433767

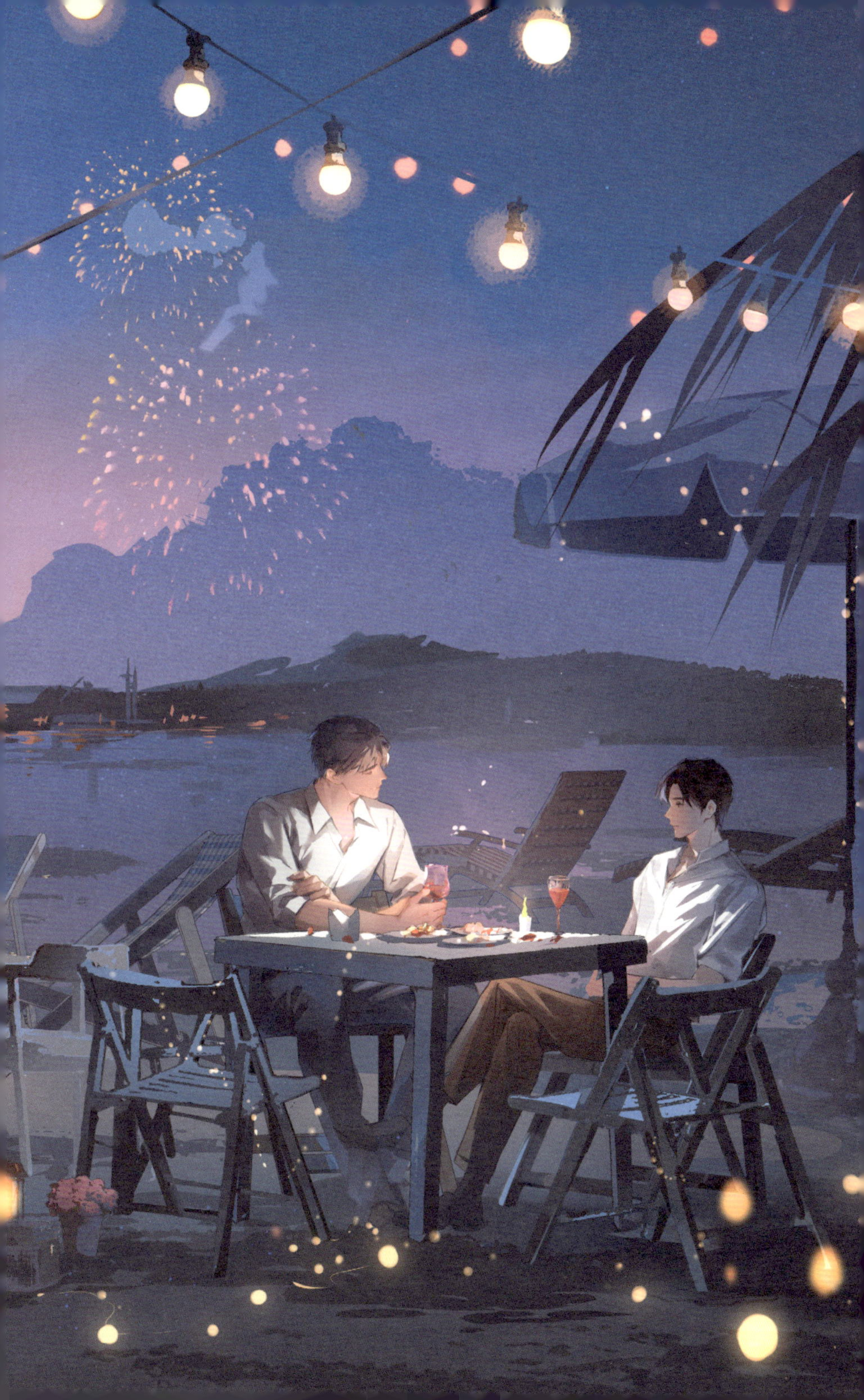

目 录

第一章
鲲鹏、华微合并案
/1

第二章
Med-Ferry 收购案
/65

Screaming Eagle
啸 鹰

有很浓郁的松针味道，
入口时能感受到很明显的浆果甜味和甘草的回甘，
尾段还有一点点单宁的收缩感。

目 录

第三章
非驰汽车投资案
/113

第四章
Saint Games 收购案
/161

番外
Cheers
/219

Drowning
溺水

口感强劲，入口后喉咙有烧灼感。
其味道特点是凉中带苦，
入口时能明显感受到其辛辣的特性，
度数较高。

从来不是不容,
只是难容.

superpanda

从硝烟弥漫到你来我往，
从棋逢对手到惺惺相惜。

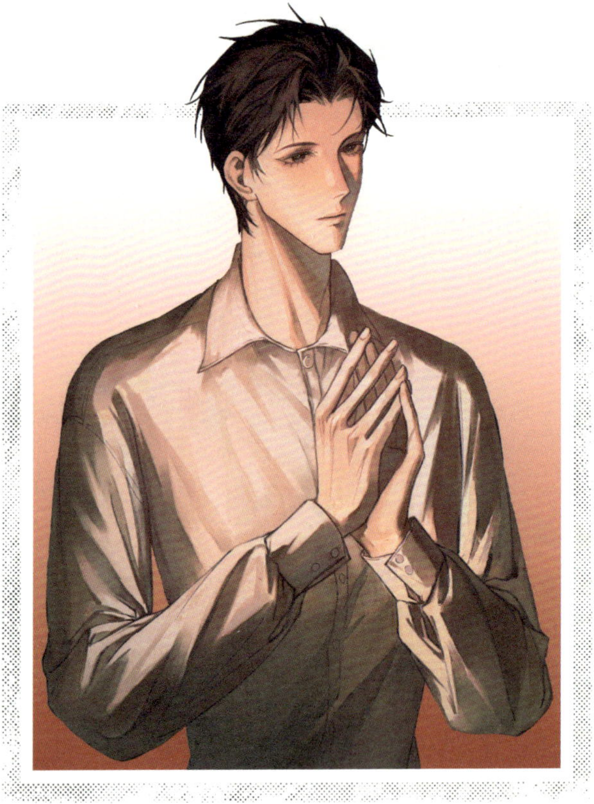

第一章

鲲鹏、华微合并案

拒绝 | 接受

泛海集团控股有限公司，总经理办公室。

经鸿坐在班台后头，正与泛海集团投资部总经理赵汗青进行这个星期的一对一会议。

经鸿今年三十二岁，眼睛是丹凤眼，略细、略长，眼尾平滑，略微上挑，有窄窄的双眼皮。眼瞳颜色有点儿浅，位置有点儿高，眼瞳下缘刚好贴着眼眶下缘，差一点儿就是三白眼，让他显得凉薄，但气势惊人。除此之外，他肤色白皙，脖颈修长，整个面部线条柔和，冲淡了疏离感。

经鸿掌控泛海这个万亿帝国已经一年。

泛海由经鸿父亲经海平于一九九七年六月创立，最初是做个人主页和电子邮件，后来又做其他社交工具，再后来，商业版图扩充到了互联网的众多方面，多年前就已经在纳斯达克敲钟上市。随着美股的越走越高，现在，巅峰期的泛海市值竟已达到万亿。人们说到泛海市值时，数字后面是惊人的"Trillion（兆）"。

一旦泛海经营出现状况，华尔街会血流成河。

自然而然，经海平的儿子经鸿学的是计算机专业，本科、硕士、博士都就读于斯坦福。因为经鸿高中时期专业水平就已经很高，又有父亲的人脉，所以他大一时就开始在大公司实习，比如谷歌，后来又去华尔街那些被称为"Bulge Bracket[①]"的顶级投行，比如高盛，在投行部接触发股、发债、兼并收购、重组等核心业务。读博时，经鸿本来想学的是其他方向，但二〇〇六年，杰弗里·辛顿（Geoffrey

---

① Bulge Bracket：大型投资银行，在业内常又简称"BB 投行"。

Hinton）提出了"深度学习"的概念后，经鸿敏锐地察觉到人工智能潜力巨大、前景广阔，于是选择了人工智能方向，又在几家公司实习。

博士毕业以后，经鸿立即进了泛海。一开始，经海平并未透露儿子的身份，经鸿只是泛海起家的网络社交事业群的一个经理，担任经理期间，他推出了两个新的功能。一年后，经鸿被调去了企业发展事业群，在群下面的投资部主导了几桩兼并收购，还在市场部干了一阵子。

他在企业发展事业群待了一年半，正当之前的同事们都好奇他又要换到哪个部门时，经海平公布了他的身份，并将他调到了自己身边做助理。经海平有意培养，很多东西都叫经鸿先看一看、想一想。结果让经海平非常欣喜，他认为经鸿比自己强，因为他喜欢但经鸿不喜欢的几个新功能都没得到好的市场反响，有的才上线一天就光速下线了。于是到了第二年，泛海集团开始大刀阔斧地调整架构，将人工智能实验室改组成人工智能事业群后，经海平便叫这个新事业群的负责人直接向经鸿作汇报。人工智能确实太"新"，是经海平的弱项，但这正是经鸿的专业，经鸿也是世界上最早接触"深度学习"的那批人之一。经海平想给儿子一个大的事业群管一管，人工智能事业群看起来非常合适。经海平提心吊胆，可还是选择相信儿子，而事实证明，经鸿"All in（全力押注）"的几个产品，比如医疗影像，就是一年后的大热门。

在泛海干出了成绩，经鸿越来越自信。当原泛海CSO[①]兼企业发展事业群的总裁跳槽去一家银行做CEO[②]后，经鸿便兼任了企业发展事业群的新总裁。

经海平本来没想儿子太快接班的，谁知天有不测风云，一年前

---

① CSO: Chief Solution Officer, 首席问题官，是负责挖掘问题、协调缓解问题和解决问题的高级管理人员。
② CEO: Chief Executive Officer, 首席执行官，是在一个企业中负责日常事务的最高级别行政人员，主司企业行政事务，又称作总裁、总经理或最高执行长。

经海平被确诊了恶性肿瘤，虽然发现得早，也做了手术以及化疗，可恶性肿瘤毕竟是恶性肿瘤，随时复发、随时要命，考虑到身体状况，经海平还是决定好好休息、好好活着。

在经鸿的领导下，人工智能事业群和企业发展事业群没出过什么岔子，于是，自那时起，经鸿就接了父亲的班，成为泛海集团的总裁，而经海平则依然是泛海的董事会主席。

现在，经鸿面前这位赵汗青管理着的投资部就隶属于企业发展事业群。企业发展事业群总裁由经鸿兼任，下面投资部的GM①就是赵汗青。

经鸿与赵汗青二人梳理了几个问题后，经鸿貌似漫不经心地问："对了，鲲鹏与华微的合并怎么样了？"

赵汗青说："其他条款差不多了，合并之后的新公司我们占股20%，清辉也是20%。但是，对于新公司的CEO由哪边的人来当，我们双方无法达成一致。"

经鸿说："猜到了。"

鲲鹏是中国互联网四巨头之一的泛海投资的一家创业公司，华微则是"四巨头"中的另外一家——清辉投资的。鲲鹏、华微做的都是新兴的"互联网银行"，也是目前整个中国最大的两家互联网银行。互联网银行，乍听上去十分奇怪，可事实上用户潜力无比巨大，因为没有银行网点、没有银行柜员，它能打破传统银行业务的时间、地域限制，在任何时候、任何地方都能为客户提供金融服务。在美国，连高盛集团等国际投资银行都开设了自己的互联网银行。

二〇一五年末的时候，央行宣布取消一年以上定存利率的上限，于是经鸿看见机会，果断出手。

最开始，因为VC②们全都认为中国储户只会喜欢中农工建四大银行，鲲鹏根本拉不到任何投资，经鸿决定投的时候其实感觉很孤

---

① GM：General Manager，总经理，负责公司业务战略和管理计划的制定。
② VC：Venture Capital，风险投资，为初创企业提供资金并获得该公司股份的一种投资方式。泛指风险投资机构或风险投资人。

独,好像全中国就他一个人在投。可紧接着,不到一个月,鲲鹏的竞争对手华微就宣布了A轮融资已经完成的消息,还骄傲地透露,投资方是清辉,促成交易的人是周昶。

后来,在泛海的牵线搭桥下,鲲鹏拿到了正式的银行牌照,也拿到了中国最大的保险公司"每名顾客最高10万"的保险,这让储户们放心不少,从此用户数量迅速增长。

作为中国仅有的两家互联网银行,为了击败对手、抢夺市场,鲲鹏和华微都为新用户提供了非常高额的补贴。比如,鲲鹏承诺,一个用户只要拉来一个新用户,这两个人就都能获得补贴。鲲鹏自身的贷款业务支撑不了数额巨大的补贴,只能靠泛海的投资,而另一边,华微也是同样的情况。对于谁先开的第一枪,双方各执一词,结果就是鲲鹏、华微两家公司的补贴数额越来越高,储户数量越来越多,因此它们烧掉的钱也越来越多,渐渐地,鲲鹏的投资者泛海和华微的投资者清辉,经过一轮又一轮的注资后,终于受不了了。

花钱如流水。

泛海、清辉都希望将鲲鹏与华微合并,握手言和、共享市场、共谋未来。烧钱烧得太厉害了,"鲲鹏、华微两家公司合二为一"是正常的解决思路。这个市场就这么大,砸太多钱意义不大,不如就不砸了,总好过钱砸进去了,市场还是一家一半。

将两边拉到一起坐下来谈的是高盛中国的老大,泛海、清辉王不见王,而她与两边的关系都非常好。

虽然人人都说,在投资公司这件事上,泛海、清辉根本就是两头奶牛,奶牛给的是源源不断的奶,泛海、清辉给的是源源不断的钱,但其实,能省的话,最好还是省省。

可是现在谈判陷入了僵局,就是因为CEO的问题。鲲鹏、华微合并之后,新公司的CEO谁来当?是鲲鹏的CEO,还是华微的CEO?

很显然,鲲鹏的CEO是泛海一派的,以后也会向着泛海,毕竟泛海投资鲲鹏已经好几年了,有知遇之恩。华微的CEO是清辉一派的,肯定会向着清辉。

"CEO是实权位置。"经鸿说,"还是要拿到。"

赵汗青说:"是。我知道,我还在争取。"

股东能管的事毕竟不多,CEO才有实权。

对于鲲鹏、华微合并后的新公司,经鸿希望听自己的,而不是听那个周昶的。

经鸿不喜欢周昶,周昶和他一样是三十二岁,也和他一样,去年接了父亲的班——事实上,纨绔横行的"企二代"圈子里,只有他与周昶两个人是成功接了班的。

人人都说他们相像,他们也确实很像,三十出头、名校毕业、履历辉煌、早早就走到了台前。

与大多数"企二代"不同,经鸿、周昶两个人都选择了走技术路线,读计算机专业且读到博士,在美国的科技公司实习累积了很多的实操经验。唯一不同的就是:经鸿毕业后直接回了中国;而周昶则在旧金山的麦肯锡工作了整整五年,做IT行业的管理咨询,一开始做企业管理,后来做投资管理,一路升至理事,三十岁才回国,回国后就直接接管了清辉的核心事业群。

根据坊间传闻,让周昶在麦肯锡一战成名的是某巨头企业的裁员项目。当时周昶负责制订那家企业的全球裁员计划。他下手极狠,直接裁了三分之一的员工,震惊业界,但之后,轻装上阵的客户就起飞了,公司股价一路飙升。

周昶回国接班后,"老清辉派"与"新清辉派"内斗得厉害,过渡不似泛海平稳。周昶对董事会采用高压手段,他简直是斗王之王——斗神,想斗走他的最后全都被他斗走了。几番之后,其他人就不敢吭声了。

就连网上都说周昶这人帅,但坏,或者周昶这人坏,但帅,一个意思,侧重点不同。

经鸿、周昶虽然在各类会议上碰到了还是会点点头打个招呼，甚至寒暄几句，但私下里并无联系，连联系方式都没交换过。

经鸿是天之骄子，一直以来无人能比，他也认为自己特别。但现在，所有人都在说"你们两个一模一样"，经鸿其实挺烦的。

"行，没别的了。"会议最后，经鸿拿起桌上一个暗红色的文件夹，明显要做其他事情了，"就一件事，鲲鹏、华微合并之后，CEO这个实权位置不能让。"

赵汗青又说："我知道。"

"辛苦你们了。"经鸿年轻，平时对下属们都尽量和颜悦色，"我知道这不容易，不过，我等着你们的好消息。"

…………

七点左右，经鸿的秘书通知司机说经鸿办公已经结束了，叫对方等着经鸿下楼。在泛海，经海平和经鸿有一部专用电梯，下去就是停车位，其他人禁止使用，每天晚上司机都在电梯出口等着他们。泛海另外几个高管也同样有专用电梯，只不过是共享一部。

经鸿走出办公室，乘着电梯来到停车场，司机已经按照他的吩咐候在车旁。

见到经鸿，司机叫了一声"经总"，而后轻轻拉开后座的车门，经鸿抬腿迈进车里。

系上安全带，经鸿对司机说："今天晚上去老经总那儿。"

"经总"或"小经总"是他自己，"老经总"自然是指经海平了。经鸿平时会回位于泛海旁边的他四年前买的大平层，不过，偶尔有点儿空闲的时候，比如今天，他会去看看他的爸妈。

老经总夫妻二人住在某个高档别墅区。司机应了一声，车子平稳地驶出去。

经鸿继续处理工作。他一边看手里的资料，一边又想到了鲲鹏、华微的合并。

他虽然对赵汗青说"我等着你们的好消息"，但事实上，已经做好了谈判破裂的准备。

　　这无关赵汗青的工作态度。经鸿并不亲自过问泛海每一个投资项目，所以，但凡他过问了，不论他表面上多么漫不经心，都说明这个项目是重要的，赵汗青不会不懂。

　　这也无关赵汗青的工作能力。泛海集团的投资部是公司的精英部门，是当年高盛大中华区跳槽过来的主席组建的，员工不多，却个个履历光鲜，北大、清华和BB投行一路过来的，进了泛海的投资部，等于走到金融行业的最顶端。投资部的几个高层都当过顶尖投行的高管，赵汗青也不例外，他们在各领域根基深厚，又有极强的工作能力。这几年来，中国接近一半的独角兽[①]身后都有泛海的影子。泛海的投资大会就是最好的投资大会，创业公司都想参加。

　　还有人说，泛海抓个阄，投个公司，第二天那家公司保准涨停。

　　问题是，CEO的位置他不让，那个周昶也绝不会让。清辉的投资部也同样是业内顶尖的。

　　这一年来，经过几次交手，经鸿已经非常了解周昶的个人风格了。

　　近年来，两家公司越来越唯我独尊，有钱任性，投资风格非常激进，对想要的势在必得，大方到惊人，肯给高估值，打款也快。只要泛海、清辉两家看中了同一个东西，那就一定是争斗不休。

　　每一次，业内人士都说："天啊！经鸿、周昶又看上了同一件新玩具！"

　　经鸿了解周昶，他们两个确实相像，经鸿得益于这种了解，却又厌恶这种莫名其妙的了解。

　　正想着，经鸿就发现通往别墅区的道路正在进行管道维修。这路本来由南向北和由北向南各有一条车道，现在封了其中一条车道上的管道维修区域，大家经过那里时只能自己协调通行了。

　　经鸿的司机看见远处驶过来一辆汽车，对方离封路区域还远，自己离封路区域更近，便没停。谁知对面那辆迈巴赫的司机竟然直

[①] 独角兽：成立不到十年，估值超过十亿美元，又还未上市的科技创业公司。

接踩了一脚油门,想先进入正常车道,逼停经鸿的车,抢着这条道过去!

经鸿一贯比较低调,今天乘的车只是一辆特斯拉,比迈巴赫62S便宜得多。他绝对不会选择对面这种12缸的车,除了排量大、动力足,驾乘智能化体验就远远不够了。

可能正因为经鸿的车过于低调,对方司机才仗势欺人。但明显,经鸿的司机也不愿意吃这个亏、受这个气,这样一来,两辆车就车头对车头地堵在了现在仅剩的能过车的一条车道上。

经鸿的司机摇下车窗,骂道:"会开车吗?!你离那么远,还抢着这条道进来?!"

对面那车长六米多,上着黄牌,司机像个流氓:"你逆行了,你知道吗?!我顺行!长没长眼睛啊你?!"

"你们回去。"不想与流氓理论了,经鸿的司机挥了挥手,"现在我们离路口远,你们离路口近。"

"回去个屁!"

对面的司机刚骂了一句,经鸿的司机就发现,坐在迈巴赫后座的人似乎说了一句什么,那个司机登时不吭声了,发动引擎,缓缓地退了回去。

迈巴赫闪到一边——路障后的另一条车道上。

"喊!还不是退回去了!"经鸿的司机也踩动油门。

经过那辆迈巴赫时,因为有点儿好奇,经鸿略略扭过脖子,向迈巴赫的后座望了一眼。

正好对方也望过来。

两人都坐在内侧,车窗都没贴东西。隔着两扇车窗,经鸿一对上对方的眼睛,就愣了一下。

那人长着光洁的额、高挺的鼻、薄薄的唇、棱角分明的下颌。他最漂亮的是一双眼睛,乌黑幽深,好像能洞察一切。

周昶。

经鸿想，竟然对上了周昶。

两人隔着两扇车窗默默地对望着，好像在想什么，又好像什么都没想，两双眼睛都透露不出当事人的任何想法。两车擦身而过，一辆向南，一辆向北，很快，周昶就消失在了经鸿的视野当中。

过去之后，经鸿才想起来，周昶家的老爷子和自己家的老爷子把别墅买在了同一个小区。看来自己是进去，周昶是出来。

因为特别看不上周昶的父亲周不群，所以每一回在小区里见到对方，经海平回来之后都会说声"晦气"。

等会儿，跟老爷子说完刚才两车对峙的事后，不知老爷子是不是又要说"晦气"。

不多时，车便到了经海平的别墅门前。经鸿放好自己刚刚审阅过的两份文件，司机则打开了车门。

经鸿下车，对司机说："你先回吧。"

司机问："那这辆车，您留下？"

"不用，"经鸿说，"你开回去吧。明儿早上还是去竹香清韵接我。"这意思是他今天晚上会自己回平时住的家，也就是位于竹香清韵小区那套三百多平方米的大平层，不过，为了司机方便一点儿，他就不开这辆车了。

"好。"司机已经恢复了平时的礼貌样子，仿佛刚才的发飙只是经鸿的错觉，"那经总您慢走。"

经鸿走进家门，见父亲经海平和母亲蒋梅都在。

经海平已年过六十，头发半白，精神很好，脸颊瘦削，长相儒雅，戴着一副金边眼镜。经海平"儒商"称号的由来就是因为他身材偏瘦、五官柔和，气质斯斯文文，行动不疾不徐，且是"四巨头"创始人中唯一一个清华毕业的。

经海平从清华大学毕业之后就职于中国科学院的下属研究所，一九九七年辞职创业。经鸿的妈妈蒋梅是泛海的早期员工。经海平是０号员工，蒋梅是３号，也就是说，除经海平之外，蒋梅是第三个加入泛海的人。要知道,在二十世纪九十年代,一个女性选择跳出体制内,并加入一家刚成立的只有三个人的小公司是不容易的。当时蒋梅一是想帮经海平,二是看到了互联网在中国的巨大潜力,而彼时,邮电部设立通过美国斯普林特(Sprint)公司接入国际互联网的64K专线并开始向中国社会提供互联网接入服务才一年多。后来泛海推出个人主页和电子邮件等多项服务,从此用户数量狂增猛涨。直到退休前,蒋梅都是泛海集团的COO[①]。

经鸿还很小的时候,泛海那些老人就说:"你妈一直是女强人,生你当天还在办公室工作呢!"

走进客厅,经鸿发现厨师已经将晚餐都准备好了。经海平很注重养生,有一个厨师团队,还有一个制定菜谱的营养师。

"换件衣服,吃饭吧?"蒋梅问。

"嗯,马上就来。"经鸿一边上楼,一边解扣子。他今天穿了一件深蓝色的衬衫,泛海是做互联网的,CEO不需要从早到晚西装革履,穿商务休闲装就好。

再回餐厅,经海平和蒋梅已经落座了。

经海平问了问泛海近期的一些情况,经鸿一一回答了。事实上,从CEO的位置退下来后,作为泛海的董事会主席,经海平也会经常问问泛海集团的近况。一开始,经鸿需要向父亲请教的地方非常多,渐渐地,他自己就能将一切都处理得游刃有余,"近况"之类的在饭桌上当新鲜事讲讲就好,经海平也基本上不会再给什么意见了。

说完公司的事,经鸿将刚才发生在回家路上的对峙当作"八卦"来闲聊。

果然,经海平厌恶地说道:"周昶,跟他父亲一个样。那辆车是周不群的,周不群退下来后,他儿子在用。"

经鸿:"嗯。"不过一辆车而已,也没什么。

---

① COO: Chief Operating Officer,首席运营官,企业组织中的高层成员之一,负责监测每日的公司运作,并直接报告给首席执行官。

经海平呷了一小口葡萄酒,突然道:"看见葡萄酒,我又想起周不群创业早期的一件事来。"

经鸿立即配合地问:"是什么?"

"我讲过吗?"经海平也不大确定,"应该是一九九九年吧,清辉办公司年会,将市领导都请过去了。"

经鸿说:"没讲过。您继续。"经海平讲过很多周不群的往事,但这件还真没讲过。经鸿记性好,他很确定。

"好,那我继续讲。"经海平又喝了一口酒,"然后呢,当天的压轴曲目是周不群自己唱。他就这样,像这样啊,擎着一杯葡萄酒,在舞台上一边唱,一边走。"经海平说得绘声绘色,十分入戏。

经鸿问:"然后呢?"

"然后啊,唱着唱着,周不群就走下来了。"经海平接着讲,"他拿着酒杯,一边唱,一边走到领导面前,等唱到了最后一句时,周不群单膝跪下,举着酒杯,把酒献给了领导。你猜猜,他当天晚上唱的歌是什么?"

"我猜不出来。"经鸿直接放弃了,"九十年代的歌我不熟。"

"很有名的歌。"经海平说着,用手指头在桌子上一下一下地敲,一字一字地回答,"《最美的酒敬最亲的人》!!!"

经海平说完,还颇为时髦地用上了个网络用语:"我服啦!"

听完,经鸿竟然"扑哧"一声笑出来了。

他说:"真还挺好笑的。"

经海平摇了摇头,道:"亏周不群是大学生,竟干得出来这种事!"

单说"最美的酒敬最亲的人"这件事,经鸿只是觉得好笑。阿谀奉承、溜须拍马,在周不群干过的事里根本就排不上号。不过,经鸿也理解父亲对周不群的厌恶,父亲是六十年代出生的清华大学毕业生,有理想、有追求,一直都被称作"儒商",不喜欢没尊严的投机商人也正常。当然了,他对周不群的厌恶主要还是因为别的,

比如抄袭创业公司的产品创意,比如试图将批评自己的记者送进监狱,等等。因为弄过一个"广告联盟",周不群还有一个"虚假广告之父"的名号。经海平毕竟是个商人,还不至于单单因为"卑躬屈膝"就对一个人产生恶感,他没那么单纯。

想了想,经鸿又问:"那最后呢?领导喝了吗?"

经海平又高兴起来:"没有!该怎么样就怎么样,人家不吃他这一套!"

经鸿又"扑哧"一声,不是这个故事的结尾好笑,是父亲的样子好笑。

"周不群,最初就像哈巴狗。"经海平不愧是清华学霸,都扯这么远了,最后还带呼应主题的,他一挥手,道,"后来生意做得大了,他就觉得自己出息了、厉害了,各种排场讲究起来了,迈巴赫都开起来了。前拥后簇,看把他牛的,仿佛别人都不记得他哈巴狗的样子了。"

"厉害,"经鸿在心里吐槽,"又回到了迈巴赫。"

这个时候,餐桌上的蒋梅突然说:"最近那个周昶好像对越关提出收购了?"

经鸿点头:"对。"

经鸿和经海平其实都很喜欢这种感觉,就是母亲或妻子可以参与工作话题的讨论。在一般的企业家家里,女主人参与的话题仿佛只限于生活起居。

"奇怪,"蒋梅又问,"越关的董事长不是总骂周昶吗?周昶怎么还要收购它?"

"对。"经鸿回答,"越关的董事长之前说周昶是智障儿童。"

越关是中国最早做社交网络的,而清辉呢,因为某个产品起家,之前一度要掉出互联网四巨头了,可前几年清辉凭借云计算和基于视频的社交网络,重新回到了头部行列,甚至超越另外两家,与泛海分庭抗礼。清辉现在最大的增长点一个是云计算,另一个就是基于视频的社交网络，因此越关的老板总骂周昶，毕竟利益上有直接冲突。

结果谁也没有想到，上个月，周昶突然提出全资收购越关，还发了一份有条件的收购要约①，且价格对股东们非常有诱惑力。一开始，越关的董事长心急火燎地到处张罗反收购，叫股东们千万不要将股票卖给周昶，但有天晚上，这位董事长突然之间福至心灵："不对啊，周昶愿意出这么多钱，那我干吗不卖？别说其他股东想卖了，我自己也很想卖啊！"于是越关的董事会突然间就接受了清辉的报价。

蒋梅纳闷儿了，问："总被骂，周昶还花高价收购越关，亲自给对方送上金山银山？"被骂了就收购对方，那是小说里的东西，事实上这一点儿都不霸气，被收购方能数钱数到手抽筋。

"不知道。"说到这里，经鸿正好吃完，他慢条斯理地用餐巾纸擦擦嘴巴，又慢条斯理地道，"不过，我不觉得周昶真的会这样做。"

"那……"

经鸿将餐巾纸撂在一旁，语速还是慢悠悠的："依我看，周昶指定在打坏主意。"

蒋梅竟然"扑哧"笑了。

可经鸿确实觉得周昶肯定在干坏事。

越关惨了。

…………

吃完晚饭，经鸿陪着经海平看了一会儿养生节目。蒋梅走过来，对经鸿说："儿子啊，你最喜欢吃甜的东西，听说你要回来，你付姨又做了几个'小蛋糕'。"

"嗯？"经鸿望向家里的阿姨，"谢谢付姨。"

---

① 收购要约：Tender Offer，收购人向上市公司全体股东发起公开要约，收购股东们所持有的该公司的全部或部分股份，可以规定要收购的股份比例，也可以不规定。目标公司的董事会会评估收购要约，给出"推荐"或"不推荐"的建议。不通过目标公司的董事会直接向股东们发起要约属于恶意收购。

付姨年纪不小，已经为经海平这一家子工作二十三年了，是看着经鸿长大的。当时经海平和蒋梅工作太忙，到家太晚，经鸿整个中学阶段其实都是付姨照顾的。后来付姨年纪大了，经海平自己也开始养生以后，便又聘了一个营养师、一个厨师团队，还有一个深度清洁团队，每天到点来，到点走，付姨只做做轻松的额外工作。

经海平曾不屑地说周不群家非常装相儿，餐巾要叠成天鹅形状，筷子要摆成固定形状，英式管家端盘子时拇指不能碰到盘子，而是必须四指托着盘底，盘子一点儿不能摇晃；周不群还显摆管家这技能是用乒乓球练出来的——盘中盛着乒乓球，管家端着盘子走，乒乓球不能滚动；还有什么酒杯要用水蒸气熏，以保证擦拭之后，上面不留一丝水渍……

经鸿理解经海平的不屑。

经鸿喜欢吃甜食，不过他的味蕾是中式的——太甜也不行。对一个三十二岁的CEO而言，这喜好显得幼稚，但幸好，他有家，有家人，还有像家人一样的付姨，大家都宠着他。

"小蛋糕"其实是泡芙，不过蒋梅每次都说"小蛋糕"。

薄纸掀开，大托盘里是六个泡芙，付姨说："做了两个海盐芝士的、两个提拉米苏的、两个奶油草莓的，你尝尝看？"

经鸿又道："谢谢付姨。"

他拿了一个最喜欢的海盐芝士味道的。虽然早就不亲自做晚饭了，但付姨偶尔还会张罗着做一点儿他喜欢的东西。她总说，经鸿肯定还是最喜欢她做出来的东西。

经鸿拿着泡芙，探着脖子，咬了一口。泡芙外皮酥酥脆脆的，咸咸的芝士馅儿刺激着他的味蕾。

不错。

"经鸿！"这时蒋梅突然风风火火地拎着个桶走过来，"用这个桶接着渣子！别吃得到处都是！"

经鸿吃泡芙的动作一顿。

蒋梅一把将那个桶塞进经鸿的膝盖中间："拿着！蛋糕渣子不好收拾，别弄得到处都是，你付姨都六十多了，哪有精力打扫！"

经海平和蒋梅都是二十世纪六十年代穷苦出身，老一辈的知识分子没那么大架子，他们平时吃的、用的，跟其他人也差不多。

"蒋总啊，"经鸿乖乖揽过那个桶，调侃自己已经退休的妈妈，"我都三十二了。别人肯定不知道，泛海的CEO在自己家吃点儿东西也得用一个桶接着。"

蒋梅笑了："吃小蛋糕掉一地渣比吃小蛋糕抱着桶丢人多了。"

经鸿想了想："不至于吧？我怎么觉着——"

"至于！"蒋梅这个时候居然表现出了女强人的强势，直接打断了经鸿，"这么说吧，你更想被你的对头周昶看见你吃小蛋糕掉一地渣，还是更想被他看见你吃小蛋糕抱着桶？你能接受哪个？"

经鸿简直惊呆了，这是什么破选择？！

他无奈地问："我都不选，行不行？"

接下来的一段时间，鲲鹏、华微的合并陷入僵局。鲲鹏的投资者泛海和华微的投资者清辉，都不愿意在CEO的人选这个关键问题上让步。

赵汗青跑了几趟上海——鲲鹏在北京，华微在深圳，双方为表诚意，一致同意不必将谈判的地点设在己方所在地。

某天的例行会议上，经鸿再次向赵汗青问起合并的进度。

"很难谈。"赵汗青实话实说，"谈判已经陷入僵局了。"

想了想，赵汗青抛出一条新的思路："要不然，联席CEO？合并后，原鲲鹏的CEO和原华微的CEO同级别，都是CEO，一人负责几块业务，西风不压东风，东风也不压西风。"

经鸿却立即否定："不。我不看好这种形式。"

"或者……"赵汗青沉吟着，"我们可以先提出'联席CEO'

这个方案,等清辉接受了再说,虽是联席 CEO,但 CFO[①]等核心高管向鲲鹏 CEO 作汇报。这样,名头上是联席 CEO,但鲲鹏的 CEO 把握着比较实际的权力,以后也好让渡过来。"

"不用提了。"经鸿靠在椅背上,"周昶不会同意的。"

谈判策略分两种:一种是不断重复同一个要求,最后令对方不得不妥协;而另一种是让对方一点儿一点儿妥协——每次交易貌似要成的时候就提出新的要求,对方每次让步不大,但积少成多。

"你的主意需要对方妥协数次。"经鸿想到周昶秃鹫一般的眼神,连试都不想试,"周昶?不可能的。"

赵汗青揣度着他的意思:"那——"

"不能合并就不合并吧。"经鸿说,"公司账上倒也不缺钱。"

赵汗青点头:"行。现阶段也只能如此了。"

"等等。"临了,经鸿突然问赵汗青,"你之前说,华微现在的 CEO 似乎并不完全信任清辉?"

"对。有点儿这个感觉。"赵汗青说,"不过……和清辉的关系也不僵,本身性格的原因吧。那 CEO 是个女的,不过能看出来,性格非常强势。"

经鸿垂着眸子,右手手指在班台上敲了敲,又抬起眼睛,锁住对方,道:"这样,我们再试一试。你先通知高盛的沈总,就说泛海、清辉在新公司的 CEO 人选这个关键的问题上无法达成共识,泛海不想浪费时间了。如果无法解决 CEO 的问题,泛海不会继续参加接下来的合并谈判了。"

知道经鸿还没说完,赵汗青静静地听着。

"然后,"经鸿又道,"叫鲲鹏立即准备下一轮的融资 BP[②],并且告诉来询价的所有 VC,鲲鹏的下一轮依然是泛海领投,其他公司只能跟投。与此同时——"经鸿顿了顿,"找几个 VC、

[①] CFO: Chief Financial Officer,又称首席财务长或财务总监,是在一个企业集团中负责财务的最高级别执行人员。
[②] BP: Business Plan,商业计划书,企业向外融资时所必须具备的文件。

PE①，问问华微的融资计划，同时提醒华微的CEO，华微的下轮融资如果还是清辉领投的话，她会失去对公司的控制权。当然，我相信她也知道这一点，不过还是提醒一下。"

赵汗青回忆了一下："确实是这样。两轮领投过后，清辉已经拿走了华微股份的40%。目前华微的股权结构是：创始人，也就是CEO本人，占55%，清辉占40%，另一家VC占5%——"

"对，"经鸿替赵汗青说完，"那么，如果下一轮融资还是清辉领投，清辉集团的股份占比就会超过创始人，成为华微的第一大股东，创始人便失去了对公司的控制权。"

具体数字不一定，但总归是差不多的。

赵汗青已经懂了，不过还是要确认经鸿的意思，他点点头："对。算一算，这次合并失败后，鲲鹏、华微账上应该都没多少钱了，需要着手下一轮融资。那我们……可以利用华微现在的CEO并不完全信任清辉这点，让华微拒绝清辉再次领投。"

对华微的创始人来说，清辉的股份占比超过自己是危险的。

"对。"知道赵汗青已经懂了，经鸿却还是想把话说得清楚一些，他不想出任何纰漏，"这样的话，周昶会发现，我们泛海将继续领投鲲鹏，并且增加股份占比，而因为CEO的不信任，他们清辉却无法再领投华微了。这样，一轮又一轮下去，清辉集团的股份数只能不断被稀释。而后，华微的钱越花越多，可现在这个年景下，除了有母公司支撑的泛海、清辉，对这个盈利时间尚不明朗、开销却是非常惊人的东西，肯投钱的VC、PE也没多少，华微总有融资再也融不下去的那一天，那时候清辉再想合并，就没现在这种条件了。现在除了CEO这个位置的人选，别的都好谈，可将来嘛……呵呵。"

泛海、清辉是战略投资，走长线；而VC、PE是财务投资，追求短期收益，二者目的不一样。

现在，泛海有40%的鲲鹏股份，清辉则有40%的华微股份，鲲鹏、

---

① PE：Private Equity，私募股权投资，在本文中泛指私募股权投资机构。

华微两家公司的估值又差不多，因此，在鲲鹏、华微的合并案上，泛海、清辉的话语权实际上是几乎一样的。可下一轮融资过后，泛海在鲲鹏的股份占比上升，而清辉在华微的股份占比下降，双方在谈判桌上的话语权就不一样了。

其余投资人都不足为惧，事实上，这次的合并主要是泛海、清辉的厮杀，与过去每次都一样。

"所以，"赵汗青补充道，"周昶应该会想趁鲲鹏、华微还没完成下一轮融资时，促成合并。"

经鸿颔首。

"可是，"赵汗青问，"下一轮融资，鲲鹏……真的会让我们泛海继续领投？真的会让我们泛海成为第一大股东？"

经鸿眼皮一抬："再说吧。"

赵汗青明白了，就是说鲲鹏这边也未必会让泛海入主……

"先诓一诓周昶试试。"经鸿道，"鲲鹏的CEO配合配合，先放出一个'下一轮还是泛海领投'的消息，问题不大。他可以说，股权分散是大问题，而泛海一直是好伙伴，拉了保险、办了牌照，他们权衡利弊之后选择相信泛海集团。装得略微憨一点儿，他反正是'技术宅'。周昶即使有怀疑，也不能确定。我认为他不会赌。"

赵汗青点头："懂了。华微拒绝清辉下一轮的领投会不会令周昶在近期重启谈判，将CEO让给我们，在融资前促成合并，从而争取其他条件，就让我们拭目以待吧。"

经鸿喉间轻笑一声："对。"

…………

于是，合并交易被搁置了。

合并谈判宣告破裂，鲲鹏、华微继续竞争，不断砸钱。

一段时间后，鲲鹏放出了下一轮融资的风声，几家大的VC、PE先后咨询，不久整个业界就都知道下一轮还是泛海领投。

鲲鹏的CEO反复强调，他相信泛海，相信经总以及赵总，还说，经总、赵总尊重鲲鹏,从来不曾干预运作,始终将鲲鹏的创始团队当作公司最大资产,鲲鹏成立四年来,双方一直共进退,有极好的合作关系,因此,比起股权分散至不认识的各机构处,他更愿意泛海掌舵——众所周知,"机构"注重短期效益,机构若是联合起来,局势将更加不可控,而泛海看中长期发展。另外,很明显,利益方若是太多了,公司决策便会受影响,单个股东更有利于一家公司进行决策。

几乎与此同时,华微那边也传出消息,华微也要融一轮资,并且已经拒绝了清辉集团继续领投,正在寻找新的VC、PE,目前,与两三家PE相谈甚欢。

显然华微的CEO并不愿意清辉接管她的公司。

一切都在按照经鸿设定的剧本走。

经鸿等着周昶上门。

经鸿自己代入一下,还是觉得,周昶即使怀疑一切只是一个局,应该也不会赌。他与周昶这类人喜欢赌,但更喜欢掌控一切,如果不是走投无路,他们不会选择赌。

只是一个CEO的位置而已,在经鸿看来,现在的清辉,被拒绝了继续领投的清辉,除了让出CEO、促成合并,没什么好的法子了。否则,等待清辉的,只能是股份占比一再被稀释。

可周昶竟然很沉得住气。

鲲鹏、华微C轮融资已经引发业界关注,周昶依然毫无动作。

经鸿都有点儿奇怪了。

…………

在合并陷入僵局的时候,清辉集团的另一件事倒先吸引了大众目光。

因为越关是在纽约证券交易所上市的公司,所以周昶向美国证券交易委员会和越关致函,终止了收购。

舆论哗然,可经鸿竟然毫不意外。

几个月前,越关的董事长再次骂周昶是智障儿童,可周昶呢,明明被骂智障儿童,却一反常态,竟然提出全资收购越关,报价还相当有诱惑力,等于要给越关的董事长送上金山银山。当时经鸿就觉得周昶想干坏事。

周昶终止收购,耍了越关公司,越关的董事长气得跳脚,当晚就在自家的社交网络连续发了十二篇长文骂周昶。

周昶呢,则轻飘飘地回了一句:"清辉在尽职调查①过程中发现了越关运营上的重大问题,终止收购合情合理。"

当时清辉的收购要约是有条件的收购要约,受限于进一步尽职调查的结果。

一句"清辉在尽职调查过程中发现了越关运营上的重大问题",让越关公司在纽约证券交易所的股价连跌了两天,共跌了19%。

到了第三天,因为清辉对越关的尽职调查查出了问题、发现了状况,美国证券交易委员会宣布调查越关公司,越关股价再一次一泻千里,五天之内一共跌了38.44%。

经鸿大概明白了,周昶就是想整整越关。说要收购,实际上呢,通过尽调摸了一遍越关的状况,还将问题昭告天下。

经鸿怀疑周昶其实早就知道了什么,尽调只是一个借口。

这并非不现实的揣测。越关的人嘴巴未必真那么严。

经鸿听到一些消息,尽调查出的问题是"数据不合规"。经鸿推测了一下,觉得越关用户数据的获取方式大概不合中国法律法规,而这些数据又与公司收入等直接挂钩、直接关联。

其实对越关而言,情况也算还好,经鸿想,假如被发现了虚假的广告合同之类的,越关可能就要被退市了。很多平台喜欢这样——显得好像很多公司在自己这里投放了广告,但其实都是虚假的。

在经鸿家的餐桌上,经海平又提到了周昶。

---

① 尽职调查:投资者与标的企业达成初步合作意向后,对标的企业进行的关于财务、经营等情况的一系列调查,常称"尽调"。

"玩人家呀！"经海平极不赞同周昶的这个做法，"玩人家好几个月，结果人家没卖成公司，股价还跌了近40%！"

经鸿正好来做客的堂妹，也就是经鸿叔叔的女儿，睁大了双眼，问："这就是有理有据的'天凉王破'吗？"

蒋梅问："什么叫'天凉王破'？"

堂妹立即解释："书里形容霸道总裁的。有本著名的书，开篇第一句话就是'天凉了，让王氏集团破产吧'，后来大家就用'天凉王破'来形容书里的霸道总裁！"顿了几秒，堂妹仿佛发现了新大陆似的，又道："天啊，越关的董事长也姓王！"

经鸿笑了一声："越关破产？那不至于。"

可确实狼狈到家了。

经鸿不禁十分想对越关的董事长说：就凭你那两把刷子，惹周昶干什么呢？天天骂周昶，牛皮糖般粘在他鞋底，他不整你才奇怪了。

谁让周昶不痛快了，周昶肯定会让那个人十倍不痛快。

桌子对面的堂妹又道："现在越关自己的社交网络上都在讨论这件事情，越关的董事长要气死了。刚刚周昶的一个采访还登上了热搜第一。"

"哦？"经鸿不看那些东西，漫不经心地应和着，"什么采访？"

堂妹掏出手机，解开锁屏又看了看，"扑哧"一笑，说："就这个，我想起来了。记者问，如何看待越关公司市值蒸发将近40%？周昶说，'全世界被歧视的7000多万智障儿童，以及全中国被歧视的500多万智障儿童，都会很开心'。"

经鸿："……"他想：这什么人啊？

之后，鲲鹏、华微的融资进度继续缓缓推进。

经鸿听说，为显示华微的大股东依然看好公司发展，清辉那边下一轮融资还是打算跟投一下，意思意思，这个也是行业规则了。

看起来，周昶竟然真的接受"无法领投，只能跟投"的状况了，可经鸿实在无法理解。

某天，经鸿正在处理云计算的一些事情时，网络金融事业群的副总突然找到经鸿，说："经总，这边发现一件事，您要不要看看？"

"嗯？"经鸿问，"什么事？"

"是这样，"对方道，"我们部门有个组刚面试了个华微的前员工。然后啊，那个组的hiring manager（招聘经理）发现吧，这个人在华微时期做的项目、干的活儿，跟咱们一个重点项目重合了。"

"哦？"经鸿开着免提，一边扫过云计算某件事的文件，一边听着，问，"哪个项目？"虽一心二用，可实际上经鸿对两边都非常认真。

"AI贷款那个。"对方道，"网络金融事业群的重点项目。那个组的hiring manager挺机灵的，发现华微也在做后，就report（报告）给了他那个组的产品负责人，产品负责人又告诉了AI贷款项目的总负责人，后者认为有必要通知我。"

网络金融事业群的副总是从硅谷回来的，说话喜欢中英文夹杂。

经鸿的目光顿了一下。

AI贷款的确是现在泛海集团网络金融事业群的重点项目，它结合了很多技术，比如自动语音识别（ASR）和自然语义理解（NLP），能大大方便用户申请贷款，同时缩短审批时间，申请者无须填写大量的文字内容，说话就行了——目前很多小微贷款的申请人属于低学历人群，比如以种地为生的农民，想养猪的、想养鸡的农业养殖户，等等，很多做小本生意的老板也不习惯打字。经过AI分析，款项到账等待时间也由传统的几个星期缩短到了几分钟，不耽误生产经营。泛海当前的目标是"330"，即申请人花3分钟申请，泛海花3分钟审核，全程0人工。

泛海的AI贷款还结合了泛海数据——泛海作为网络巨头，掌握大量用户信息，AI通过数字足迹自动进行风险评估，涉及社交数据、支付数据等信息，能快速勾勒用户画像，风险管控更加合理。

另外，这款AI贷款产品还有面审辅助的系统，通过微表情识别技术判断申请人欺诈的概率，高风险申请人交由专业审核人员进行人工复审，该技术判断"说谎"的准确率非常高，在90%以上。最后，它还包括更深层次的贷后管理，比如，通过GPS①和人工智能，它能分析某位置的土地、气候等状况，从而判断某个种植项目的风险，并给予在线指导。

泛海打算先利用AI贷款产品专攻全国小微贷款，同时与中小银行深度合作。因为有着非常先进的客户服务、身份识别、风险管控和贷后管理技术，经鸿相信这款产品的应用将非常广泛。

不过……华微，竟然也在做？

"知道具体的产品情况吗？"经鸿八风不动，在电话里问。

"只知道一些，应该很像。"对方回答，"主要功能基本一致。一个是支持语音，一个是动用数据。可能比我们的少了几个非核心的辅助系统，这个倒是不太清楚。明年好像就要上市。来面试的那小伙子刚刚毕业一年多点儿，还不太懂保密的事，面试官问上个项目究竟是做什么的、你又负责什么，他就说了一点儿，可能也没想到真的撞上了。"

这种事也挺多的。基本上，"大佬"才会签署保密协议，其他人不用。不少新人在面试中会透露项目情况，很多公司甚至为了商业情报而假装招聘。不过话说回来，新人一般也不知道项目全貌，比如这个人，大约只懂自己做的那一点点技术内容，不会懂其他东西，各家公司也不是很在意。

经鸿思忖了一下，道："这样，再给那个华微的人安排一轮新的面试。AI贷款的负责人也过去，问问项目细节，比如他那部分曾经遇到的难点，听听他的回答，判断这个项目是不是真的存在。"

---

① GPS：Global Positioning System，全球定位系统。

对方说:"好。"

放下电话,经鸿发了一会儿呆。

....

新的面试结果是:"没发现什么破绽""这个项目应该存在"。

网络金融事业群的副总还说,在面试中,到了最后,对方好像察觉什么了,不再描述项目细节,而且显得有些慌张,挺真实的一个反应。

不过经鸿还是怀疑。

于是,之后几天,他的助理开始调查华微那个AI贷款的项目的真实性。

结果是毫无破绽。

比如,在高盛大中华区总裁将泛海、清辉拉到一起谈鲲鹏、华微的合并案之前,华微就已经在招聘AI方面的人才了。从招聘的信息来看,重点的招聘对象就是精通自动语音识别、自然语义理解和微表情识别等方面的人才,与AI贷款这个产品的研发需求高度重合。

再比如,通过华微个别员工领英网上的概述,能看出来他们正在做一个相关的东西,比如有人说自己正负责华微某款新产品的微表情识别部分,还有人说自己正负责什么什么。助理甚至让某个人冒充猎头联系他们,问了几个相关问题。

总之,毫无破绽。

助理递交报告这天,经鸿看完所有报告,手指又在大班台上一下一下轻敲了片刻。

尽管没有任何疑点,经鸿依然认为,这一切可能只是一个局,一个让自己将鲲鹏、华微合并之后的新公司的CEO的位置让给对方的局,一个周昶做的局。

可经鸿不想赌。

鲲鹏毕竟只是泛海投资的小公司而已,可AI贷款这个产品涉

- 26 -

及泛海集团本身。

打定主意，经鸿按下一个分机号码，对投资部总裁、集团副总裁赵汗青说："汗青，来一下。"

赵汗青回答："马上。"

"行，不急。"

等见到了赵汗青，经鸿的第一句话就是："告诉高盛的沈总，泛海希望立即重启鲲鹏、华微的合并，CEO给清辉那边，不过泛海需要一票否决权。记得先说服一下鲲鹏的CEO，不要让这个人跳出来唱反调。"

作为鲲鹏的投资方，"说服一下鲲鹏的CEO"这事是很容易的，经鸿会尽量地帮一帮他投资的创业公司的CEO，但显然并不会为了对方而牺牲自己，他没那么好心肠。

"让给那边？"赵汗青有点儿蒙了，"为什么这么突然？"

何止突然，简直是让人措手不及。

"没办法。"经鸿还是显得那样凉薄，"华微的一个项目和我们泛海的重点项目撞上了。算一算，上市时间也差不多。"

赵汗青问："哪个？"

"AI贷款。"经鸿也没说得太多，"集团现在对这个产品很有信心，因为主攻小微企业，这个产品对泛海的品牌名声也有帮助。现在项目重合了，我们只能重启合并。"

赵汗青叹了口气："我明白了。"

他已经懂经鸿的意思了。

AI贷款是泛海集团目前的重点项目之一，泛海当然不会希望其他公司同时推出一模一样的产品来。一方面，清辉也有大量数据，它投资的华微产品未必会比泛海的差，到时候，华微肯定还是能对泛海造成一定的冲击，让泛海无法迅速确立独一无二的地位；另一方面，泛海是家科技公司，经鸿认为这款产品很能体现泛海的创意、技术和人文关怀——现在AI技术的发展和应用如火如荼，而泛海

第一时间就利用 AI 制作出了高效、可靠的贷款产品，为小微企业保驾护航。可如果一家小小的创业公司也同一时间做出来了同类产品，各方面还都差不多，人们会觉得，"好嘛，泛海的技术也就那样"。

可是如果泛海投资的鲲鹏与清辉投资的华微合并了，泛海、清辉就全都是合并后新公司的大股东了，这样泛海便能以大股东的特殊身份，干预新公司的运营决策并直接叫停原华微的 AI 贷款项目。这并不难，对于一家公司而言，不损害大股东的利益是最基本的商业道德，何况经鸿还想要新公司的一票否决权。

赵汗青知道，现在，对经鸿而言，比起泛海自身的重点项目，而且是网络金融事业部的重点项目，鲲鹏、华微合并之后 CEO 的位置已经不重要了。

"动作快点儿，"经鸿说，"立即把鲲鹏、华微给合并了，然后停掉华微现在那个 AI 贷款的项目。"

赵汗青点点头："好。"

不过，去执行之前，赵汗青还是问了一句："经总，这会不会是清辉那边设的局，目的就是让我们这边立即重启鲲鹏和华微的合并案？"

"有可能。"经鸿眼睛望向窗外，"但我不想赌。"不管是真的，还是假的，华微那个 AI 贷款项目都影响泛海本身了。

赵汗青没说话。

"所以，"经鸿最终说道，"如果真是一个局，他们就赢了。"

此后，鲲鹏、华微合并案的谈判进度突然加快了。

清辉、华微那边得到了 CEO 的位置，泛海、鲲鹏这边得到了一票否决权以及其他几项权益，比如公司名字会叫"鲲鹏华微"，而不是"华微鲲鹏"，再比如，鲲鹏、华微的股权占比由各占 50% 变成了鲲鹏方面多一点点，显得这次合并是以鲲鹏为主，用以安抚鲲鹏员工。反正最后，两边对合并方案都比较满意。

CEO 的问题商定后的第二次谈判中，双方各带了律师、财务和审计，开始起草框架协议。

投资部非常专业，之后的合并过程经鸿没再过问——如果需要他决策，赵汗青会主动汇报的。

随着谈判越来越深入，鲲鹏、华微即将合并的消息被透露出去，业内人士都感慨："鲲鹏、华微斗了数年，结果就是一家多了一个爹！""可不是！鲲鹏多了清辉爹，华微多了泛海爹。原先只有一个爹，现在大家都有两个爹了。"

…………

经鸿再次听到清辉的消息，其实是一件比较小的事情。

人工智能领域的大佬——洪顼刚从美国回到中国，落叶归根，想在国内颐养天年，终老祖国。现在，泛海、清辉、"四巨头"的另外两家等多家企业和北大、清华、复旦等多个大学都在争取让这位学者成为自家的一员，至少是战略顾问或者客座教授。

某天，人力资源部门的总经理说，因为清辉总裁周昶的个人关系，目前清辉在这件事上占有优势。她还说，本来洪教授是完完全全不考虑泛海集团的，已经打算签约清辉了，不过她凭借一份真诚，硬是说服了洪教授来泛海集团看一看，比如看看泛海的AI部门、已推出的AI产品，认识认识泛海的AI负责人，了解了解泛海内部一直使用的机器学习系统和泛海目前庞大的机器学习内容库。洪教授想快点儿做好选择，将参观的时间直接定在了这天下午的三点。

另外，在人力资源部门总经理的争取下，洪教授答应与经鸿面谈一下。

"好。"经鸿翻翻日程表，"与洪教授的面谈安排在下午四点吧，我腾一腾时间。"

他在心里头笑了一下。人力资源部门的总经理是有智慧的。与自己面谈之后，对方若是依然不来，那就不是人力资源部门的问题了，而是他经鸿的问题，这口锅甩不到她头上——经鸿自己都搞不定，她当然也搞不定。但对方的确已经做了她能做的一切，出动

最高级别的人也是对洪教授的重视，没什么问题。

"我会全面展示泛海的优势，尽量争取洪教授一下。"人力资源部门的总经理又道，"不过我个人觉得，洪教授的内心深处已经非常偏向清辉了，基本就是已经定了，今天下午这趟参观也难以扭转局面。洪教授看起来只是盛情难却，不好意思直接拒绝我，才答应了来看一看的。但这'看一看'非常仓促，直接定在了今天下午，可能就是随便看看，然后拒绝的意思吧。"她一方面分析形势，一方面也给经鸿准备好台阶。

"不好意思直接拒绝？"经鸿抓住一个信息，翻文件的手顿了一下，思索了片刻，道，"果然是知识分子，脸皮忒薄了。"

对方愣了愣，没想到经鸿的关注点竟然是"盛情难却"，道："大概是吧。"

经鸿又问她："泛海最近是不是在办那个AI人才的研学营？"

作为顶尖科技企业，泛海集团每年都举办AI人才的研学营。研学营有好几个班，有针对创业公司的，有针对高校学生的，有针对个人开发者的……总共有好几百人。创业公司、高校学生等候选者填写申请，泛海选择可以加入"泛海AI人才计划"的人，而后组织定期培训。

在培训中，创业公司的人可以学习成功的商业模式、科学的管理方法，了解最新的研究成果、最热的应用领域，高校学生也可以参与很多实践项目。通过"泛海AI人才计划"，泛海发现了大量有潜力的创业公司和有能力的高校学生，也通过投资、招聘等方式将其中的一部分出类拔萃者纳入了泛海的商业版图。

人力资源部门的总经理答："对，这一期的研学营下周结束。"这种活动自然需要人力资源部门的配合，比如管理研学营的师资力量。

"行。"经鸿向前倾了倾身子，"这样，你请AG那边配合一下。今天下午，洪教授来的时候，让研学营的AI精英们在走廊上夹道欢迎。让他们说一点儿特别敬仰洪教授、特别期待洪教授到来的话，比如'洪教授，能给我们讲讲课吗？''好期待呀！'之类的，你自己安排具体话术。"

AG，就是指泛海的人工智能事业群。

人力资源部门的总经理："……"

"回答呢？"

对方含笑答："我知道了经总。"

经鸿的管理方式比较西化。与下属们一对一时，他有胜券在握的气场，态度随和，整体氛围比较轻松，下属们也不太紧张。不过，下属们都非常清楚经鸿有脑子和手段，也非常明白经鸿随时可能翻脸。

下午三点整，经鸿叫助理调过来了 AG 部门走廊上的监控录像，看了看。

只见洪教授一踏进 AG 部门的大门，走廊两侧站着的男男女女就一齐鼓起了掌，黑压压的一片，足足有几百人！

洪教授明显吓了一跳。

人工智能事业群的总裁解释道："我们在办 AI 人才研学营。这边是创业公司的精英，里面有'××航天'的创始人，还有'××生物''××机器人'的创始人……这些公司都是现在整个中国最有前途的创业公司。那边是高校精英，喏，他是清华 AI 专业大三年级的第一名，这个是大二的，还有北大 AI 专业的几个年级第一名，这里还有世界机器人大赛的冠军团队，还有……我刚才说洪教授可能会来研学营看看，结果……哈哈，他们非要一起来迎接！他们都知道，洪教授是 AI 方面的世界级领军人物，解决了无数难题。"

"……"洪教授变得拘谨了。

人工智能事业群的总裁继续介绍："泛海集团的研学营是中国当前唯一的 AI 人才研学营。我们泛海知道自己有重要的社会责任。"

"柳总！"一个年轻的男人问，"洪教授会给咱们上课吗？会给我们一点儿指导吗？遇到困难，哪怕问问解决思路，我们也会受益匪浅的！"

"还不知道，"人工智能事业群的总裁一笑，"要看洪教授加不加入咱们泛海。"

话音一落，几百号人的目光就齐刷刷地落在了洪教授的身上。

"来嘛！"

"来嘛！"

"一定要来啊！"

"洪教授，求求您了！"

"对啊，求求您了！"

"我们全体给老师您磕头了！嗷嗷嗷！"

一个女生还调皮道："我们等！永远等！"

另一个男生则立即一边扭，一边唱："我的心，在等待，永远在等待……"好几个人跟着一起扭。

大家都是年轻人，自信、开朗、阳光，整条走廊回荡着嘻嘻哈哈的说笑声。

当然，比较拘谨的典型IT男、IT女也不少。

这种氛围一直持续到洪教授进了一间会议室。

洪教授在AG部门参观了近一个小时。

三点五十五分，见时间差不多了，经鸿从班台后站起来，扣上西装扣子，带上办公室门，大踏步地往AG部门那个楼层走去了。

他过去，而不是请对方来，充分显示了泛海集团的诚意。

在面谈时，经鸿发现，洪教授对泛海的拒绝似乎没那么坚定了。

他问了经鸿一些问题，而这些问题充分说明，现在的泛海集团并不是一点儿机会都没有。

经鸿的嘴一向厉害，言语极有说服力、极具煽动性，模样又给人以好感。在他详细阐述泛海集团的未来规划、研发能力、翔实准备和阶段成果，以及洪教授将在未来所扮演的重要角色后，看得出来,洪教授对泛海的拒绝更不坚定了。

而后,下午五点多,也不知道怎么回事,好几个财经记者对这件事进行了报道,标题诸如《泛海集团研学营集体恳求洪琬加入》,正文则写着:

> 泛海集团的AI人才研学营是当前中国AI领域唯一的研学营,囊括了中国AI领域几乎所有的后备精英,有各明星创业公司的CEO和CTO[①],有数十家顶级高校的AI专业的优等生,还有世界级和国家级AI比赛的获奖者,另外……

据悉,他们集体恳求洪琬加入泛海集团,为研学营提供宝贵的专业指导……

这并非经鸿授意的,不过经鸿乐于见到这番情形。

既然洪琬脸皮薄,那就再添一把火。现在,业界、学界全都知道几百号人在求洪琬加入泛海,而这些人是整个中国人工智能的未来。如果洪琬拒绝,在一般人的心里,洪琬瞬间就会变成恶人。大家会说他心硬,为了高收入拒绝了几百号人;之前一直在美国,为美国做贡献,现在回中国了,说要为中国做贡献,实际上却根本不是……洪琬恐怕并不愿意听到这些议论,因为这样一来,他回中国的主要目的之一——告诉大家,自己要为中国做贡献,执行起来就阻力重重了。

作为学者,洪琬肯定不会想到这一切是泛海集团刻意安排的。

另外一边,清辉集团。

晚上七点,周昶走出清辉集团。

他今天换了辆车,是劳斯莱斯。

---

① CTO: Chief Technology Officer, 首席技术官, 主要工作是将科学研究成果转化成可盈利的产品。

周昶耳朵里嵌着蓝牙耳机,一边听电话,一边抬腿上车。

电话来自清辉集团人力资源部门的总经理,对方说洪教授那边突然变得非常犹豫,要再想一想,问想什么,洪教授也不肯说,洪教授和清辉的合作可能会有变数。

他们此时还没看见财经记者的报道,也不知道洪教授参观泛海集团的具体情况,可莫名地,周昶脑中就浮现出了一个名字——经鸿。

是不是那个经鸿做了什么?

周昶叫人力资源部门的总经理再联系洪教授,问清楚他的顾虑。人力资源部门的总经理表示他已经在着手了,只是电话一直没打通,于是周昶决定,如果明早还没消息,他就通过私人途径联系一下洪教授。

挂断电话,周昶靠在真皮椅背上,望着窗外。

这款车的座椅是全苯胺的小牛皮的,车内真皮全部来自阿尔卑斯山的北面,因为阳光、湿度等条件,那儿蚊虫极其稀少,因此皮面非常完整,几乎没有任何缺陷,是顶级的头层原皮。经过传统手工工艺处理后,座椅真皮表面只有非常薄的一层保护层,最大限度地保持了顶级皮革的原有样貌,能用得起这种皮的只有几种顶级豪车。

周昶丝毫不觉得各大高校有本事撬走洪顼,他只怀疑经鸿。

过了一会儿,周昶的手机又响了。

周昶本来以为依然还是洪教授的那档子事,看过手机屏幕才知道不是。

是他的堂弟周清圆。

周昶放松了些,接起来:"什么事?"

纨绔子弟周清圆嘻嘻笑道:"没什么事,就是听说,你爸开始让你相亲了?是时嬉集团的女儿?我打听打听,看看热闹。"

周昶嗤笑一声:"你消息倒快。"

"怎么样?"

周昶说:"我没见。"

"为什么?"周清圆奇怪了,"你爸的话有道理啊。商业联姻,一方面门当户对,少了很多麻烦;另一方面,两家公司深度捆绑,也能互相照应。"

"得了吧。"周昶随口道,"跟谁联姻不是输血?这算什么门当户对?"

"你还想要完完全全门当户对啊?"周清圆说道,"我冒昧地提醒你啊,跟清辉完完全全门当户对的,只有泛海。"

"泛海?"周昶懒懒散散的,想到那双野心勃勃的眼睛,随手松了松领带结,"那还挺带劲。"

周清圆咋舌:"哥,你开玩笑吧?"

周昶问:"不然呢?"

周清圆放心下来,又说:"见见呗?听说时嬉集团的独生女特别特别美,跟你还挺般配的。"

周昶淡淡一笑:"她自己敢不敢说'挺般配的'?"

周清圆吓得不敢出声了。

好一会儿后,周清圆才又找回了自己的声音:"唉,说实话吧,是你爸让我问问你相亲的进展,再劝劝你。老爷子说,你太霸道,时嬉集团的独生女性格温柔,适合你。"

"温柔啊,"周昶说,"那就更没劲了。"

周清圆:"……"

"算了算了,我劝不动。我就看看你能不能找着一个'带劲'的。"最后周清圆投降了,"不过我觉着吧,你家老爷子挺固执的。你不见这个,后面还有二号、三号、四号、五号等着你。"

周昶说:"他还折腾上了。"

"没事做呗。"周清圆道,"公司已经交给你了。从这半年来看,公司他也管不了了,那就只能管管你的人生大事了。"

"瞎折腾。"周昶说,"公司他管不了,我,他更管不了。"

起草协议两个星期后，鲲鹏、华微合并案的几方人马就正式签字了。

对这次合并，经鸿总体是满意的。合并后的新公司组建了十一人的董事会，管理团队占五席，包括原鲲鹏的CEO、原华微的CEO、双方的CTO以及一个CMO[①]，财务投资人[②]占两席，泛海、清辉又各占两席。

正式签署合并文件的第二天，经鸿去参加了一个人工智能方面的论坛。

此前经鸿、周昶都答应了在主论坛发表演讲，并且都被安排在了议程最重要的第一天上午。

拿到这个论坛的时间表后，经鸿发现，来自泛海、清辉、"四巨头"的另外两家以及几个美国的大公司的嘉宾，演讲顺序是按姓氏的首字母排序。他第三个，周昶最后一个。

AI论坛的举办地是北京国际会议中心。

这个论坛规格颇高，算是中国AI领域最大的交流活动。上午是开幕式，几位重要嘉宾依次演讲，另外几位未到场的嘉宾也以视频连线的全新形式出席了本届大会并发表了主题演讲，而后，主办方代表宣布论坛正式开幕。

开幕式后有一段比较短的休息时间。在这期间，嘉宾要移步到第一贵宾厅拍合影。

因为一个重要电话，经鸿到得有点儿晚。第一排的嘉宾已经就位，其他嘉宾们正在排位置。经鸿看了看，发现站在第一排左侧的是几家美国大公司的CEO，周昶站在靠右侧的位置，他旁边是互联网四巨头中另外两家的人。中外一边一半，很平衡。

经鸿打算随便找个位置，于是站到了中国队伍的最外侧。

---

① CMO: Chief Marketing Officer，首席营销官，是企业中负责市场运营工作的高级管理人员。
② 财务投资人：指以获利为目的，通过投资行为取得经济上的回报，在适当的时候进行套现的投资者。

结果他前面的几个老总顿时显得诚惶诚恐，纷纷退后一步，让出位置，让经鸿挪到自己前面去。

时间紧迫，经鸿也没特别客气，一路过去。

经鸿没想到，当他挪到周昶边上时，周昶竟然颇有风度，也让了让，手一抬："经总，这儿。"

"不了，周总。"经鸿故作客气道，"现在这样就挺好。"

"过来吧。"周昶含笑，将经鸿硬拖到了自己左手边。旁边的嘉宾见他们两个客套来客套去，笑了笑。

他们两个一向都是当面客客气气，背后互相捅刀子。

合影开始，闪光灯闪烁不断。经鸿两手握在身前，露出稳重又温和的笑容。

合影很快就结束了，因为挨得太近，经鸿的手放下来时，一不小心，右手手背刮到了周昶的手指。

周昶本能地望过来。经鸿忙道："抱歉。"

周昶回他："没事。"

"好了好了。"论坛的工作人员跑过来说，"论坛结束后，论坛的官方照片都会发到大家邮箱！"

她正好站在经鸿前方。经鸿笑道："谢谢。"不翻脸的时候，他一向显得随和。

拍照过后，主论坛的演讲开讲。

经鸿是第三个上台的。他穿着深色的西装和皓白的衬衫，正了正麦克风，道："各位IT业界的同人，各位新老朋友，大家好。"

台下顿时响起掌声，颇为热烈。

经鸿见了，笑笑，说："有点儿受宠若惊。希望我接下来的几分钟浅谈能对得起这些掌声吧。"他一贯礼数有佳，给人好感。

待现场重新安静，经鸿才进入了主题："过去，对人工智能的探究主要集中在三个方面：对社会的价值、对企业的价值，以及AI的伦理风险。今天我主要想讨论另外一个鲜少被注意到的方面，就

是算法黑箱的打开。"

经鸿看见台下的人全都对这个话题产生了兴趣。

对于算法黑箱,台下的人都不陌生。人工智能模仿人脑进行学习,比如,人类交给 AI 大量猫、狗的图片,它就可以层层提取对象特征,自己学习什么是猫、什么是狗,可人类目前不能解释 AI 的工作原理,不能明白机器为何要做某些事情、为何得出某些结论。根据输出,有些思路简单易懂,比如猫、狗的轮廓、颜色,可很多时候并非如此,也就是说,人类看不懂。它给了人类空前的可能,也给了人类无尽的困惑。有人说,让 AI 向人类解释一个东西,相当于让人类向狗解释一个东西,听着就让人沮丧。

可人类历史充分表明,当一个新事物可以被解释、被分析,人类才能充分了解它的优点和缺陷,进一步评估风险,知道它在多大程度上能被信赖。现在,每个学者的头脑中都萦绕着几个问题:我们能信任 AI 吗?我们能在多大程度上信任 AI?我们能在生死攸关时信任 AI 吗?

台上,经鸿又说:"今年,DARPA[①] 提出了'可解释 AI'的概念,何积丰院士也提出了'可信 AI'的概念。目前各国科学家正致力解开黑箱、解释算法,而泛海的 AI 研究院也愿意分享一些成果。我接下来的演讲将主要分为三个板块:第一个是各国的最新政策和各国的研究现状;第二个是泛海的一些成果以及一些工具——这些工具泛海都会在即将发布的《可信 AI 白皮书》中分享出来;第三个则是 AI 发展趋势和发展建议……"

他的语气不疾不徐。

中间有一次,经鸿的目光无意中扫过周昶,而后他发现,周昶竟然还听得挺认真的。

演讲的最后,经鸿再次语气坚定地说道:"对可解释 AI、可信 AI 的强调是 AI 发展的必然趋势,否则算法安全、算法责任等问题

---

① DARPA: Defense Advanced Research Projects Agency,美国国防高级研究计划局。

都无法解决。我们并不悲观，人类的文明发展，往往实践先于理论。很多东西被发明时，发明者都不清楚它的工作原理，比如火药。火药被发明时，发明者绝不知道产生二氧化碳的化学式。因此，我相信，凭借人类的智慧，我们终会彻底揭开 AI 的神秘面纱，让人工智能发挥出最大的价值。谢谢大家。"

这回掌声更加热烈了，看起来，经鸿完全做到了"接下来的几分钟浅谈能对得起这些掌声"。

每人的演讲时间是二十分钟。经鸿的演讲之后是一个短暂的茶歇时间。其实经鸿觉得主办方的日程安排有点儿怪，一般来说，上午是没有茶歇时间的，下午才会有，可这次大会每天都有两次茶歇。当然了，经鸿是无所谓的。

茶歇区内，咖啡、茶水、果汁、甜品、水果、坚果……应有尽有，主办方相当周到。

经鸿走到角落里，拿了一个玻璃杯，倒了一杯叫作"Pink Diamonds（粉色钻石）"的微量酒精饮料。冰块摇动，淡红色的酒精饮料在玻璃杯中上下晃动。

这也是茶歇区内唯一一种酒精饮料。

转过身，经鸿看见美国某公司的 CEO 正站在不远处朝自己打招呼，于是走了过去，中间路过周昶身边，一家日薄西山的老牌互联网公司的 CEO 正跟他套近乎。这家老牌互联网公司是做门户网站起家的，后来转型了好几次，均未成功。经鸿听见那个 CEO 笑着对周昶说："周总怎么从来不发朋友圈啊？也不评论、点赞？"

周昶也笑道："我从不点开那玩意儿。"

"哦？"对方感兴趣了，"为什么？"

周昶又笑："我没兴趣详细了解几千号人的吃喝拉撒。"话是用开玩笑的语气说的，却叫对面的人哑然。

经鸿用了很大力气才克制住了翻白眼的冲动，不过很快他就琢磨上了：这个 CEO……该不会也骂过周昶？

之后经鸿一只手捏着玻璃杯,另一只手插在裤袋里,跟那家美国大公司的CEO谈笑。

茶歇区谁都可以来,于是时不时有经鸿认识的其他公司的高层、泛海投资的创业公司的创始人、泛海集团的员工、合作高校的教授,还有其他一些人跟经鸿打招呼。这些人或者是路过的,或者是有意套近乎的。

另外一边,周昶身边又围过去了好几个人。周昶手中的玻璃杯内是跟经鸿那杯一样的酒精饮料,淡红淡红的。

一般来说,有身份的一小群人会站得比较靠近门口,其他普通的参会者则会自觉地往里边去。

现在,茶歇厅内靠近门的位置,一侧站着经鸿,另一侧站着周昶。他们两个一直这样,分庭抗礼,几乎不会坐在一张桌子上,也几乎不会站在一个圈子里,而他们周围则总是各自围着"泛海系"和"清辉系"的人。经鸿知道,很多公司其实早已厌倦站队泛海或者清辉了,却没办法。泛海、清辉在互联网所有领域展开火并,"池鱼"总归要被殃及。

周昶周遭有好几个人,有中国的,也有美国的,此时一家中国"独角兽"的创始人正在讲话。经鸿不得不承认,周昶挺拔的身姿和帅气的脸孔让他显得卓尔不群。美国公司非常重视外在的一些东西,因此CEO通常身材高大、风度翩翩,中国公司的CEO对比之下总相形见绌,显得十分草根。可周昶竟然毫不输阵,他捏着杯子、垂着眸子,貌似听得很认真,是众人视线的焦点。

不过,站在另一侧的经鸿并不在意这些。他身高一米七九,也不输阵。再说了,以他的身份地位,就算是一米五九又怎么样?

似乎是感受到了经鸿的目光,周昶突然望了过来。

他一只手捏着杯子,一只手揣在裤兜里,闲闲看了经鸿一会儿,而后突然勾勾唇角,望着经鸿,举起杯子,示意了一下,用口型说了一句"Cheers(干杯)"。

一声优雅的、缓慢的"Checrs"。

也不知道怎么回事,看见周昶的动作,经鸿一瞬间就明白过来:他和泛海被骗了。

Cheers?干杯?为庆祝什么干杯?当然是庆祝泛海投资的鲲鹏与清辉投资的华微合并——就在昨天,各方正式签署了合并文件。

周昶此刻主动举起酒杯,绝不可能安什么好心。

所以,华微倾力研发AI贷款项目完全是一次作秀,是一场骗局,目的就是让他为了阻止华微研发与泛海相同的产品而急于促成鲲鹏和华微的合并,让他急于以股东的特殊身份入主合并后的新公司,并迅速叫停华微假装正在做的那个项目,为此他甚至可以将CEO的位置交给对方。

事实上,华微从未真正研发AI贷款项目,一切都是假象,一切都是做做样子,只是令泛海以为他们正在研发而已。

经鸿觉得有些恐怖的是,这个局,周昶至少半年前就已经在着手布置了,甚至在双方上谈判桌之前。华微发了相关的招聘启事,做了相关的专家培训……

难道,从那个时候开始,周昶就意识到了鲲鹏、华微可能会合并,他们两人可能会因为CEO的问题而争执不下?

是啊,经鸿想,他自己都想得到,周昶怎么会想不到?只是自己没那么早就开始布子而已,因为那个时候的周昶看起来还非常低调。

经鸿想到来应聘的那个华微员工,又想到在领英网上说自己正负责某个新产品的表情识别的那个华微员工,还有认真回答助理提问的那个华微员工……他忍不住想:这简直是全员都该拿奥斯卡。

泛海文娱的CEO常常提到"演技倒退",经鸿想:这哪儿倒退了?华微里头的演技派不是一抓一把吗?还有,谁说中国没有好导演的?周昶不就是?

这一回合,是他输了。

眼见周昶嘴角噙笑,似乎还在等着自己对那句"Cheers"的回应,

经鸿收回目光，转而望向了茶歇厅的另一处，心里想：去你的。

茶歇回来，后面还有三个演讲。

周昶的演讲主题是量子AI。

周昶说："会学习的人工智能要被'喂养'天量数据，而中国企业在AI上的最大优势就是数据。人工智能通常需要长时间的相关训练，大型模型可能有上千亿、上万亿个参数，可量子计算可以提高人工智能的计算水平，不再受限于传统二进制计算机的能力，而是允许我们处理更加庞大和复杂的数据。另外，AES-256[①]加密过的数据也被认为是更安全的……在这儿，我主要想分享分享清辉在量子AI方面的进展。"

接着，周昶便介绍了清辉实验室刚鼓捣出来的量子计算机。开发者们已经在量子计算机上运行过量子神经网络模型了，但离商业运用仍然遥远。

经鸿听得也颇为认真。

中间有一回，周昶的眼睛扫到经鸿。一个在台上，一个在台下，二人目光碰了几秒后，周昶移开了目光。

最后，周昶说："需要明白的是，在量子计算机上运行人工智能相关模型仍处于非常早期的阶段，想投入实际应用还有相当长的一段路要走，现在断言量子计算会不会使人工智能有革命性的进展还为时过早，但清辉愿意倾力探索这方面的可能性，谢谢大家。"

掌声如雷。

周昶与经鸿两个人是今天的企业家中分享干货最多的。

…………

从人工智能论坛回到泛海之后，一想到那个"Cheers"，经鸿的气就有点儿不顺。

周昶竟然挑衅他。

一直到人力资源部门的总经理向经鸿报告说洪教授已经决定入

---

① AES-256：一种加密方式，是一种保护秘密信息或信息安全的方法。

职泛海集团了，那股气才消了些。

"煮熟"的洪教授"飞"了，各大媒体的记者都很诧异，毕竟此前他们得到的内部消息全都是"因为周昶的个人关系，洪顼已经决定加入清辉"。

记者们全都猜测洪顼的这一举动与泛海的 AI 人才研学营有些关系，好像自打研学营的几百号人集体恳求洪顼指导后，洪顼就开始摇摆不定。

想想好像也能理解。洪顼是知识分子，脸皮薄。泛海集团的 AI 人才研学营有创业者，更有高校精英，而洪顼在美国大学当了一辈子的教授，现在虽然想到企业试试水，但对中国高校的大学生可能也有亲近之感，甚至有补偿之情。

洪顼教授正式入职泛海集团的第二天，经鸿又有一个活动。

这次，是为中国创业创新大赛的决赛担当评委。

中国创业创新大赛是官方组织的比赛，规格很高，由科技部、商务部、教育部、财政部、网信办和全国工商联共同举办，既是全国最大的创业大赛，也是最正规的创业大赛。官方非常重视，将这比赛视为落实"双创"政策的十分重要的一部分。

今年，为了推广比赛以及宣传"双创"，决赛的评委阵容空前豪华。

有互联网四巨头中三家的 CEO——行远的 CEO 是公司创始人，经鸿、周昶则是接班者。泛海、清辉最近一年不论自研，还是收购，都展现出了 CEO 不俗的战略眼光，以及对新事物非同一般的判断力，两人虽是接班者，却也没什么人会质疑他们担任创业大赛评委的资格。

除互联网领域之外，评委还有生活、文娱、旅游、医疗、教育等领域内的行业巨擘。

另外还有中投公司、中银国际、工银国际、IDG 资本、红杉资本、经纬创投、摩根大通等顶级 VC/PE 或投资银行的总裁——至少也

是中国区的总裁。

最终,总决赛的评委竟有二十六人之多。

决赛地点在中关村——一个具有很多象征意义的地方。

它曾是坟茔累累的旷野荒郊,是太监们的埋尸之所,后来,这儿建了中科院,再后来,又有了二十世纪八十年代的"中关村电子一条街",有了九十年代的"中关村科技园",它是中国IT的起航处,它成就了IT,IT也成就了它。

进了国际会议中心,走到决赛场地门口,经鸿一抬眼,便发现展厅的大门外正站着周昶和YT公司的老总。

周昶高高大大的,一手插兜,神态悠闲。

周昶望见经鸿,嘴角一弯,打招呼:"经总。"

经鸿一边踏上最后两级台阶,一边道:"早啊,周总、Jason(贾森)。"

Jason是YT老总的英文名字。他们这个圈子里面,比较熟的人彼此之间有时候会直接叫对方的英文名,尤其是海归。英文名字非常简单,不存在带不带对方姓氏、带不带对方职称等复杂的礼节问题。当然,还有些自来熟的人,虽然称呼中文名字,但一律去掉姓氏,从来不把自己当外人。

经鸿与周昶两个人一直都是客气又疏远地互称经总、周总。

周昶笑着说道:"恭喜泛海签下洪顼了。泛海的人工智能马上就要一枝独秀了。"

经鸿看看他,道:"周总这话忒假。清辉不是在联系Chris Wells(克里斯·威尔斯)?"

Chris Wells与洪顼一样,也是人工智能方面的学术权威。他是美国人,但出生于欧洲。Chris Wells比洪顼年轻,可以承担更高强度的工作,据说,清辉方面承诺给对方的职位是CSO,年薪更是高到惊人,对他势在必得。

"哎哎哎,"YT的老总打断他们,"都是同人,都是同人嘛!"

这人人缘一向很好。

见两人都望向自己，YT的老总继续道："干吗这么针锋相对的呀？！"

"真冤枉，"周昶还是笑，"哪里是针锋相对，我们明明是互相吹捧。"

"行了，"经鸿私下说话带点儿京腔，"周总、Jason，你们接着聊，我先进去了。"

"你去你去，"YT的老总道，"你忙你的。"

于是经鸿走进大门，一手插在兜里，向礼堂过道的台阶走了过去。

周昶一边搭着YT的老总的话，一边随意望着经鸿的背影。

经鸿右手的食指钩着一串奔驰的钥匙，应该是自己开车过来的，手指修长细瘦。

经鸿走下台阶，发现正对舞台的第一排布置了评委席。评委席并不花哨，桌上铺着洁白的桌布，上面摆着矿泉水、圆珠笔、笔记本等。除评委席外，第一排还有嘉宾席，比赛时会有一些产品、营销等方面的创业顾问坐在那儿，比如知名4A广告公司的创意部总监，他们的专业意见自然也会影响评委的判断。

此时几个评委正在寒暄，似乎在讨论怎么过来的，其中一个坐私人飞机，另一个坐民航班机。坐民航班机的那人说道："我之前瞧见朱总发朋友圈说他已经到北京了，还以为是同一趟航班呢，等了半个小时，打了十二个电话，他最后终于接了，结果说在北京南站！"

那位朱总道："我喜欢坐高铁……"

最后，"四巨头"中行远的CEO说："我走过来的，锻炼锻炼身体。"

众人一愣，而后想起行远总部其实就在中关村。

"四巨头"中，三个在北京，未莱则在深圳——二十世纪九十

年代末，因为与香港的关系，深圳、广州诞生了大量的互联网企业。

经鸿没加入寒暄，他与几个人打了招呼，而后找到了他的位置，轻轻坐下，开始翻看桌子上面参赛团队的项目资料。

一页一页，轻如鸿毛，又重若千钧，那是年轻人的一个个梦。

进入最后总决赛的一共有二十支团队，团队成员们经过了全国各个省、自治区、直辖市的层层选拔，最后终于走到这里。

上午九点，创业创新大赛准时开场。

根据流程，二十支团队路演之前，经鸿等几个评委要先给予团队成员们一些赠言。

经鸿坐在评委席上，正了正麦克风，道："欢迎二十支团队，欢迎你们来到这个大厅，也欢迎你们来到创业圈子。首先，我想说，作为创业者，你们注定要走一段不同寻常的人生路。它充满机遇，但同时，创业者们也日日夜夜惊惶不安。这条路上的黄金硕果下其实是累累白骨，人人想到圣城朝拜，但路上全是英雄冢。希望你们在创业前……完全清楚这些东西，好好想一想，做好面对困难的心理准备。"

所有团队成员静静地听着。

"其次，"经鸿又道，"请不要沾染创业圈子里一些不良的风气，我指的是造假、捞钱等等。IT圈子其实很小。不要着急、不要浮躁，现在是二〇一七年，可我能看到的有'普世意义'的四个字，依然还是'天道酬勤'。"

创业团队中，有几个人点了点头。

"最后就是，"经鸿顿了顿，才再次开口，"比赛必须排出名次，但其实我个人并不喜欢这样。我想说，今天的名次并不是最终的结果。我希望你们知道，你们面对的用户是全中国的十四亿人，甚至是全世界的七十五亿人。他们都是活生生的人，有自己的思想、自己的情感，今天我们这些评委……并无资格代表他们。"

这番话，让其他评委都怔了怔。

人往往将成功的原因归结于自己的能力，而实际上，他们的成功，可能单单因为凑巧赶上一个风口，经鸿其实从不认为自己了解十四亿人。

"所以，"经鸿语气不疾不徐，听起来非常舒服，"今天的最终排名并不说明什么问题，最终检验你们的是整个市场。将一切做到最好，剩下的就留给大众。请记着，最后，也许你们能实现盈利，也许不能，但事实上，只要有过一些真心喜欢你们产品的用户，在一定程度上，你们就已经成功了。好了，如果你们真的准备好了迎接未来的一切，那创业圈永远欢迎你们。"

经鸿说完，周昶望了他一眼，眼神似乎带着点儿探究。

他们都是第一次出席这种创业比赛。

接着，创业路演正式开始。

每支团队的路演时间都仅有十五分钟。

每位评委的桌上都放着一个打分器，所有评委打完分后，分数会在大屏幕上显示出来。

率先上台的参赛者竟是一位六十多岁的妇女。

她之前是三甲医院新生儿科主任医生，她说，在工作的几十年中，她发现，准父母们非常缺乏婴儿照护的医学知识，盲目相信并依赖非专业的月嫂，她想打造一个专业的新生儿照护平台，科普各种安全常识、健康常识，同时，定期培训、定期考核平台旗下的月嫂们，甚至带着她们考心肺复苏急救证书，平台提供最新信息并且持续监督，而不是让那些月嫂考完一些社会就业证书就再也不管了。她还打算吸引一些新生儿科的退休护士加入……

她演讲完后，评委、嘉宾纷纷提问，她都一一回答了。

经鸿给了91分。

当大屏幕上最终亮出所有评委的打分时，经鸿不自觉地挑了挑眉，因为他发现周昶给的竟然也是91分。

随后一个路演项目是提供二手车检测的第三方检测平台；在它

后面一个是价格低廉的"自动快餐",它将自动炒菜机和自动售货机结合在一起,用户可以一键点餐,因为没有服务员,也没有厨师,甚至连设备清洗都是全自动的,所以这种快餐非常便宜,而且也很卫生。

在当评委的过程当中,经鸿察觉,他和周昶对项目前景的判断出奇地一致,前三个项目竟都给出了相同的分数。

连主持人都发现了,她说:"我发现……经总、周总您二位……每次给出的分数都一样呢!对项目的评估标准非常一致呀!"

经鸿扭头看向周昶,二人目光相交,坐在他们中间的行远总裁仿佛感受到了杀气,忙往椅背上靠了靠。

戏剧性的一幕出现在了第四个项目上。

二十几岁的男青年慷慨激昂地讲述了他的项目。看得出来,台下的评委大多眼前一亮,几家创投公司的CEO对这一项目格外感兴趣,仿佛比赛一结束,他们就要出手争夺这个项目的投资权了。

因为项目太好,问问题的评委太多,经鸿没有得到提问的机会。

打分时,经鸿略略犹豫了一下,不过最后还是坚持自己的看法,给了一个极端分数。最终按下"确认"键时,想着这回应该不会再跟周昶撞分了,经鸿有了一丝畅快和期待。

公布分数的时候,评委的打分一个一个地在大屏幕上被点开,主持人把分数念了出来:"东方餐饮的许总,100分!今天的第一个满分!深睿家居的桂总,99分……IDG的Holt先生,也是100分!评委们的评价很高!中投公司的张总,98分!经纬创投的……"

主持人将分数一个一个点开,终于到了经鸿的评分了。

她点开大屏幕上代表经鸿的分数卡:"泛海集团的经总……"

分数显示了出来,主持人却愣住了,两三秒后,她才轻轻念道:"1分?"

大屏幕上,一溜儿"100""99""98"后,那个"1"就分外刺眼。

主持人问经鸿:"这个……经总没打错,是吗?确定就是1分吗?

应该不是手滑吧?"

"对,"经鸿的声音倒四平八稳,"就是1分。"

"好的。"主持人道,"泛海集团的经总,1分!行远科技的彭总,98分!清辉集团的周总……"

一瞬间,经鸿竟然有点儿紧张。

结果,在现场的所有人看到了今天晚上第二个明晃晃的1分。

看见那个"1分",经鸿表面上波澜不惊,但内心深处却掀起了一阵惊涛骇浪。

这个时候,主持人已经不会再次怀疑评委"手滑",她说:"也是1分!这个项目的打分两极分化非常严重呢!好,接下来是新世纪的星总……"

等分数全亮出来后,到了评点的环节时,主持人自然要问经鸿给出"1分"的缘由。

经鸿正了正麦克风,略略倾身,道:"这个产品完全抄袭意大利的 Arena Ventures,各项功能一模一样,甚至连用户界面都高度雷同。这位选手是觉得意大利的 IT 产品比较小众、冷门,所以评委不会知道?"

抄袭被直白地点出来,且经鸿的气场强大到恐怖,那个男青年完全慌了。

他将麦克风从右手交到左手,又从左手交到右手,身子晃来晃去,嗫嚅道:"我……呃……"

"你一丁点儿本土化都没做啊。"经鸿将目光从选手脸上移到了大屏幕上,"举个例子,BP 翻回第9页。"

于是选手机械地听从经鸿的指挥,走回主讲桌前,将 PPT 翻回到第9页。

"看看,"经鸿拿了支翻页笔,冲 PPT 某个地方指了一下,"这里有个页面展示。因为被抄袭的 App[①] 是意大利的东西,所以红色

[①] App: Application,应用程序。

是女性板块的主色,绿色是男性板块的主色,对应了意大利的国旗颜色。"

"但——"经鸿这个时候还带了带现场气氛,他扬了扬唇角,"绿色是中国男性最厌恶的颜色,没有之一。"

这话一出,全场观众爆发出一阵十分了然的笑声。

经鸿没说错。很多产品入华以后甚至砍了绿色版本,比如汽车,因为卖不出去。

"基于以上原因,"经鸿继续他的评价,"我不相信你的商业道德,我也不相信你的个人能力,只能给1分。没打0分是因为……我发现如果打'0','确认'键是按不动的。"

现场观众又笑起来。

"好。"主持人又看向周昶,"那周总呢?周总还有其他评价吗?"

周昶也正望着经鸿。

听见主持人的问话,周昶收回视线,顿了顿,微笑道:"我没什么要补充的。经总把话都说完了,一句也没留给我。"

经鸿回望了他一眼。

之后现场气氛重新变得热烈。

创业团队轮番上场,经鸿觉得自己的情绪受到了他们的感染,思维也受到了他们的启发。他甚至记下了几个人的联系方式,打算叫赵汗青分析分析要不要投。

在后面的比赛当中,经鸿、周昶给出的分数偶尔也会相差两三分,但他们对产品的判断思路仍然一致。在某一轮的投票上,因为不懂那个行业,他们甚至一齐投了弃权票。

在这样的大赛上,大佬吵架也是看点。

随着气氛越来越热烈,吵架也越来越较真儿。

一次周昶问了一个问题,可在场的几位大佬觉得那个问题没意义,双方互相呛了几句之后,深睿家居的桂总可能以为经鸿和周昶不对付,所以肯定会站在自己这边,突然将经鸿拉下战场,问:"经总,您站哪一边?"

经鸿愣了一下,几秒钟后才凑近麦克风。

他有点儿无奈,但也不打算说谎。他确实没想过有一天自己会在众目睽睽下说出这样一句话来:"这一回我支持周总。"

周昶立即笑了一声,吵赢了,心情很好的样子。

创业大赛的赛场上,与周昶同坐评委席,蓦地,经鸿就回想起了他第一次见到周昶,也是在类似的场合。

经鸿一直不大跟圈子里的"企二代"混在一块儿。一是因为泛海集团一直都是互联网的巨头企业,他就算没有任何社交,其他人也会敬他三分、惧他三分;二是因为科技公司的老总们基本都是理工科出身,不大喜欢灯红酒绿,而儿女们受家庭影响,大多行事也比较低调;三是因为经鸿不喜欢抽烟喝酒、飙车泡妞,他觉得这种原始层面的快感非常无聊。

他只喜欢赢,从全北京最好的小学,到全中国最好的中学——而且是全国招生的实验班,再到全世界最好的大学……但赢得多了,他其实也有一点儿麻木。

见到周昶,是在一次全美高校商业方面的比赛上。

经鸿的专业是计算机,不过本科毕业后,经鸿攻读了斯坦福的工商管理与计算机科学的联合硕士学位——不少大学有这样的联合项目。名校的MBA[①]通常需要申请人至少有两年工作经验,于是经鸿当时既申请了这个联合学位,又申请了单独的计算机科学学位,他觉得MBA能读就一起读,不能读也就不读了。

不过,因为经鸿的父亲是经海平,经鸿本人是IT巨头泛海集团的接班者,而世界名校的商学院最注重人脉资源,泛海集团的继承人是斯坦福商学院的校友这件事对校友网的建设无疑也是非常重要的。同时,经鸿的学校、排名、实习经历、获奖经历、推荐信等

[①] MBA: Master of Business Administration,工商管理硕士。

又全部是数一数二的，足以证明他的出色，他毫无意外就被录取了。

总之，因为要修工商管理学位，经鸿参加了那个全美高校商业方面的大赛。

由于课上一贯表现优秀，经鸿还担任了团队的负责人，即便他只是外国人，而且英语并非母语。

半决赛上，经鸿率领的斯坦福撞上了他们学校的"宿敌"，同在湾区的另一所名校——加州大学伯克利分校（UC Berkeley）。

伯克利的商学院也排在全美的前几位，但与排名顶尖的斯坦福以及哈佛有一定差距。加州大学伯克利分校的优势专业是物理、化学、计算机、电子工程、社会学、历史学等等。

当对面学校出场的时候，经鸿非常惊讶地发现，那个负责人竟然也是中国人！对方长着一张东亚面孔，而经鸿呢，在美国待了几年，一眼就能分辨出一张脸孔是美国出生的华裔的、日本人的、韩国人的，还是自己同胞的。

对面的负责人明显是同胞，他身材高大、气场压人，一双眼睛清清亮亮，像深潭。

那个大赛注重的是执行过程，半决赛的内容是 Sell cupcakes——卖纸杯蛋糕。

每支团队会被分配数小时的销售时间，最后比利润。

大赛提供两个方案供两支团队做选择：一个是高端蛋糕，在高端商场进行售卖，本次大赛的组委会提供出色的烘焙师与高品质的制作材料，最终蛋糕的售价可以定在四美元，而成本是两美元。另一个是低端蛋糕，在低端商场进行售卖，本次大赛的组委会提供普通的烘焙师与制作工具，最终蛋糕的售价只能定在两美元，而成本是一美元。

因为高端蛋糕的准备时间会比较长，参赛团队在高端商场的售卖时间只有两个小时；而低端蛋糕的准备时间相对较短，参赛团队在低端商场的售卖时间长达四个小时。

这很公平。高端蛋糕的利润是两元一个,而低端蛋糕的利润是一元一个。因此,组委会将低端蛋糕的售卖时间延长了一倍。

组委会很严谨。经过多次实践,两边商场的客流量几乎是相等的,一个在时尚大街,一个在福利社区,而高端蛋糕对高端商场的顾客们和低端蛋糕对低端商场的顾客们来说都完全符合日常消费的水平。

比赛开始后,两支团队必须选择自己想要的方案。如果两边选了同一方案,那就等于他们两家想要争抢那位出色的烘焙师,这时候他们双方就要竞价——愿意支付给烘焙师更高工资的那一方会胜出,另一方拿替补方案。

在第一轮团队会议中,经鸿团队的人七嘴八舌地议论起来:

"高端的比较好吧?高端的纸杯蛋糕可以有更多花样,更吸引人,而低端的……也就是日常款式了,没吸引力。"

"对!"

"还有……"

有人说:"可是,折扣本身对低端顾客就是有吸引力的。"

有人道:"折扣,谁都想要才对吧?高端商场的顾客们其实也没那么富有。"

经鸿听了会儿,终于开口说:"高端方案明显好些。除了刚才那几点,另一点是高端蛋糕只需要卖两个小时,而低端蛋糕需要卖四个小时。站两个小时大家可以坚持,但连续站四个小时、卖四个小时几乎就是不可能的。选这个方案的一方必须安排团队成员轮换。也就是说,因为必须适时安排休息时间,这个团队实际可用的人手是少于对手那边的,对执行力是个挑战。"

几个人反应过来,惊讶于经鸿的细心,说:"对的,对的,忘了这点了。"

两三秒后,经鸿就说:"我们选择低端方案。"

经鸿周围所有队友:"啊?!"他们想,这是什么缘故?

经鸿继续说:"因为高端方案明显更好,我想对方会选高端方案。那我们可以利用这点,第一轮选高端方案,将对方拖入竞价,逼迫他们提高烘焙师的工资,然后……到第二轮,我们直接维持原价,让对方自己加价去。这样一来,在一开始,对方就支付了更多成本,对方的团队带着负担进入比赛,而我们呢,就拼拼执行。"

几个队友恍然大悟:"原来如此!"

"对,"经鸿又嘱咐,"到时候都发挥一下演技,对高端方案表现出一副势在必得的架势,好像想加很多的样子,让对方全力出击,最后加得越多越好。总之,策略就是抬价。"

大家都笑:"明白了。"

经鸿没想到,在第二轮的竞价里,两支队伍竟不约而同地选择了维持原价!

他们的策略撞上了!

第三轮,双方还是维持原价!一分钱都不愿再出。

因为策略撞了,商业大赛的组委会用抽签的方式分配了销售地点,最后加州大学伯克利分校团队拿到了高端方案,经鸿他们拿到了低端方案,谁也没加价。

这次比赛的另外一条规则是,对同一顾客,一次最多卖五个纸杯蛋糕。

在第二次团队会议上,经鸿团队的人再次七嘴八舌提出意见:

"每人最多买五个纸杯蛋糕,那我们可以提供折扣,比如买一个九五折,两个九折,三个八五折,四个八折,五个七五折这样,鼓励他们尽量多买点儿。"

"我们还可以……"

"不,"这些促销策略,经鸿直接全部否决了,他说,"这些策略都非常好,但别忘记了,我们实际可用的人更少,我们必须尽量减少每一单的购买时间;而且我们面向的是低端顾客,让这些顾客一次性买超出需求的数量,会费很多口舌。"

"那……"

经鸿望着桌子上面各种款式的纸杯蛋糕，说："这样吧，圣诞节马上到了，我们只卖一盒五个的圣诞节蛋糕套装，不允许任何顾客选择数量或者款式，否则太乱了。我们必须节省时间、快速销售。"经鸿拿出一张纸，继续说："一盒五个的样式……我已经画在这里了，都比较简单——我们现在的烘焙师完全可以制作出来，但样子又非常好看。第一个是圣诞树，螺旋形的绿色奶油上面撒些白色糖霜。第二个是蓝色蛋糕，上面插个雪花装饰。第三个是圣诞帽子，螺旋形的红色奶油，周围堆上白色奶油花假装毛线球。第四个是……这样，一套五个的销售就显得理所当然了，圣诞主题下，它们几个是一整套，没法拆，即使是低端顾客，也不会觉得一次性买五个太多。我想，即使是在福利社区，顾客们也对圣诞节有特别的态度吧，毕竟圣诞一年一次，他们也想给家里人一个温暖的圣诞节，那他们就不会那么省，看见蛋糕，就可能动心。"

此外，经鸿还说："折扣率就是10%。研究表明，折扣率超过10%会增加消费者的不信任感，效果反而不如10%好。我们这是食品，别显得好像要过期了似的。"

其他选手再次佩服他。

另外，经鸿依然没忘记互联网这个东西。他直接与商场经理谈，说服经理在那一天给顾客的促销邮件里加上了他们纸杯蛋糕的售卖活动，邮件直接群发给了几万名注册顾客。

经鸿认为福利社区的顾客们绝大多数住在附近，可能会对圣诞套装的折扣活动感兴趣，而时尚大街的顾客们则未必如此，他们分布在城市各处。

在销售前，经鸿非常细心周到。

他能想到很多东西："迈克，去银行换些零钱，越多越好，有人可能用现金。米莎，你来设置POS机和其他的支付方式。凯特，你来负责活动海报和指示牌，在商场的各个地方介绍我们这个活动。

姚,你来负责产品堆头。切尔西,你来负责桌子、椅子、产品堆放。我去制作在大门口发放的优惠券。"

经鸿不会太抠细节,也不会干涉其他成员,他只在他们完成任务后验收。

即使这样,下午五点,现场也依然有些混乱。

做活动就是这样,永远都有意外状况。

经鸿非常冷静,叫所有人稳住了,自己只管自己的事,有人负责引导、讲解,有人负责拿东西,有人负责收款找零,有人负责在大门口发优惠券,有人负责在电梯口向排队的人推销蛋糕……

中间有一次,他们团队一个黑人成员与经鸿起了争执。

黑人身高两米,还是个光头,他俯视着经鸿,嗓门儿极大,英语又快:"NO! We should……(不!我们应该……)"

经鸿当时也很累了,但他没退让半步,没失了威严,他嗓门儿更大,到了最后甚至嘶哑着声音,说:"你这件事不重要!懂了吗?不重要!现在去做你应该做的!"

最后黑人听了经鸿的。

经鸿的轮换策略非常成功,休息、接班,一丝不乱。

经鸿记得,那次比赛的最终结果非常非常有戏剧性。

他们赢了,而对方团队被淘汰的原因竟是他们收到了一张二十美元的假钞。

这不是考管理,这是考验钞。

组委会宣布结果时,经鸿的队员欢呼、击掌,兴高采烈。

经鸿组里另外一个中国人读的是全日制的MBA,叫姚,之前是做咨询的,他悄悄地靠近经鸿,捂着嘴巴小声说:"听说,那个周昶,是周不群的儿子呢。"

经鸿当然非常惊讶:"啊?确定吗?"

"应该没错。"经鸿在学校没显摆过身份,对方也不知道经鸿的身份,说,"他以前也经常混在二代圈子里的,但后来不去了,突然就收心了。我朋友圈一个大佬之前认识他，前两天还回复了我朋友圈的活动照片呢。我真是吓了一跳！"

经鸿："……"

几秒钟后，他给出了他对这件事最主要的一个想法："周不群那么丑，生得出来这个长相的儿子？基因突变啊。"

姚："哈哈哈！经鸿，你私下里还挺逗！"

那次大赛最终斯坦福战胜伯克利拿了冠军，无数公司给经鸿抛来橄榄枝，可他还要学计算机，并且要念博士。

那次大赛的半决赛是经鸿首次感受到威胁。在那之前，他不知道"威胁"这两个字长什么样。

经鸿其实并不喜欢这种感觉，但再想想，如果没有周昶，那这个商界又挺无聊的。没了竞争，他会失去进取心的。

不得不说，周昶接班清辉之后露出獠牙的这段时间，是经鸿这一辈子过得最有进取心的日子了。

总之，经鸿与周昶那时的相遇交锋，是适逢其会、猝不及防，后来他们分别接班"四巨头"中的泛海和清辉，又是花开两朵，各表一枝了。

经鸿拉回思绪。他知道，那一次他们团队开局处于劣势，最后能有那个结果，证明他们团队绝对不输对方。

中国创业创新大赛在会场内继续进行，终于，二十场路演全都结束了。

根据得分，大赛决出了一、二、三名，一位官员颁发了奖项、奖杯，并祝贺他们。本来评委十分欣赏的那个男青年却因为经鸿以及周昶的两个"1分"，名次排在最后。

大赛结束后，几个创投公司的CEO与几个参赛者聊了聊，其他评委则聚作几堆，又寒暄了会儿。

每一个被大佬们问"×××是吧？聊聊？"的参赛者都受宠若

惊。让人印象深刻的是个女孩子——比赛才刚一结束，她就抱着一叠打印出来的资料，给评委们和嘉宾们一个个地发过去，她一边发，一边还说："我真的在做这个产品，我们公司已经成立了！这里面有更多介绍，还有……"

经鸿把资料接过来了。大多数中国人都比较含蓄，经鸿却很喜欢这一类主动出击、主动创造机会的创业者，他打算叫赵汗青评估评估。

人陆陆续续散去，经鸿因为与经海平一个后来单独创业的老部下多唠了会儿，是最后一批离开会场的。

从会场出来，他先去了一趟洗手间，从小隔间里走出来时，经鸿发现周昶正站在洗手台的镜子前面洗手。他身上穿着黑色的定制西装，背影高高大大。

二人目光在镜子里碰撞了一个回合，都一言未发。

人前和人后，是两回事。

经鸿也走到洗手台前，伸出手，清凉的水汩汩而出。

把两只手浸湿了，经鸿又在洗手液机的感应器前挥了一下，然而什么东西都没出来，洗手液机毫无反应。

经鸿眉心几不可察地皱了一下，右手又在洗手液机的感应器前停留了会儿，破玩意儿依然毫无反应。

旁边的周昶看看经鸿，忽然一哂："这洗手液机有自己的想法，我刚才也试了半天。"

经鸿从镜子里看向他。

周昶走过来，在经鸿旁边的水龙头前站定了，一手在感应器前停了停，对经鸿说："手。"

经鸿一时没理解："嗯？"

周昶看看经鸿，又指了一下某个位置："手，搁这儿。"

经鸿静了两三秒，也探了身子过去，手心向上地搁在了周昶示意的位置上。经鸿的掌纹非常清晰，手指修长细瘦，中指因为握笔太多有一点点变形，带着一个薄薄的茧，手腕处的皮肤下是青色的血管和有力的筋。

周昶的手扫了一下，乳白清透的洗手液便落在了经鸿掌心里。

周昶又说：“要这样……感应器不在中间，而是在方盒上非常靠下的一个位置。”

经鸿也被这玩意儿的特殊设计气笑了：“谢了。”

“没事。”

而后经鸿仔细洗了洗手，手心、指缝、手背、拇指，又打开水龙头，垂着眸子，用清凉的水冲自己的手。

周昶走到洗手台靠近门的位置，扯了一张擦手纸，一边擦，一边从镜子里打量着经鸿。

经鸿感觉到了，洗手的动作没停，眼睛却抬了起来。周昶见了，目光通过光洁的镜面从经鸿的手上移到了经鸿的脸上。

两个人借着镜子不避不让地对视半响。

谁也没说一句话。

面对面时，人一般不会直视对方的眼睛，那样显得过于冒犯，可经鸿发现，隔着镜子时，竟然就会比较自然。

最后，还是周昶将擦手纸扔进了垃圾桶，一转身，先出去了。

周昶从洗手间出来后，到了一楼中间的大厅，电话响了一声，他一边接起来，一边走进旁边的一条走廊。

对方是云计算事业群的总裁。周昶在走廊里说了几句，便看见经鸿走进大厅。

经鸿一路目不斜视，显然没发现周昶，然而他走到门口时却突然间停下了脚步。他抬起胳膊，左手两指轻轻捏着右腕处的衬衫袖口，又低头四处看了看，好像是在找什么东西，最后似乎没找着，转身径直走出了大门。

找东西的全部时间加起来不超过五秒，他放弃得很快，对他而言，最宝贵的是时间。

等挂断了电话，周昶走到走廊入口，垂下眼睛，看见自己皮鞋前面的地砖上静静躺着一枚袖扣。

他捡起来，两指捏着，举到胸前仔细端详。

靛蓝色的石头，周围镶着一圈碎钻。

周昶回忆了一下，经鸿今天穿的好像是传统的法式衬衣，翻叠袖，坐在评委席上时，深蓝色的西装袖口露出一截皓白的衬衫袖子，上面钉着一枚袖扣。

就是这个。

他听见后面有脚步声传来，有人问："周总，还没走？"

"耽搁了一下。"周昶一边应着，一边用昂贵西装的下摆抹了抹那枚袖扣，然后随手将其放进口袋里，他回头笑笑，"等司机呢。停得远了。"

经鸿今天还是回经海平那里，所以司机没来。

一进家门，晚饭已经准备得差不多了。经海平在看报纸，蒋梅在听"霸总"小说，经鸿依稀听见一句"××到达公司时，几个秘书连忙站起来，齐齐鞠躬，说'谢总好'"，心想这个"霸总"病得不轻。

付姨招呼了经鸿一声，一家子人便陆陆续续围坐在了桌子边上。

"经鸿，"蒋梅说，"你付姨讲，你昨儿晚上正经的饭没吃上几口，大半夜跑到厨房开冰箱门找吃的？"

经鸿："……"

几秒后他才说："看专业书看饿了。"

"小孩似的。"蒋梅看着儿子，想说他几句，反而笑起来了，"不好好吃饭，半夜到处找吃的。"

经鸿无奈："我吃了几个荔枝而已。"

"好了。"经海平的话题却十分严肃，"经鸿，我刚听说，你调走了老褚？"

"对。"经鸿吃了一口狮子头，"我以前一直睁一只眼，闭一只眼，但今年，他强迫泛海的经销商进货，经销商压货压得越来越严重，过分了。"

泛海也有实体设备，比如VR眼镜。

经海平感叹："老褚终归是功臣啊，几十年前跟着我的，从第一个公司跟着我到第二个公司，又跟着我创立泛海……你可以先点点他……你才刚刚接手一年，对老功臣赶尽杀绝的话，我担心你的名声。"

"他能力不行。"经鸿打断自己父亲，"产品都是下面负责，老褚这人甚至不懂。每次东西上市之前，就因为他的焦虑，他那边的设计部门一直加班一直改，因为他也就能看看设计了。结果最后还用原先的，瞎折腾。为了销量漂亮点儿，他强迫泛海的经销商每次必须进多少货，经销商压货压得越来越严重，怨气横生。公司员工、合作伙伴，哪个不比老褚重要？哦，对了，您知道吗，上个月泛海一个质检突然之间被开除了，就因为向供应商提出了质量方面的缺陷，认为供应商的质量不行。这里边有没有利益输送，您想想吧。质量问题是底线，他承担不了后果，就别玩火。"经鸿说到这儿，嗤笑一声："现在得个闲职，养养老，就知足吧，还跟您老告什么状呢？他应得的！另外，我的名声……真无所谓，现在的人很现实的，谁会跟钱过不去？"

经海平愣了愣："他……"

"早就变了。"经鸿说，"爸，您这样心慈手软最后还能成大事，才是奇迹。我若处处留情面，清辉的那个周昶不把我整个吃了？"

"行吧行吧……"经海平不管了。

过了会儿，蒋梅说起业内八卦："你们知道吗，××科技的创始人，在公司被挤走了。"

"知道。"经鸿点点头，"跟他前妻有关系吧？"

"对。"蒋梅补充，"他前妻先是发现了小三，接着又发现他

的出轨对象有好多个人——赶上一个足球队了都,之后又发现了好几个私生子。他给那些女人买别墅,给那些孩子买豪车,可他们娘儿俩却一直在省着吃穿过苦日子,这才离了!但××科技创业的钱吧,是女方哥哥拿出来的!夫妻二人反目之后,女方哥哥想看看账,可男方不让!好嘛,女方哥哥立即告到法院去了,说××科技的投资人和大股东被拒绝了看公司的账!最后当然告赢了。没想到啊,账看着看着,那创始人就被拷走喽,好像是职务侵占。"

经鸿附和着母亲:"那他还真是挺活该的。"

"最近还有一个事,"蒋梅继续八卦,"×××网CEO的老婆之前要求离婚、分割财产,结果你们猜猜怎么着,法院发现,他们两个十五年前就被法院判过离婚了!当时老婆去国外读博士了,而×××网正好出现要成功的苗头了,于是那CEO就趁着老婆去了国外,法院文书送达不了,抓紧时间起诉离婚了!好像登报超过六十日就能视为文书送达了?到时候开庭什么的就算女方没出席?这也太精明了。"

经鸿笑蒋梅:"您从哪儿听的八卦细节?怎么没人跟我讲呢?"

经鸿发现,蒋总绝不是不喜欢八卦,只是以前没时间八卦。

蒋梅撇撇嘴:"你们当然不行了。总之,他们这么算计枕边人,真可悲啊!"

可事实上,婚前婚后各种操作,让妻子离婚之后一分钱都拿不到的男人,多如牛毛。

这时经海平突然插了一句:"行啦,别总在儿子面前讲这些了。经鸿也该琢磨琢磨自己的终身大事了,你总讲这些,经鸿要对人的感情和婚姻生活没信心了。大多数的原配夫妻,比如我们,不都挺好的?"

"是哦。"蒋梅看看经鸿,"经鸿也到年龄了。"

"算了吧。"经鸿却是兴致缺缺,"不急。还没遇到合适的。这一辈子要能遇到,那就再说,要遇不到也就算了。"

老一辈的父母都希望孩子成家，听见经鸿这话，蒋梅当然不大赞同："还不急呢？你喜欢什么样的？连清辉的那个周昶，最近都在相亲了。"言语间，又抛出来一个八卦。

经鸿手上的筷子顿了顿，他仿佛听到了一个笑话："周昶？相亲？周昶会乖乖相亲？"

蒋梅反问："怎么啦？"

"没事。"经鸿还是那副听到笑话的表情，"只是觉得这种形式非常无聊，周昶应该不会喜欢。"

"这种形式不挺好的？"蒋梅说，"夫妻两个门当户对的，不会那么算计；而且，据说女方相貌漂亮，性格又温柔，很适合周昶。也不知道是哪家闺女……可以问问，他俩要是看不对眼，你俩试试。"

经海平也赞同。

"性格温柔？"经鸿笑着摇了摇头，他说，"那周昶更不可能喜欢了。"

"说得好像你很了解……"蒋梅不太高兴了，"那你说说，他应该喜欢什么样的？"

经鸿觉得自己真的能猜出来周昶的喜好，他想了想，笑道："我觉得……他喜欢有个性的。"

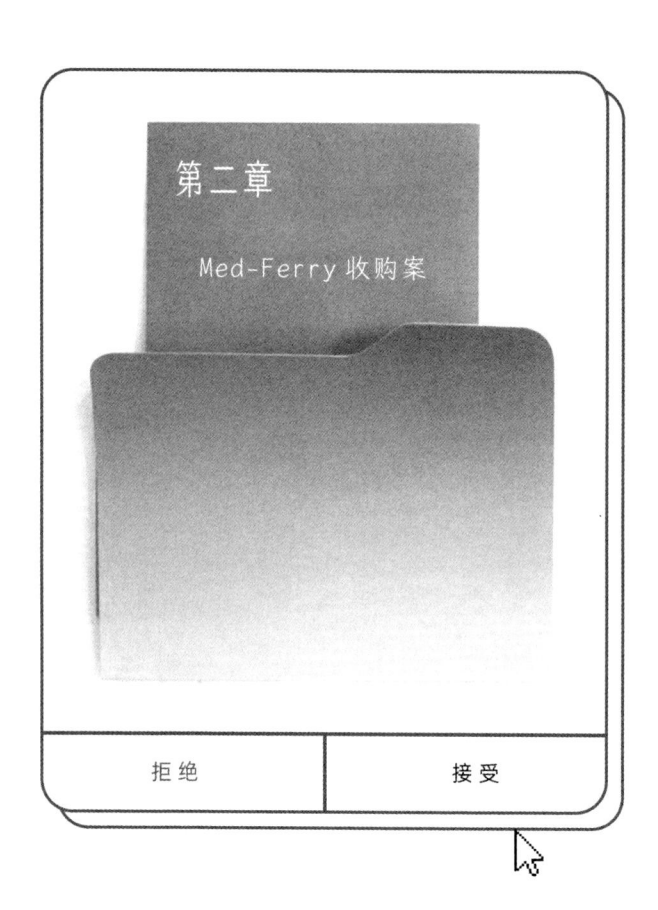

第二章

Med-Ferry 收购案

| 拒绝 | 接受 |

创业创新大赛之后，鲲鹏、华微开始整合。

虽然知道自家上当了——华微那个AI贷款的项目其实只是装装样子，泛海却还是正式叫停了那个项目。

一切都很顺利。

洪顼一入职泛海，就开始着手解决AI医疗项目上的几个难题。

经鸿对此充满期待。

他再听到清辉这个名字，是一个月后，有关一桩跨境收购。

此前泛海集团的投资部看中了一家位于瑞典的医疗器械公司，赵汗青主持收购，摩根大通（瑞典）担任财务顾问，曼斯律师事务所担任法律顾问。

瑞典是轻、重工业的老牌强国，诞生过沃尔沃、爱立信、宜家、H&M等公司，医疗器械上的技术也走在世界前列，发明过心脏起搏器、呼吸器、人造肾等，虽然现在衰落不少，可一些企业仍然具有非常高的收购价值。

泛海先是收购了那家公司8.9%的股份，而后，泛海提出想要收购该公司100%的股份，让它成为泛海的全资子公司，并向该公司的全体股东发出一份很有诚意的总对价高达三十五亿欧元的收购要约——每股报价比该公司过去一个月内的平均股价高出约20%，比过去十二个月内的平均股价也溢出不少。

泛海集团每次出手，价格都不低。

几轮谈判后，泛海集团接受了五年之内不裁员、不降薪，保证工会等组织的独立性和自主性等苛刻条款。那家公司的董事会审核、研究之后,接受了泛海集团的收购要约,双方签订了相关协议。

那家公司的董事会建议公司全体股东出售股份给泛海,同时建议全体股东在未来的特别股东大会上对这桩收购投赞成票。

不过,如常见的收购一样,协议规定了四十天的竞购等待期,在此期间,"买卖双方均可不经事先通知退出上述交易"。

也就是说,四十天内,如果其他买家提出了更好的条件,比如更高的报价,那家公司与泛海的这份协议就作废了。

经鸿和赵汗青都认为问题不大。

虽说最近美国、德国等国家正试图遏制中国企业的跨境收购,不愿见到自己国家的核心技术落入别国之手,但是目前瑞典方面并没有相关动作,经鸿和赵汗青并不担心收购失败,然而,突然之间,情况就变了。

"经总啊,"赵汗青说,"有件事,您心里头得有个底。"

"嗯?"经鸿认真了些,"什么事?"

"Med-Ferry 的收购,"赵汗青说,"清辉昨天入场了,我们两边又打起来了。"

经鸿竟然不是很意外。

果然,对 Med-Ferry 的收购,泛海、清辉又抢起来了。

此时,四十天的竞购等待期才过去一个星期。

这半年来,泛海、清辉已经看中好几个同样的目标了,每一次都竞争激烈。Med-Ferry 这家公司是少见的非常适合收购的对象,一旦错过这个目标,下个机会会非常难等。

首先,Med-Ferry 是欧洲传统的大牌医疗器械生产厂商,拥有众多医院客户资源,而泛海、清辉二者都在布局 AI 医疗的产品,比如正在研发的手术机器人、智能外骨骼,还有最热门的医学影像 AI……这类产品中国拥有价格优势,如果打算打入海外市场,就必须有合适的销售渠道、大量的医院客户资源。俗话说,瘦死的骆驼比马大,Med-Ferry 之前做得非常不错,虽然近些年来在走下坡路,但相关资源仍然还在。

其次,虽然主营业务走下坡路,但 Med-Ferry 此前收购过一家 AI 药物研发公司,结果现在这家公司刚刚取得了一项技术突破——发现了某疾病的新靶点以及针对该靶点的新化合物。目前已经有一些制药巨头想与它合作,想给它订单了。这家公司带来的利润可以弥补收购投入。还是那句话,能少花点儿当然还是少花点儿好。

最后,肉眼可见,欧美国家对跨境收购的审查越来越严,而不管是医疗还是 AI 都绝对是敏感行业,泛海、清辉都想趁现在拿下一家欧美公司。

赵汗青说:"清辉报价高一点点。现在 Med-Ferry 已经说,泛海若不提高报价,就打算取消对我们的推荐,转而接受清辉的要约了。"

"嗯。"经鸿问赵汗青,"这个案子,有把握吗?"

"我们应该可以赢下来。"赵汗青道,"泛海、清辉财力相当,清辉提高报价,我们也可以提高报价,大家预算都差不多。以往,纯粹竞争报价的话,最后报价总是差不太多。"

经鸿静静地听着。

赵汗青又继续分析:"但是,Med-Ferry 是做骨科植入医疗器械的,而清辉曾经收过一家 3D 打印金属植入物的公司——"

"我知道,"经鸿说,"未康医疗,是吧?"

"对,"赵汗青点点头,"今年,未康医疗好几样东西,比如人工椎体,已经拿到 FDA[1] 和 CFDA[2] 的注册证了。这家公司打算明年在香港申请上市,拿一个'3D 打印第一股'的名头。我看,之后清辉应该会想立即将 Med-Ferry 拆成两个独立公司,其中一个做主营业务,而另一个……专门做分销。现在,Med-Ferry 公司的

---

[1] FDA:美国食品药品监督管理局。
[2] CFDA:中国食品药品监督管理局,二〇一八年机构改革,改称 NMPA。

分销部门权力比较受限制，而分销如果独立运营，发展自然可以更好，也不会因为要卖 Med-Ferry 自家的骨科产品，就不能再卖其他家的了。清辉那边应该很急，想借 Med-Ferry 原本的骨科器材销售渠道帮未康医疗的产品迅速打开欧洲市场。"

经鸿说："继续。"

赵汗青便又道："清辉可能还想将两个公司重组、整合，比如砍掉 Med-Ferry 不太行的产品线，把那边的工厂直接当作未康医疗在欧洲市场的工厂，毕竟调节温度、湿度等的设备都是现成的，还有仓库也是。"赵汗青一边说，一边打着手势，"这样能替未康医疗节约大量成本，全力帮助未康医疗在香港上市。其实我看啊，清辉入场 Med-Ferry 的收购，很重要的一个目的就是想帮未康上市，当'3D 打印第一股'，在 3D 打印这个领域占鳌头拿稳市场，也给清辉未来的收购行为增加筹码。"

经鸿点头："是这样。"

"但是，"赵汗青又说，"我们泛海却不需要立即拆分或者重组。之前谈判的过程中我们可以看得出来，Med-Ferry 的老板还是希望维持公司原有的一些东西的，不想公司面目全非，否则就不会提出不裁员、不降薪、保持工会的独立性等要求了，谁也不想自己的心血在易主之后面目全非。这些要求，清辉那边是没办法答应的，因为分拆重组是清辉此次收购最重要的原因之一。清辉一出手，Med-Ferry 必定七零八落。周昶风格跟我们不太一样，他很凶狠，唯我独尊。那么在报价差不多的情况下，泛海自然占着优势。"

"明白了。"经鸿点头，"继续吧。辛苦了。"

赵汗青说："好。"

不过，虽然赵汗青说泛海占着优势，经鸿却总觉得，这次收购并不会如赵汗青想的那般顺利。

那个周昶，会如何应对？

赵汗青离开后，经鸿觉得有点儿疲惫。

泛海还是需要 CSO 的,他一边当着集团的大总裁,一边当着企业发展事业群的总裁,真有些累。

幸好人力资源部门的总经理已经物色到一个不错的人选了,是高盛总部主管全球互联网行业投资的董事总经理。

消息传出去后,业内更戏称泛海集团的投资部是"高盛海淀分盛"。

一直工作到十点多,经鸿却没直接回家,而是约了某个退役的前职业网球选手在泛海的网球场上打了几盘。

泛海就有网球场,而且场地质量非常好。

经鸿京郊一套别墅的院子里有网球场,经海平那儿也有,但经鸿很少过去,一般回竹香清韵的大平层,所以,经鸿用得最频繁的反而是泛海集团的网球场。

网球是经鸿最拿手的体育运动,从六岁就开始学了,先跟着父亲认识的北京某体校的网球教练学,后来父亲突然发达了,他又跟着北京市队的专业教练学。经鸿非常有耐心、能坚持,他早发现,对赢不了的对手,他大可以一拍一拍打僵持战,直到打得对方受不了。

事实上,经鸿少有玩票性质的爱好,他只要练了,就想要头衔。

因为水平不错,读大学时经鸿也是校队成员,然而学校队友太强了,其中很多毕业以后大概率会转职业运动员,经鸿也识时务,打不过也不恼。后来他找了一个校队队友,组了双打,天天练默契,大三那年跟着学校拿了一个 NCAA(美国全国大学体育协会)的团队冠军。

网球也叫经鸿再次明白了什么叫人外有人——多年过去后,经鸿发现,他当年无论如何也赢不了的那些队友,比如他们的一号种子、当时惊人的一个存在,这些年 ATP[①] 的最高排名是第 141。

除了网球,经鸿还练跆拳道。练的时候,经鸿就定好了目标段位——再往上就太困难了,后来也真达到了那个段位。

---

① ATP:ATP 巡回赛是职业网球联合会组织的世界男子顶级网球巡回赛。

他制定目标，但不会制定不切实际的目标。

经鸿喜欢多巴胺、内啡肽，所以他喜欢运动，也喜欢成功。

至于艺术之类的，经鸿从来不感冒，一直没兴趣，他喜欢有明确的输赢、分得出上下的东西。

在艺术方面，他好像也没天赋，对产品的UI（使用者界面）设计从来不插手。

打完网球，经鸿没在泛海洗澡，而是直接回了竹香清韵。

到了家，关了门，经鸿将轻薄的网球服扔进浴室的洗衣篮，而后踏进淋浴间，拧开花洒。

温热的水"哗"的一声淋到背上，力道颇大。

在这样的放空状态下，经鸿一边冲水，一边不自觉地再次想到了对Med-Ferry的收购进展。

又跟周昶撞上了……经鸿想：周昶可真烦人。

上次撞上周昶，是因为一项重要的战略投资——对鲲鹏；这次撞上周昶，又是因为一项重要的战略投资——对Med-Ferry。

经鸿不想再输了，既是为了他自己，也是为了泛海。

他不喜欢被压一头的感觉。

经鸿想起来，昨天晚上堂妹刚说他们两个水火不容，他像水，周昶像火。

这话倒叫经鸿想起上古时期祝融与共工的那场大战来了——那一次，水神共工是输家。共工一头撞倒了不周山，可不周山是撑天的柱子，最后天崩地裂，幸亏还有女娲补天。

洗完了澡，经鸿走出洗澡间，擦干净身子，而后在腰间围了一条大浴巾，走到洗手台前，按着大理石台面，静静望着镜子里头的自己。

又会输吗？

再一次？

他不如周昶吗？

应该不会吧。

因为镜子蒙着一层水雾,经鸿的身影其实不是特别分明。

镜子里的他上身赤裸,肤色偏白,胸肌、腹肌、手臂线条依稀可见,年轻而且强壮,正在最好的年纪。

另一个人,也在最好的年纪。

不知不觉地,经鸿伸出手指,在镜子的雾气上面写了"周昶"两个字。字如其人,有隐隐的杀伐之气。

手指滑过镜面,指尖抹过的地方水雾消失,"周昶"二字的笔画里露出了经鸿的身影。

"周昶"这名字共十七笔,因为水雾,经鸿身上的其他地方在镜子里尽是模糊的,唯有在这十七笔中的他是清晰可见的。

经鸿好像在透过那个男人看着自己,也审视自己。

或者说,透过对方,他看见的才是清晰的自己。

许久之后,经鸿手指一抹,抹掉"周昶"二字存在过的痕迹。

如经鸿想的一样,Med-Ferry 收购案的进程果然没有那么顺利。

泛海、清辉几次修改要约,几次提高要约价,接着,就在 Med-Ferry 公司的董事会渐渐倒向泛海集团时,清辉一下加价了 12.5%。

Med-Ferry 刹那间被砸蒙了。

本来,因为泛海承诺不拆分、不重组,而清辉拒绝,天平已经倾向了泛海,可这一下,天平瞬间"哐当"一声砸向清辉,而且一下砸到底。

Med-Ferry 创始人和股东们喜欢不拆分、不重组,但他们更喜欢钱。清辉一下将报价提高了 12.5%,他们能多赚一大笔。

"怎么回事?"办公室里,经鸿皱着眉,问道,"这个价格,清辉疯了?"虽然溢价百分之几百的收购也非常多,但显然 Med-Ferry 并不值得。

这种赢有什么意义？

大家利润差不太多，在这块儿砸太多钱，其他地方就拼不过了，清辉的钱又不是大风刮来的。

赵汗青侧着身子坐，望向经鸿，长长叹了口气："清辉决定只收购90%的股份了，而剩下的10%由安泰基金出手。清辉那边组了财团。"

经鸿心里算了一下，道："那也不够。"

"还能避税。"赵汗青向经鸿讲解，"《瑞典房地产交易税法》规定，收购拥有房地产的企业95%以上的股份需要缴纳房地产总价值3.5%~4.5%的房地产交易税。Med-Ferry是大公司，有办公楼、工厂和仓库……房地产税就差不多八千万欧元了。安泰基金一介入，这八千万又省下来了。"

经鸿愣了愣，问："有这事？"

即使是经鸿，也不可能精通世界各国全部法律。

赵汗青点点头，没说话。

两人安静了一阵子，赵汗青道："这个价格的话，我建议算了。不值得。我这边刚整理了其他的收购目标。或者……泛海也有安泰基金这种愿意为他人作嫁衣的伙伴？"

经鸿沉默不语，还真没有。

基金都是想赚钱的。Med-Ferry这公司近年发展并不顺利，泛海、清辉的收购纯粹出于自身战略，因为想在将来推广自家的产品。何况，因为泛海、清辉"打起来了"，目前收购的总对价明显高于Med-Ferry的真正价值。

赵汗青说得没错，安泰基金这几亿欧元，是单纯方便清辉集团的，为清辉作嫁衣。

泛海不会求着别人。

经鸿明知故问地骂了一句："安泰有病啊？！"

"呃，"赵汗青小心地道，"安泰基金一直是和清辉集团穿一条裤子的。这招之前没用过,毕竟涉及安泰基金自身的几亿欧元呢。但这么做也不稀奇。据说当年安泰基金生死攸关的时候,是周不群出手相助,等于他们对安泰基金有救命之恩。"

经鸿抬起眼皮,看着赵汗青,皮笑肉不笑地说道:"我知道。"

他只是想骂一骂而已,没想听反驳。

赵汗青不敢说话了。

经鸿想:经海平啊经海平,你天天说周不群是坏蛋,你自己是好人,瞧瞧,人家坏蛋有铁哥们儿,你个好人可没有。

"这其实是一个信号。"思绪被拉回来,经鸿不提周不群了,说道,"清辉集团也不是真拿不出来这几亿欧,他们只是想告诉我们,他们那边还有盟友。想告诉我们,拼价格的话,泛海集团没什么优势。清辉想让我们泛海自动放弃,别再抬价了,否则泛海依然会输,清辉也大出血,最后只便宜了Med-Ferry。我们都是中国企业,别叫外国人又赚人民币,又看笑话。"

赵汗青揣测着他的意思,说:"那——"

"先按兵不动吧。"经鸿吩咐,"我看一看。"

"好。"赵汗青说着,将手里其他收购目标的表格也递了过去,"这个您也看看吧,其他目标。清辉想收购有骨科植入的公司是因为他们还想帮未康医疗冲上市,可我们不是。别的也行。在资源这个东西上,Med-Ferry其实还是有替代品的。"

"嗯。"经鸿一边随手翻着手里的表格,一边告诉赵汗青,"但我还是喜欢Med-Ferry。我想要Med-Ferry旗下那家AI药物研发的公司。我之前没说,但实际上是非常想要。"

赵汗青疑惑了一秒,眼中露出些许茫然。

"行了,"经鸿将赵汗青打发走了,"我再想想。"

赵汗青颔首:"好。"

晚上到家,脱了衣服,洗了个澡,经鸿躺在卧室床上。他不喜

欢穿睡衣，习惯只穿内裤，他也不知道为什么。

他本来想靠着床头看看书的，结果堂妹打了个网络电话过来。

经鸿与堂妹及堂妹爸妈关系很好——他小时候，经海平和蒋梅夫妻忙创业忙得不着家，他一部分童年时光是在堂妹家度过的。

后来经鸿越来越出色，逢年过节也都不忘记问候堂妹一家人，对方如果打电话来，他也非常耐心地接听。

"哥，哥，"堂妹经语说，"八卦一下，八卦一下，我今天看到网上说，××集团的太子爷投资眼光特别厉害，投出来了好几家上市公司，成功率百分之百……我们现在好多东西都有'太子'的投资，是真的吗？好多人说，他的能力可以比肩泛海和清辉的接班人了，是第三个特别牛的企二代，真的吗？"

"我先看看他的投资。"经鸿一只胳膊支着身体，耳朵戴着蓝牙耳机，一边划着手里的iPad，一边闲散地答疑解惑，"假的。投的都是E轮、F轮，上市前的最后一轮，个个都是热门公司，VC们的争抢目标。比如回报最高那两三家，都是在进行上市前最后一轮融资的公司，谁都知道这几家公司马上就要上市了。"经鸿语调懒懒散散的，"这种热门的投资，靠的不是眼光，是资源。他的资源就是他爸了。"

经语并未失望，而是以发现了什么八卦的语气道："哦——"

经鸿当年是以个人名义认认真真投过一些"天使轮"的，那些公司有的成功了，有的失败了，但总体来说，在"天使轮"的层面上，他投资的成功率和回报率是非常可观的。

那边，堂妹说："所以，这个'三号'名不副实喽。"

经鸿随意道："目前确实没瞧出来什么特别的。他爸是想提高他的名声吧。这也正常。"这个年代，"造神"往往是有效果的。

不过，堂妹那句"这个'三号'名不副实喽"，让经鸿突然意识到，好几年过去了，真正"副实"的企二代，依然只有他和周昶。周昶也投过几个非常不错的"天使轮"。

不得不说,他和周昶的能力给父亲们省了很多麻烦,据说其他的"企一代"已经在发愁财富继承的问题了,因为在股份继承这件事上,家族利益与公司利益往往存在巨大冲突。

经鸿想:"企一代"的公司们,大多可能也就那样了吧。

事实上,比起老一代人创立的巨头公司,经鸿觉得新一代人创建的"独角兽"们威胁更大,大批有学历、有能力的人对巨头公司虎视眈眈,伺机赶超。

正想着呢,堂妹就说到了周昶:"对了,哥,我那天还听到了一些周昶当年'血洗'董事会的八卦,财经记者爆出来的,被热心网友截图了。"

因为一直在想周昶,听对方提起这个名字,一瞬间经鸿竟然有一种被看穿了的感觉,问:"嗯?他怎么'血洗'董事会了?"

"就……"堂妹回忆了一下,"好像……因为周昶接管清辉比较突然,董事会里一些元老不服气嘛。"

经鸿那时也刚接班,其实并没怎么关心清辉和周昶,并不知道这些龃龉,此刻却起了一点儿兴趣,问:"然后呢?"

"咦,"堂妹惊了,"哥,你也想听八卦了?你以前都不追问我的!你今天却追问了两次!"

"还行吧,"经鸿还不至于被个小丫头问住,开玩笑道,"当个睡前故事,随便听上一耳朵。"

"好吧,"堂妹继续讲,"我其实不太记得了……反正就是想斗他的全部都被他斗走了。我想起来一个,周昶要告一个股东,因为那个股东与清辉的支付业务有关联贷款的问题……周昶也是股东之一啊,自然可以告对方的,然后吧,那个股东为了周昶能放过他,只好答应周昶在股东大会上一起投票,把一个董事踢出董事会了。后来周昶干脆拟了一份十五人的董事名单,上面是自己选的独立董事,意思是,董事名单就按这个来!"

经鸿听得饶有兴致:"原来如此。"

事实上，经鸿一点儿都不觉得周昶真会遇到问题。

清辉也与泛海一样，是美国的上市公司，前些年上市时采用了"同股不同权"的双重股权结构，连结构都非常类似——A股是普通股，一股一投票权，而B股有超级表决权，一股十投票权。

经海平、蒋梅与经鸿只有泛海集团8.8%的股份，却拥有49.1%的投票权，经鸿知道周家那边比自己家少一些，但应该也在40%以上。在这种情况下，以周昶的能力、手段，掌控董事会实在是易如反掌，是那董事不识趣，误以为自己能当摄政王。

不过经鸿想想自己，发觉自己刚接班那会儿其实也是严阵以待的。他不像周昶，用雷霆手段高压治军，他采取的是温和手段——那时每次召开董事会前，经鸿都先给泛海的每个董事打电话，针对各项会议提案问过对方的意思，再阐述自己的想法，确保到时不会发生失控的场面。他嘴皮子一向厉害，在意见不统一的时候，他往往可以事先就说服对方，最后泛海过渡也就基本平稳。

这时堂妹想起后半段，又讲了一番，经鸿全部听完后，只能评论说："这也叫'血洗'董事会？坊间传闻太夸张了，周昶都没真用上脑子。"高光就是第一段了。

一边说，经鸿还一边在心里抱怨经海平："总说我太狠，我那也叫狠？看看人家，'血洗'董事会，啧啧。"

"算了算了……"听出经鸿觉得故事不够精彩，堂妹说，"当睡前故事，够格吗？"

经鸿继续逗堂妹："不够。你讲故事太生动了，抑扬顿挫、绘声绘色的，声调还高，谁家的睡前故事越听越精神？"

堂妹的声音其实很好听，像无忧无虑的百灵鸟，可讲话时如果太兴奋了，就有点儿尖声尖气。

"喊，"堂妹问，"那谁的声音适合读睡前故事？"

经鸿一时还真没想出来。

几天之后，挺突然的，泛海再次修改要约，这次，除了匹配清辉报价，泛海集团还做了一个比较异常的举动——将有条件的收购要约变更成了无条件的收购要约。

此前，泛海的要约包含着"至少获得51%的投票权"的生效条件，而这种"有条件的收购要约"也是常见的要约形式。对于一个收购者来说，如果追求对企业的控制的话，50%以上的投票权是必须拿到的，因为成为董事需要获得超过50%的同意票，也就是说，只有拿到超过50%的投票权，才可以改组董事会，才对公司有控制权。否则，如果收购到最后，投票权还是没超过50%，那就真是白白付了巨款，却没控制权。

这个操作有些异常，清辉并没跟着泛海走。

紧接着，更突然的，泛海集团就宣称，泛海集团刚刚将Med-Ferry的股票由8.2%增持到了18.2%，并且已经取得了33.5%的投票权。

泛海集团并未公布出售者的具体名字，但相关的人一看就知道：Med-Ferry创始人之一，负责市场的那个人，竟"背叛"公司，在董事会建议"等待""暂时不要采取行动"的情况下，接受了泛海集团的要约，将他手中共计10%的B股股权出售给了泛海。

因为瑞典法律允许双重股权结构，Med-Ferry的股票分为A、B两种，A股一股一投票权，B股一股十投票权，而B股主要由Med-Ferry公司的三个创始人持有。

美国的双重股权名气好像非常大，可实际上，美国采用这个结构的公司并不很多，在上市的公司当中其实只占7%~8%，"同股不同权"反而在北欧等地更加流行，其中瑞典又是采用双重股权结构的上市公司比例最高的国家，80%以上上市公司都采用这种股权结构。

至于中国，目前，不管是内地的A股还是香港的H股，都禁止"同股不同权"，与德国等国家基本一致。在中国的法律中，一个人只

要拥有股份,就应该有相应权利。一些股票每股十投票权、一些股票每股一投票权,一些股票每股零投票权,这样的设置对小股东是不公平的。

瑞典的"双重股权"与美国的"双重股权"又不一样。

在美国,大多公司明确规定"超级投票权不可转让"。如果转让,超级投票权股自动转为次级投票权股。大公司里只"脸书"(Facebook)一家可以转给家庭成员,为"继承"做准备。股东信任创始人,但也只信任创始人,并不愿意将投票权交给随便什么人。加拿大更明确建议公司设置相关的日落条款①。

可瑞典不是。在瑞典,不论是协议转让,还是接受要约,股份都是带超级投票权的。连瑞典排名前十的上市大公司都未设置日落条款,而排名前二十的公司里,只有两三家有相关的限制。在这个国家,各个公司创始团队都好像"自由过了火"。

这个特性,正是经鸿想利用的。

Med-Ferry公司有三个创始人。其中负责R&D(研究与开发)的和负责市场的持股比较多,每人10%,而COO持股相对少,只有5%。这次,泛海集团说服的是负责市场的创始人。

泛海集团说动对方的理由共有两条:

第一条,泛海集团的要约是无条件的收购要约,而清辉集团的要约仍是有条件的收购要约,生效条件是至少获得51%的投票权。一旦最后未达到条件,要约即成一张废纸。

第二条,对于此次收购,泛海准备得更加充分,发出要约前已经通过两边政府的审批,而清辉突然介入,动作比较仓促,收购后仍需要数月的时间取得核准。隔壁德国突然通过《对外经济法》修正案,明确限制非欧盟企业在德国的跨境收购,那"数月"后,瑞典的市场环境也许会发生变化。

也就是说,清辉那边其实存在不确定性。泛海取消收购条件后,

---

① 日落条款:又称落日条款,指各种法律法规文件及合同中关于有效施行期限的规定。

在这一刻,唯有泛海的这份要约是确定的,而清辉的竞争性要约则不是。

此前,在谈判中,泛海集团已经发现Med-Ferry公司这位创始人极为谨慎,不愿意冒一点儿风险。正因为这个性格,他本人与Med-Ferry公司管理层存在一些龃龉,与另外两个创始人也早不是好兄弟了,甚至于,他在公司里早已被边缘化,被架空了。

不过,除他之外,其他人都是非常难啃的硬骨头。这也正常,竞购总是价高者赢。

....

得知泛海又收购了10%的股份,Med-Ferry董事会有点儿震惊,因为在这样的一个时间,泛海越过Med-Ferry董事会说服股东接受要约,这种行为有一点儿恶意收购的性质了。但发要约前的谈判中,Med-Ferry与泛海没签署冻结条款,董事会阻止不了。

当时Med-Ferry当然想签冻结条款,规定"未经董事会的赞成,泛海集团不能购入Med-Ferry公司的任何股份",防止善意收购变恶意收购。但泛海也与通常的潜在买家一样,不愿意签。最后,在拉锯中,泛海赢了。

泛海集团立即表示自己不会再增持了,说这不是恶意收购,这是"友好而坚定"的收购。Med-Ferry头一次听到将恶意收购说成是"友好而坚定的收购",他们感觉这个说法太过分了,简直令人震惊。

不过,很幸运地,突然抢筹10%的B股这件事,最后还是揭过去了。

因为承诺"不拆分、不重组",Med-Ferry董事会其实还是更倾向于泛海集团。再说董事会里很多人都拥有股份,他们也需要泛海集团继续收购、施压清辉,让两边的报价再涨一涨,所以跟泛海集团的关系绝不能僵。

到这份儿上,是不是恶意收购早就已经不重要了。

清辉安静了两三天,似乎在想泛海集团葫芦里在卖什么药,因为泛海这种行为确实显得非常反常。

首先,泛海有很大的收购风险——若没拿到过半投票权,已投入的巨款难道就打水漂?

其次,这种行为明显会得罪Med-Ferry的董事会,而董事会的最后推荐对股东们有极大影响。泛海集团好像已经不在乎Med-Ferry董事会,破罐破摔了。

"经总,"泛海集团总经理办公室里,已经知道经鸿算盘的赵汗青捏着一把汗,"这会不会……还是太冒险了?"

"还好。"经鸿想了想,"对于Med-Ferry,周昶应该势在必得,这个方案成功的可能有九成。周昶向来有脑子,不至于损人不利己。"

"希望如此吧。"赵汗青又叹,"希望最后按您的剧本走吧。如果咱们拿下了Med-Ferry,那泛海的这桩收购可就突破最高预算了——近几年来从未有过。"

"不会。"经鸿想了想,说,"周昶肯定继续加价。"

几天后,正如经鸿预料的,清辉集团再次提高了此次要约的总对价。

那一天是十二月的最后一个工作日,马上就到二〇一八年了。

听说了这个消息后,经鸿没有任何反应,反而带着助理谈谦在园子里逛了一逛——今年,泛海集团举办了一个很漂亮的新年灯展。

泛海总部在海淀区,有九栋楼,是很大的一个园区,而今晚,泛海集团灯火辉煌。新年灯展在园区内一片特定的场地上,通道已经被打造好——观展的人由泛海的侧门进去,一路向北走,便能到达最终场地了。

泛海集团的保安们在侧门外维持秩序,让员工们排好队,一批一批地放进去。

经鸿本来对这灯展没有太大兴趣,可绕了一圈后,也被周围人的饱满情绪感染了。

侧门内，首先是一条长长的灯光隧道。一条一条的黄色灯链将通道拢成圆筒，延伸至很远的地方，脚底下是冰面般的特殊玻璃，里面夹着霜花纹样。灯链里，还有好些雪花模型，灯光闪烁如星，连成一片。

走出隧道，通向场地的一路上，两侧树木都被装点上了密密匝匝的小灯泡，而草地上也同样被装点上了五颜六色的彩灯，好像一片暗夜花海。小动物造型的灯组卧伏在草地中间，也有几组灯扎成了球形小屋，男男女女排着长队进到小屋拍照。

灯展场地其实是泛海集团的足球场。

足球场被一分为二。其中一半是灯展区，也是个迷宫，植物墙围出一条弯弯绕绕的道路，上面缀着各色彩灯，红的、粉的、蓝的、黄的、紫的，仿佛花墙，而白色灯泡构建成的高大树木立于墙内，时不时也有雪花，人走在其中，好像置身于童话世界。

迷宫内有九只"鹿"，象征"禄"，当然也是造型灯组，美丽、矫健，散布在迷宫各处，泛海员工可以拿着一个册子四处打卡，收集印章，而每个图案的下面都写着"泛海集团，2018年元旦"。

那迷宫的出口处有一棵高耸入云的神木，神木周围是一根根无比尖锐的冰晶，仿佛在守护神木。

足球场的另一半搭起了一个大型的溜冰场。与常见的溜冰场不同，这溜冰场有一条固定的、被银色栏杆围起来的弯弯曲曲的路，道路两边全都是灯，有树，有雪花，有动物，中间一段有连续的几十道纯白拱门，上面插满仿制出来的长长的白色鹅毛，令人真的像走进了梦境。溜冰场出口旁同样是正中央的那棵神木。

经鸿看到，一路上，所有的泛海员工都兴奋异常，他们惊喜、尖叫，或拍照，或合影，不愿错过任何一处景致，脸上全都洋溢着开心且自豪的笑容。

一切都因为他们是泛海的员工。

他们一路拼搏，走到今天，成为泛海的一员。

经鸿还见到很多员工在发微博和朋友圈，文字全都写着"我们公司的灯展"。

时不时有泛海员工跟他打招呼："经总！"

经鸿总是回以微笑。

这几天，泛海集团各事业群在轮番开年会。泛海太大，各事业群、各个分公司，都是分开开年会的。今年美国分公司的年会在一艘退役航母上开，它现在是一个博物馆，却仍保留着它服役时的所有设施，泛海包了整艘航母，"泛海年会航空母舰"还登上了微博热搜。

看着这些，经鸿压力其实很大。他偶尔感到焦虑，怕突然某天大厦倾覆，怕由自己带着泛海走向衰落。大厦倾覆时的余晖，一定充满血色。

焦虑时，他偶尔会觉得孤独。

前几天，经海平和蒋梅二人又说起经鸿婚姻的话题。

蒋梅说，经鸿的妻子最好是事业成功、性格温柔的类型，而且同在IT行业。这样，一方面，对方有智慧，有经历，了解互联网，了解大公司，也了解管理者；另一方面，能理解他、共情他。

经鸿知道父母的话有些道理，但事实上，经鸿认为完完全全感同身受并不可能。

这个位置太复杂了，说不清。

对着父母的时候，经鸿说的那些东西带着多少精心的修辞、微妙的省略，他自己都数不清。对着朋友的时候也一样，很多话真说出来难免矫情，于是那些摩擦、那些龃龉，各种滋味全都只能自斟自饮。

经鸿突然想，周昶也许能懂吧。

他一向想赢周昶，可在这样一个时候，他又想，有那样的一个朋友，或许也不错。

可惜的是，他们永远都不会是朋友。

Med-Ferry一直催泛海集团，问匹不匹配清辉报价，说泛海要约低估了Med-Ferry的价值。赵汗青便按经鸿的意思，只说"我们想想""我们再想想""我们还需要一点儿时间"。

拖了一阵子，经鸿终于觉得时机应该差不多了。

经鸿请高盛的沈总当中间人，说想约周昶见一面。对于经鸿的邀约，周昶好像颇为意外，不过最后双方还是敲定了一个时间。

"在哪儿见？"高盛老总问经鸿。

"就清辉吧。"经鸿道，"我过去。周总肯定是大忙人，一天天的时间安排得针插不进、水泼不进的，本来就是我这边要求见面的，我尽量少耽误点儿周总的时间。"

"行。"对方又问，"大概需要多长时间？"

经鸿笑笑："五分钟就差不多了。"

到见面的那天早上，经鸿走进衣帽间，略略犹豫了一下，最后拎出一套藏蓝色的英式西装三件套、白色衬衫，还有香槟色的领带。

打点好了，经鸿又拉开抽屉，在摇表器上看了一眼，最后选了一块表。

经鸿平时其实比较随意，在泛海时穿着就是普普通通的商务便装，一条西裤，一件衬衫，手上戴一块商务型的苹果手表。

今天这样算罕见了。

到了时间，经鸿的司机将经鸿送到了清辉大厦。司机按照事先安排报了身份、进停车场，而后将车一路开到了周昶电梯的出口处——周昶的助理会在那儿等着他们。

经鸿到得早了一些，便叫司机先找个地方停车。清辉高管的停车场与泛海高管的十分相似，里头一溜儿豪车，有的蒙着车罩子，有的则没有。不少高管自己家里停不下了，就把车停公司这边的停车场。

看了看表，时间还没到，经鸿也没联系清辉负责接待的人，就

一个人站在电梯外头,安静地等着。

经鸿很少带保镖之类的,这与经海平一样。

周昶的父亲周不群不管走到哪儿,身边都有一群保镖。某电视台的财经记者曾拍到过周不群晨跑时的盛况——周不群在中间跑,前后左右六个保镖陪着他跑,前后各两个,左右各一个,还挺整齐。

当时另外一个财经记者问经海平:"您平时也带保镖吗?"

经海平则轻哼一声,说:"不带,我又没做亏心事。"言外之意是周不群做亏心事了,还做得挺多。

当然,经鸿当"光杆司令"的时候也并不多。除了司机,他一般也带着助理,更多时候他的身边前呼后拥,不管是去分公司还是去合作方那里,都有一大群人跟着他,又有一大群人接待他。

经鸿偶尔也带几个保镖,图个阵仗,他其实并不指望那些人能派上用场。

经鸿自己练跆拳道,在美国时,家里甚至备着枪,虽然那个时候没人知道经鸿的父亲是经海平。

经鸿突然想起来,在美国的那一阵子,他曾经在射击场见过周昶一次。

彼时那场商业大赛刚刚结束不长时间,他对周昶印象深刻。他们虽然都在湾区,但一个在斯坦福,一个在伯克利,平时其实很难碰见,但大的公司、各种活动多在南湾一带,周昶出现也不稀奇。

两人又不熟,经鸿当然没打招呼,只在射击场的大门口看了会儿。

不知道是因为什么,他的记忆还挺鲜明的。

与大部分人不同,周昶是单手射击。他戴着降噪耳机和护目镜,一手随意地插在兜里,沉稳而专注。一轮过去,靶子滑过来,中央红圈破破烂烂。

经鸿当时看了会儿,便去了另一个靶位。

正胡思乱想着,经鸿突然看见一辆劳斯莱斯驶了过去。

周昶的车,经鸿认出来了,他曾经在商业活动上见过周昶的这辆车。

经鸿想：周昶才来？约的九点，他八点五十五才到公司？

下个瞬间，车里的人走出车子，甩上车门，经鸿这才有点儿惊讶地发现里面的人并非周昶，而是 Chris Wells。

Chirs Wells 与洪顼一样，是近几年人工智能方面的学术权威，主要做超大规模训练模型，美国人，但出生于欧洲。Chris Wells 比洪顼年轻，可以承担更高强度的工作，而且与洪顼相比，Chris Well 更具备管理经验及工程能力，而工程化就意味着产品化、落地化。

泛海也考虑过 Chris Wells，不过聘请 Chris Wells 的话，要与谷歌、微软等国际巨头公司竞争，变数太多。经鸿研究过后，觉得 Chris Wells 这个人在学术上有较强的门户之见，担心未来会影响技术——今天你的确是最强的，但明天呢，后天呢，真不好说。

经鸿并不后悔。入职泛海后，或者说，回到中国后，洪顼精力变得旺盛，每天工作十几小时，而且洪顼毕竟没有语言障碍，语言如果根本不通，管理能力再强，效果也要打个折扣。工程方面，经鸿请来了他当年在斯坦福的一个同学，工程正是对方的强项，目前二人合作得非常顺利。

可对于清辉而言，与泛海集团抢洪顼失败后，对 Chris Wells 就是势在必得了。前一阵子，经鸿其实已经听说 Chris Wells 入职清辉了。

经鸿想，周昶连车都送给对方开了，够拼的。

也不知道是为什么，不论中外，大佬们将自己的豪车、豪宅、私人飞机、私人游艇等东西借给看重的人随便用，这招虽然俗，但特别好用。

也许，清辉能在与巨头们的竞争中赢，这也是原因之一呢。

Chris Wells 走进电梯，一副理工技术人员的标准样子，着白色衬衫、V 领毛衣，表情温和，头发乱翘。

经鸿又等了会儿,耳边终于传来"叮"的一声,高管专用电梯打开了,周昶的助理见到经鸿后迎了上来。

"不好意思,不好意思,"周昶的助理道,"经总等多久了?"

经鸿说:"刚到。"

"车停在哪儿了?"

"司机随便找了个空位。"几句话后,经鸿朝电梯示意了一下,"上去吧。还剩两三分钟了,别让你们周总等着急了。"

"好。"助理说着,又按按电梯,门"唰"的一声再次平滑地打开了。

周昶决不失礼,但也没多客气,差不多到约定好的时间了,才将助理给派下来。

经鸿走进电梯,突然想起来,这好像是他和周昶第一次单独正式见面。

经鸿站定后,电梯快速而平稳地上升,最后停在最顶层。周昶的助理比了个"请"的姿势,让经鸿先出了电梯,而后一路领着经鸿到了大厦最里面的总经理办公室。

美国很多大公司 CEO 甚至没有独立办公室,和员工们一起在大办公区工作。周昶虽然在美国读书、工作很多年,但显然还没那么西化。

办公室是长方形的,与另外几间独立办公室一起突出于整栋大楼的主体之外,三面都是落地玻璃,光线很好,风景也很好,但非常占空间。清辉大厦是正方体,最顶层却是圆柱状的,几间突出去的大办公室乍看起来像从大楼顶层长出去的几片花瓣。

周昶那间风景最好。

周昶办公室的风格与经鸿的相似,非常现代、简约。能看出来,周昶接班清辉以后也重新装修了办公室。

办公室内部空间由黑、白、灰三种颜色简单构成,外侧是会客区,里侧是办公区。

会客区的正中央是一张黑色的长沙发，两边是两张同色的短沙发，沙发围着一张茶几，长沙发后的墙壁上是一面墙的书柜。经鸿扫了一眼，发现里面不仅有IT相关的专业书籍和专业论文，也有很多其他学科的，比如农学，甚至还有宗教、种族相关的。

办公区有一张长长的"L"形状的办公桌，很简约、很现代，短边上是个人电脑，长边上有一些文件，椅子后是一个架子，上面放的却不是书，而是清辉每个产品上市后的纪念品，大多是一个圆盘，圆盘中间刻着产品名称和上市时间，它们代表清辉集团三十年的发展轨迹。

办公桌左手边的靠墙位置是一块大白板，是高管们汇报时使用的，上面写着一些东西。

助理带着经鸿进去。周昶正在亲自鼓捣房间里的咖啡机。看见经鸿，他笑了笑，问："经总，喝咖啡吗？"

他们两个正式见面时一直都是客客气气的。

经鸿顿了顿，也笑："周总好有闲情逸致。"

周昶一哂："刚学会。"

说话间，周昶已经泡好一杯，他将咖啡交给助理，示意助理端给经鸿，而后望着经鸿，又道："尝尝？不知道合不合你口味。"

助理接过那杯咖啡，到会客区略略躬下身子，将咖啡杯连带着碟子轻轻撂在深色茶几上，而后直起腰，对着经鸿略略一示意，便不作停留地出去了。

"谢谢。"向周昶道过了谢，经鸿走进会客区。可经鸿没坐下，他转过身，面前是茶几，后头是沙发，一只手仍插在兜里，隔着茶几望向已经走到茶几对面的周昶，道，"周总，今天过来，是想聊聊Med-Ferry的收购。"

"嗯？"周昶问道，"怎么聊？"

"很简单。"经鸿开门见山道，"泛海将手里18.9%的Med-Ferry股份全部转给清辉，就按照清辉的要约价。而后，泛海退出

这一次对Med-Ferry的竞购。但清辉成功收购Med-Ferry后，需要以两亿欧元的价格将Med-Ferry旗下那家AI药物研发的公司切割给泛海。"

周昶静静地听完了，问："可是……我为什么要这样做呢？那家AI药物研发公司是目前整个Med-Ferry最好的东西。"

"打哑谜就没意思了。"经鸿笑，"泛海目前已经拥有Med-Ferry公司33.5%的投票权。清辉想将Med-Ferry尽快分拆、尽快重组吧？那按照法律，清辉需要三分之二以上的同意票，而Med-Ferry的公司章程也并未做特殊规定。别忘了，Med-Ferry的公司章程，泛海同样一个字一个字地看过了。"

泛海持有的投票权，堪堪超过三分之一。对于公司分拆这样的重大事项，绝大部分国家法律都要求至少三分之二的同意票，既包括瑞典，也包括中国。就是说，如果泛海不同意，清辉很难成功完成Med-Ferry的分拆和重组。

可清辉还有未康医疗。清辉希望将Med-Ferry的一些资产、资源转到未康医疗下面，再将Med-Ferry的分销部门拆分出来独立发展，不再必须接受研发的领导、管制，也能够自由销售其他公司的骨科器械。这样一来便可以帮未康医疗尽快打开欧洲市场，冲一冲"3D打印第一股"的名头。

听了经鸿说的话，周昶好像并不惊讶，他依旧静静地听着，看起来非常认真。

"因此，"周昶这间办公室上午光线实在太好，经鸿脸上带着些光，"如果清辉退出这次竞购，泛海当然会接手Med-Ferry，这毫无疑问。不过如果清辉想继续这次竞购，那我们双方就有不小的合作空间了——泛海将手里18.9%的股份转给清辉，清辉大概率能得到Med-Ferry百分之百的股权，该分拆就分拆，该怎么做就怎么做，清辉将是唯一的股东，而泛海则得到那家AI药物研发公司。不过，如果清辉拿下了Med-Ferry，却又不与泛海合作的话……泛海手里这33.5%的投票权可就未必那么听话了。"

说"未必那么听话",实际就是不会听话,样样都得跟清辉反着来,否决分拆的提议、重组的提议,甚至否决一切提议。

顿一顿,经鸿又说:"反正泛海只有18.9%的股份,花费也不特别巨大,可以权当扔到水里听个响,但不知道清辉那边是不是也愿意这样。"很显然,如果清辉收购其余的股份,开销将远远大于泛海。

周昶扬扬下巴,示意经鸿继续。

"另外,"经鸿继续逼迫周昶,"现在收购价格已经很高了。倘若我们继续竞购,最终价格会非常高。在这样的前提下,即使是将那家AI药物研发的公司以两亿欧元的价格转给泛海,也挺合适的不是?否则清辉花得更多。"

"两亿欧元太低了,甚至低于Med-Ferry几年前对那家公司的收购价。"半刻后,周昶才开了口,他笑笑,"这个价格没得商量?"

"有点儿遗憾。"经鸿说,"没得商量。"

周昶只点点头,没再说话。

对清辉、泛海这种体量的大公司来说,讨价还价不是风格,清辉一向是能接受就接受,不能接受就一拍两散。

周昶只是问:"泛海有新收购目标了?"

经鸿也没避讳,颔首。

"算盘打得还挺响亮。"周昶的表情依然还是云淡风轻的,他含笑,"我记得,最开始那8.9%的股份,泛海是九欧元一股收的?现在十五欧元一股转给清辉?那泛海在这一单里直接赚一亿多欧元?加上Med-Ferry的解约费,这几乎等于免费从我这儿拿走那个AI公司,经总是不是忒黑了点儿?"

经鸿说:"这叫双赢。"

他没说错。

如果泛海继续竞购,清辉最后的总收购价一定不止多出两亿。

最后，经鸿又逼进了一步："总之，Med-Ferry那家AI药物研发的子公司和Med-Ferry的分拆、重组，清辉只能选择一个。周总最好快点儿决定，现在外头那些基金全都知道泛海、清辉正在竞价，一个一个还在买进，Med-Ferry的股价还在涨着，清辉拖得越久，花钱越多。"

周昶隔着茶几，静静地看了经鸿一会儿，似乎是在思考什么，最后他终于颔首，道："好。成交。"

听见这句"成交"，经鸿露出一个满意的微笑："行，那之后的事就交给双方法务了。"

周昶又点点头。

"我这边就不再叨扰了。"经鸿说道，"周总日程肯定很满。"

周昶却垂眸看了看那杯咖啡，手从西装裤的口袋里拿出来，一抬，问："经总真不尝尝咖啡？我亲手做的，经总这么下我面子？"

经鸿略略犹豫了一下，最后还是端起那杯咖啡，几口喝了。喝完，经鸿将咖啡杯撂回碟子上，道："谢谢。"

周昶问："怎么样？还合口味吗？"

经鸿客气了一下："还不错。"

"那就好。"

经鸿道："我现在可以走了？"

"行，"周昶也不留，"我叫个助理送送你吧，清辉挺大的，而且有的地方有门禁。"说完，周昶走到办公桌前拨了一个分机号码。不多时，之前那个助理走了进来，右手一引，道："经总，这边请。"

经鸿颔首，一手插着兜，大步地往门口走去。

周昶在经鸿身后看着他的背影。

按照周昶过往的经验，极少有人能在自己盯着他后背的时候还能步履从容，绝大多数人会觉得如芒在背，可经鸿的步子依旧不疾不徐。

被摆了一道，周昶想。

经鸿猜到了清辉竞购 Med-Ferry 最重要的原因之一，而后竟然完全不再在意 Med-Ferry 董事会的态度，通过"恶意"的方式拿下 33.5% 的投票权，并且死死掐着清辉的软肋，威胁清辉，逼着清辉将 Med-Ferry 旗下那家 AI 药物研发公司以超低价转给泛海。

经鸿知道清辉虽然也很想要那家 AI 药物研发公司，但如果必须二选一，清辉大概率会抛弃它。毕竟在此前的谈判当中，清辉从未放弃过拆分和重组 Med-Ferry 的想法，甚至不惜提高报价，不惜与安泰基金组成财团。与未康医疗的上市相比，它就显得不重要了。

收购这种事情，都是绞尽脑汁精心计算，然后毕其功于一役，成则为王，败则为寇，非胜即负，可经鸿硬是踏出了另外一条路子。

这次，是自己输了。

周昶望着经鸿的背影，不自觉地咬了咬后槽牙。

不久，泛海宣布不再延期收购要约，退出了对 Med-Ferry 公司的竞购。清辉失去竞争对手，收购进度大大加快。

Med-Ferry 董事会推荐股东出售股份给清辉，并建议股东在特别股东大会上投赞成票。两个月后，Med-Ferry 的特别股东大会如期召开，股东投票，正式确认了这桩收购。

又是一段时间后，这桩交易顺利得到欧盟方面的批准。至于中国方面，政府审批、外汇登记等流程也十分顺利。

两家公司完成交割。

泛海集团先将自己从二级市场上买来的那 8.9% 的 Med-Ferry 股份出售给了清辉集团，很快，清辉集团便遵守承诺，又将 Med-Ferry 旗下那家 AI 药物研发公司转让给了泛海。

差不多同一时间，泛海集团也成功收购了一家英国的医疗器械公司。

经鸿知道，泛海集团的下一步就是等到锁定期结束后，将手头剩余 10% 的 Med-Ferry 股份也转给清辉。那个时候清辉集团持

股数量将一举超过90%的红线，可强制收购剩余股份。

到那一天，散户们的Med-Ferry股份会被交易所尽数卖出，Med-Ferry公司会被清辉集团私有化，从斯德哥尔摩证券交易所摘牌退市。

泛海得到Med-Ferry旗下的AI药物研发公司这个消息刚出的时候，各金融博主都极为震惊，他们纷纷猜测着——

看起来，泛海退出Med-Ferry的竞购，背后还有一些故事？

应该达成交易了吧？

…………

下面的评论则五花八门：

泛海、清辉还能合作？

楼上的，怎么不能？干吗跟人民币过不去？

…………

经鸿也看见一些类似的评论，不过并不在意。

泛海得到AI药物研发公司后没几天，中国互联网行业最大的一个盛会——世界互联网大会，便在万众期待中召开了。

这届大会规格很高，经鸿、周昶都将在第一天上午发表演讲。

大会不在北京、上海，而是在某个风景秀美的江南小镇上。

经鸿到的时候，整座小镇烟雨蒙蒙。经鸿看着，只觉得小镇好像一幅中国古典山水画。

互联网国际会展中心就坐落在这一镇的小桥流水之上，风格古朴，却又透着现代朝气。粉墙错落，青瓦起伏，如波浪般层层铺开，院子里则有青石砖路、水榭、亭台、回廊、青竹、荷花。建筑上方有几万根钢筋组成的幕墙，像古时候由这里出发，连接世界的丝绸，又像今天连接世界的光纤。

志愿者们身上穿着古典服装，进进出出。

建筑里头，主会议厅的主色调是象征科技的深蓝色，主席台上铺着深蓝色的地毯、配着深蓝色的背景，甚至连正上方悬挂着的数盏小灯都是深蓝色的。

这一次是经鸿、周昶第一次来会展中心——大会今年才是第二届，去年是第一届，彼时经鸿百事缠身，没来参加，周昶那边也是一样。

等到大会开始之后，"四巨头"的四位总裁还有外国巨头的几位大佬便按照顺序发表演讲。

经鸿说了说泛海集团在 AI 领域的布局。

周昶则讲了讲清辉集团云计算的成果，比如几个非常新的功能。周昶还说清辉正在自研芯片，希望可以使云服务器能耗更少、运行速度更快。

世界互联网大会与经鸿之前出席过的那个人工智能论坛规格不同，影响也不同，做完主题演讲之后，经鸿没走，而是打算完整地参加完为期两天的大会，看起来其他大人物们也都一样。

这不仅仅是个学习的机会，也是个社交的机会。

本次大会的主办方将经鸿与周昶的座位安排在了一块儿，于是在接下来的时间里，经鸿意外地发现，对于别人的演讲内容，他做笔记的时候，周昶一般也会做笔记——两人感兴趣的东西似乎都是相同的。

大会上有经鸿感兴趣的，那自然也有他不感兴趣的，并非每个演讲都有趣、吸引人，有的时候经鸿觉得还挺浪费自己时间的，他们这种人最宝贵的就是时间。

这种感觉在下午演讲刚开场的那段时间里达到了顶峰。撞邪了似的，台上的人一个接一个比赛着讲废话，会展中心的外面也雷声阵阵，阴雨连绵。

经鸿觉得实在无聊，于是放空大脑，神游天外，撑着下巴望着

台上。

过了会儿,经鸿突然想看一看会议日程手册,研究研究接下来几个嘉宾的身份和演讲的主题。

手册没放在桌上,经鸿便随手掀起自己摊在桌上的笔记本,想着也许会议日程手册被笔记本压在下面了,结果还没找到什么呢,耳朵倒是先听到了啪嗒声——经鸿之前随手放在笔记本上的圆珠笔从桌子的另一侧滚下去了,落在地上。

经鸿:"……"

他清醒了。

大会只给每位嘉宾发了一支圆珠笔,经鸿偏过头,从他自己这一边扫了几眼桌子底下,没发现那支笔。

难道掉到另一边了?

没办法,经鸿只得站起来,躬着身子撑着桌面,眼神越过桌子觑向另一边的地上。

看到了。

他的那支圆珠笔正静静地躺在那儿。

这可怎么捡?

经鸿犹豫着:捡,还是不捡?

就在这个时候,经鸿听见他左手边传来短促的一声笑。

经鸿扭过脖子,望向自己身边的周昶。

不出经鸿所料,周昶正好整以暇地看着此刻趴在桌上找圆珠笔的自己。

经鸿感到不可思议——周昶竟然笑出声了!

经鸿坐回座位,望向周昶,眼神明显不爽。

知道经鸿听见自己笑出声了,周昶嘴角笑意未收,只右手握拳,放到唇边装模作样地轻咳了一下,说:"抱歉。"

虽然说"抱歉",可周昶明显一点儿也没有真的抱歉的样子。

经鸿说:"周总,能向那边让一让吗?"

前面几排座位，每排之间都留出来了足够的空隙供嘉宾们进进出出，可桌子却是长长一条的。

经鸿可以从座位后面绕过桌子到前面捡，并不需要其他人让他，可是大会演讲还在继续，这个桌子又这么长，他难道真绕一大圈就只为了捡一支笔？太夸张了。

此刻距离茶歇时间至少还有一个小时，等肯定是不现实的，经鸿也想记点儿笔记，他印象中后头还有几个知名学者的演讲。

志愿者也没注意他们这边，此刻唯一的方法就是他直接钻到桌子底下去捡那支圆珠笔了。

可大会座位挨得很近，经鸿弯不下去腰，需要周昶让一让。

周昶也没说什么，挺自然地向另一边挪了半个屁股出去。

这回空间差不多够了。

经鸿坐在原处，先挪出去了一条腿，接着略略犹豫几秒，还是弯下了腰，头顶朝着周昶那边，上半身钻进了桌子底下，去捡那支圆珠笔。

那支圆珠笔离周昶比离经鸿更近。

周昶垂眸看着经鸿，却意外发现这个沉稳、老道的男人头顶上竟然有个"淘气发旋"，民间有一种说法，这玩意儿的形成是因为孩子在母体内过于活泼好动。

周昶估计经鸿身高有一米八，因此平时谁也看不见他头顶的这个发旋。他像发现了新大陆似的，盯着经鸿的发旋看了起来。

周昶旁边的行远总裁见他一直盯着经鸿，还以为经鸿也秃了，急忙抻着脖子去看，最后却只瞧见一头又黑又密的头发，很茫然。

十几秒后，经鸿终于捡到了笔。

他躬身出来，可出来的时候明显估错了桌子边沿的位置，还差着几厘米呢，他就想直起身子了。

周昶眼疾手快，也没时间多想，便手掌向下，手背贴着桌子，将自己的右手抵在了桌面底下，于是经鸿一起身，头便撞在了周昶

摊开着的手掌心里。

因为周昶替经鸿挡了一下,经鸿的头没直接磕在桌子上。

经鸿的头顶和硬木的桌子中间隔了一只温热的手。意识到竟然是身边的周昶帮着自己挡了一下,保护了自己,经鸿怔了怔。几秒后,他才看着周昶,说:"谢谢。"

"不客气。"周昶说,"下次小心点儿。"

在第一天的大会上,经鸿除去做了一场主论坛的演讲之外,还做了一场分论坛的演讲,周昶参加的活动也差不多,只是没做分论坛的演讲,而是参加了分论坛的讨论。

晚上是本次大会的主办方举办的招待晚宴。

经鸿到得有点儿晚,几张桌子周围已陆陆续续坐了不少人。

某公司的CEO远远见到经鸿来了,立即站起身子,套近乎道:"经总!这儿!这张桌!"

没想到他这句话一出来,整个餐厅突然之间鸦雀无声。

人人都觉得这个CEO没眼色!

泛海、清辉三天一小打,五天一大战,一轮轮地比赛,谁不知道经鸿、周昶两个人王不见王,基本没有同框过?过去这样的场合里,经鸿、周昶一向都是一人一桌相互隔开的,经鸿周围坐着一些泛海系的人,而周昶周围则坐着一些清辉系的人。

可现在呢,这CEO自己正跟周昶坐在同一张桌子上,居然还敢招呼经鸿过来?

现在,整张桌子唯一一个空出来的位子就在周昶身边!

出于礼貌,大家将几个美国公司的CEO让到了主座上,周昶挨着他们,"四巨头"中未莱的CEO在美国人的另一边。至于行远的CEO,则在不远处的其他桌。

现在,整张桌子唯一一个空座正好是在周昶左边。一时间,几乎所有人的目光都落在了经鸿身上。

人人都在等着看经鸿接下来的举动。

一个年轻的创业者还偷偷给同桌的另一个人发了一张出自某情景喜剧的著名表情包图片——"亲娘咧，影响仕途啊"。

经鸿暗暗思忖了一下，觉得实在没必要在众目睽睽下坐到别处去，从而坐实双方不合的传闻，还显得自己小气。更重要的是，周昶才刚保护了自己一下，否则自己作为泛海的CEO就要在大庭广众之下一头撞在桌子上了，自己于情于理都没必要在这个时候去别处坐。

于是经鸿笑笑，向周昶边上的座位走了过来，而后轻轻坐下了。

餐厅内还是鸦雀无声，所有人都像见到了什么世界奇景似的。

经鸿都能想象得出来，明天早上，甚至等一会儿，媒体就会发出一堆标题类似"经鸿、周昶世界互联网大会罕见同桌！"的文章来，并且分析一通他们两人这样做的背后深意。

这是世界互联网大会，媒体记者多得不得了。

落座之后，周昶轻轻点了点头，经鸿也点了点头，算打招呼，之后经鸿慢条斯理地摘下袖扣，放在一边，将袖口挽了两折，露出一截结实的小臂，交叉着手臂听大家讲话，表情轻松，带着点儿笑，一副非常随意的样子。

桌上大多数CEO是本土的创业者，英文不行，但有外宾同桌，又不好只说中文，因此，跟外宾寒暄的事主要落在了经鸿和周昶的身上。

经鸿起了一个头，问了问那些公司各项产品在中国的业务比例，大家侃侃而谈，偶尔经鸿或者周昶当当翻译，将美国朋友的话翻译给在场的其他人听，再把其他人的问题翻译给美国朋友。

大家吃得差不多了，几个老外说自己还要倒时差，与中国的同行们告了别。

外国人都走了，一桌子人再次坐下之后就显得轻松多了。

有一个人问到关于Med-Ferry的那桩收购，他问："经总、周总，

我能不能打听打听，关于 Med-Ferry 的那个收购，泛海、清辉是合作了吗？"

"是合作了。"经鸿说道，"泛海、清辉各取所需。"

众人纷纷道："果然如此……"

可"四巨头"之一的未莱集团的 CEO 好像有不同意见。他的年纪比经海平和周不群还大一些，在经鸿和周昶面前总喜欢以长者自居，风格是草根型或者说草莽型的，在经海平那里不受待见的程度仅次于周不群。

"四巨头"的创始人中，经海平与行远的 CEO 是知识分子，经海平更是有一个"儒商"的称号，而周不群与这个未莱的 CEO 则发家基本用了些不光彩的手段，比如明明说过产品"终生免费"，可实际上用户们用上一阵儿、等到他们打垮对手了，用户们便会发现自己必须购买"附加服务"，否则就不能继续使用了。

此时，这个未莱的 CEO，叫作李智勇的，对经鸿说："AI 药物研发公司……嗨！你们这些年轻人啊，就喜欢这些噱头，过于沉浸于虚无缥缈的东西了。"

经鸿看了看他："我相信自己的判断。"

对方依然不赞同，摇摇头，一边用自己粗胖的手指敲着桌子，一边用"我最懂""你一定是想从我这里学到些什么"的语气，颇有些得意地对经鸿道："药物研发不是那么简单的。仿制药、创新仿制药和原创新药，研发原创新药最难，需要找到新的药物原理之类的。我们基本是仿制药，等人专利到期限了，就仿制！少数几家做创新仿制药的，差不多拿人家的改一改，规避专利而已。真正的制药，是很难的！美国有一个说法，叫'双十'，一款新药的成功研发，大约耗时十年、耗资十亿美金！现在奔着'双二十'去了，不确定性太大了，而且啊，找新的药物原理是很难的！人家西方的大药厂有几十年的经验积累，我们有什么？我们只会更难！"他双手一摊："哪个商人有闲情逸致干这个啊？抓紧时间赚点儿钱才是正经。中国市场这么大,只要仿得好,仿制药就够他们吃一辈子的。"

很明显,对方以为经鸿不懂,在"指点"经鸿,一副"年轻人自信是好事,但太自信就不是好事了"的样子。

"是吗?"经鸿含笑道,"我看未必。"

一桌子人又望向经鸿。

经鸿说:"制药是攸关国家命脉的行业。西方药物的专利期最少也是二十年,甚至更长,也就是说,我们如果想吃更先进的药,就只能买进口药。但这几年……很明显,西方国家对我们的戒备、防范越来越重,甚至有了敌意。依我的看法,贸易战随时爆发。那……我们可以完全依赖西方国家的出口吗?如果发生极端情况,怎么办?其他东西我们都能忍一忍,可药物呢?我们难道坐以待毙?"

李智勇:"……"

"还有,"经鸿又继续说,"那么多的天价药,李总没看见?医保总额毕竟有限,真正能解决价格问题的,只有国产。美国的人工费……各种费在那儿摆着,汇率也在那儿摆着。没有国产药,就没有定价权。"

末了,经鸿说:"李总也许不相信,但我相信中国药企的雄心和决心。"

李智勇半晌没说话。过了好一会儿,他才讷讷地道:"看看经总这个格局……"

话虽然是"看看经总这个格局",意思却是"看看经总何不食肉糜"。

经鸿看看他,又看看在座的其他人,说:"虽然泛海是搞互联网的,但我确实认为,泛海有自己的社会责任。"

泛海的人工智能事业群已经在做 AI 药物研发了,此次收购 Med-Ferry 就是为了更快取得好的成果。

找具有治疗作用的化合物是很难,要几十年的经验积累,在这个领域弯道超车听起来像天方夜谭,然而 AI 可以模拟化合物的合

成过程，也许能极大减少找化合物的次数，极大地节省找化合物的时间以及资金。

找化合物很难，很多东西都很难，相比之下，写代码是最容易的。

互联网的巨头公司需要为制药行业及其他行业提供工具，帮助他们用最快的速度追赶欧美的同行们，这些代码是加速剂。

如今世界上IT巨头们的战争早不局限于一款产品了，他们的触角遍布全行业——他们向全行业提供帮助，提供各种系统、各种工具，比如无人驾驶的系统、智能手机的系统，还有公司财务系统、客户管理系统、云等等。

可以说，他们这些IT公司——不管是大公司还是小公司，要支撑整个中国，他们不能输。

当然了，这背后，是挥金如土。

幸好每次成功，回报也是非常丰厚。

"周总，"另外一个CEO问周昶，"清辉也是因为这个原因才想收购Med-Ferry的吗？"

"不是。"周昶转转手中的酒杯，目光意味深长，"我暂时不相信中国药企的雄心和决心，经总可能太理想化了。"

所有人又望向经鸿。

经鸿想起经海平曾经说过的一句话：自己有情怀，自然觉得别人也有情怀；自己没情怀，自然觉得别人也没有。

"现在讨论这个没什么意义。"经鸿说，"未来会给我们答案的。"

周昶也不想争论，他示意一旁的服务生开瓶新酒："行了，喝酒。"

新一轮的推杯换盏就此开始。

经鸿将酒杯举到唇边的时候方察觉不对——这一杯是周昶的，他自己的在左手边。

经鸿看看周昶，发现他正看着自己，显然周昶已经发现他拿错酒杯了。

经鸿将酒杯放回原处，问："周总怎么不提醒我？"

周昶竟泰然自若地道:"不知道。"

经鸿:"……"

其实周昶真不知道,他没说谎。

喝酒,每一杯都有名目,每一杯都有说法,餐厅里气氛热烈。

后来,桌上的两位女士离开餐厅休息去了,剩下来的这一群男人更为轻松,有人抖出了烟,点上火,问经鸿:"经总,抽不抽?"

经鸿说:"我不抽烟。"说到这儿时,眉心还几不可察地皱了一下。

那人又转向周昶,问:"周总呢?"

周昶也不抽烟,更不喜欢烟味,淡淡地道:"都别抽了。"

对面的人明显一愣,几秒钟的尴尬过后,将手里的烟撂在一边,另外几个已经点上了烟的人琢磨了一下,自觉没本事得罪周昶,也把烟灭了。

周昶惯会把控人心,那两三秒钟的尴尬过去,又问那人:"做前置仓①,然后呢?"眼神显得很认真。

对方立即又说起他的一个产品思路,庆幸周昶并未真的在意他抽烟,气氛回归热烈。

一直喝到十一点,因为第二天还有大会,剩下的人才终于准备要散了。

"经总。"就在经鸿要站起来时,周昶却突然出声了。

他靠着椅背,翘着长腿,一边用指纹解锁手机,一边貌似懒散地问:"交换个联系方式?"

一桌子人又看过来。

经鸿、周昶这两个人直到现在都没交换过联系方式,这也算业内的一个奇闻了。

经鸿当然不会当众下对方的面子,但也不想与对方有太多交集,顿了顿,将手机又拿了出来,道:"我扫你微信。"

就这么着,两个人终于互相加上了好友。

---

① 前置仓:指的是将仓库(配送中心)设在离消费者更近的位置,以实现更快的配送服务。

- 103 -

经鸿走后,周昶此生第一次想翻一翻别人的朋友圈。这个功能推出以来,周昶一次都没产生过看这玩意儿的欲望。就像他之前说过的,他没兴趣详细了解几千号人的吃喝拉撒。这次算是破天荒了。他甚至没等走出餐厅,就点开了经鸿的朋友圈,却什么东西都没见着。

整个页面一片空白,只有上半部分的黑色背景以及右上角的四方头像,还有屏幕中间的一条灰线。

经鸿什么东西都没发过?

周昶有点儿纳闷儿。他打开手机的浏览器搜了搜朋友圈页面显示只有一条灰线是怎么回事。

好,搜到了。

他被经鸿屏蔽了。

经鸿休息了一个晚上,第二天一大早,他突然想逛逛这个他没来过的历史名镇。

经鸿没让助理们跟着,独自出了酒店。

他这次来参加世界互联网大会一共带了五个人,小镇很大,旅游区分西栅、东栅,想逛遍需要几个小时,可他们晚上就要回北京了,大会的官方活动又是早上九点就开始,因此经鸿没通知任何助理,五点多钟就出门了,他一向是五点左右就起床的。

五点多钟起来,而后锻炼、洗澡、吃早餐、到办公室处理工作,睡眠一般不会超过六个小时,甚至只有四个小时或者更短。

经鸿没穿衬衫西装,而是套了一件米白色的宽松毛衣,穿了一条牛仔裤,看上去年轻不少。

昨晚他们住在西栅——那边全是商务酒店。

走到河边,经鸿登上了一艘乌篷船,坐在船上静静地等待日出。

乌篷船是手摇式的,涟漪向船的两侧一波一波推开去,船桨拍打水面时发出了清脆的声响,仿佛正在拨弄人的心。

过了会儿，太阳渐渐升起来了。

树木全被镀上了一层金光，河两边的白墙也被染成暖色，天上一轮金红色的太阳，水里也有一轮，漂荡、摇曳，泛着粼粼的金波，拖着一条长长的尾巴，两个太阳的中间是一座古老的白色拱桥，上面几个穿着旗袍的年轻姑娘正在拍照。

的确漂亮。

船夫划着小船，要绕着镇子走上一圈。

经鸿便看风景。

时间太早，整个小镇仍在安睡，一家一家店门紧闭。整个西栅由十二座小岛组成，又由七十多座小桥连接，葱郁的树木点缀其间，令经鸿想起威尼斯来。

有些东西一样，又有很多东西不一样。

船走着走着，小镇下起了雨，蒙蒙的，细细的，不是那种脏兮兮、乱纷纷的雨。

幸亏经鸿带了雨伞。

等乌篷船回到上下客处，经鸿便打着雨伞下来，倒也惬意。雨伞是酒店的，黑色、长柄，最下端的J字形手柄是用木头制成的，不大光滑，握起来很舒服。经鸿简单地在小镇西栅的几个地方转了转，最后，他按照网上推荐，登了登白莲塔寺的白莲塔。

这是绝佳的观景地。登高极目远眺，京杭大运河自西栅尽头流转而过，开阔、沧桑。这儿是京杭大运河流经的唯一一个江南小镇。

经鸿幻想了一下这条运河当年的喧嚣景象。

开掘于春秋，完成于隋朝，繁荣于唐宋，这条运河、这个镇子，甚至这片土地，从繁荣到衰败，再到繁荣，几千年就这样过去了。

几米之外，站着周昶。

周昶一登上白莲塔顶，便看到了经鸿。不知出于什么心理，周昶并未走上前，而是静静地观察了一会儿经鸿凭栏的背影。

细雨绵绵的白莲塔顶上，经鸿撑着一把伞，伞骨斜斜搭在肩上，

伞盖正好遮着他的头。下方是已经奔腾两千五百年的京杭大运河,是一片龙形的花海,是笼着烟雾的流水,是青瓦、白墙,是江南的枕水人家。经鸿撑着伞,伞在周昶眼前转了个圈,几秒后,又是一个圈,再几秒后,又是一个圈,一些水珠被甩出去,晶莹剔透。伞下,经鸿穿着白色毛衫,与以往不大一样。

周昶想,那个发旋的说法好像还真有点儿道理。

他思忖了一下,不想打扰经鸿看风景,转身下去了。

经鸿在塔顶上站了会儿,发现时候已经不早了,便也走下白莲塔,往东栅去了。

很快到了东栅,经鸿走在青石板上,因为想看看沿路的风景,伞没打得很低,倏而一阵江南的风吹过来,裹着细雨扑在身上,凉凉的,却很舒服。

河两边是廊桥、水阁、酒肆、茶馆、染坊、酱园,处处如画。

每扇门似乎都能打开一段尘封的历史,里头的古人如今人一般,或在劳作,或在休憩……

经鸿逛了几个地方后,看见一座廊桥,带着顶棚,却被分为左右两座,中间被镂空的一扇扇雕花木窗隔了开来。

这时已经有了游人,经鸿随口问:"这个就是逢源双桥?"

"对!"一个游人没认出经鸿,回答道,"这个就是逢源双桥!"

经鸿昨晚读到过,据说,走左边桥升官,走右边桥发财,左右逢源。

经鸿觉得自己升官已经升到了头,发财也发到了头,再求什么,难免叫神仙们厌烦,于是便挺随意地踏上了左边的那座桥。桥并不长,经鸿走到中间的时候眺望了一下不远处的垂柳和水阁,稍微耽搁了一下,而后才继续往前面走。走着走着,经鸿扭过脖子,看了一眼木制隔断另一边的那座桥,透过雕花木窗的镂空处竟看见了周昶。

周昶撑着黑色的伞,穿着灰色的毛衣,似乎感觉到了他的视线,也透过镂空处望过来。

两人谁都没停下脚步，经鸿轻轻点了点头，周昶见了，也轻轻一颔首，算是打招呼。

东栅逛完，助理们已经起来了，两边通了电话，经鸿说他已经吃过早餐了，八点四十五分直接在酒店房间里见面就好，助理们也乐得轻松。

经鸿没想直接回去，他估算了一下回酒店和换衣服需要的时间，又在西栅那边逛了逛。走着走着，经鸿看见临水处有一栋巨大又现代的建筑，似乎没在网上见过，便走近了瞧，发现是木心美术馆。经鸿不懂艺术，只隐隐约约知道木心好像是一个知名的画家。反正闲来无事，经鸿便走了进去。

门口的简介上说，老画家临终的时候在谵妄中见到了美术馆的设计方案，只评价了七个字："风啊，水啊，一顶桥。"

经鸿咂摸着这几句话，开始了这趟随性的旅程。

先是生平馆，按照时间段分为四个部分：一九二七年至一九四五年在这座小镇，本来童年时家境富足，后来，他却在战火中几度迁移；一九四五年他前往上海学习绘画，因为反对内战而被学校除名、被国民党通缉，远避台湾，一九四九年前才回到上海；之后工作、避世、画画，迫于生计再次工作……一九八二年他又去了纽约继续学习，生活始终拮据，其间回到已经阔别五十二年之久的故居，却发现这里已经面目全非，痛心不已，写了首诗，结尾是"永别了，我不会再来"。后来小镇的"掌门人"修葺祖屋，唤回主人。于是，二〇〇六年，七十九岁的他接受家乡的邀请回到这里，度过晚年，直至二〇一一年离开人世。

这样的一生颇为传奇。

生平馆后面则是绘画馆、文学馆。

经鸿不懂画，但审美总归是有的，看着那些水墨山水画，有一点儿沉浸其中。

在一面墙前,经鸿停了好一会儿,看墙上的一幅幅画。

不远处,一个年轻的姑娘和她的妈妈一边看,一边聊天。

年轻姑娘好像很懂,对她的妈妈说:"木心其实是个画家,不过啊,现在这个人名气最大的不是画,也不是生平,反而是一首诗哩。"

她的妈妈是江南人,讲着一口温柔的方言,问:"哦?哪一首诗?"

年轻姑娘用好听的吴侬软语,道:"叫《从前慢》,因为被写成了一首歌。"

于是她的妈妈又继续问:"那这首诗写了什么呀?"

"我找一找哦。"小姑娘似乎在用手机搜索内容。过了一会儿,她好听的吴侬软语又在了绘画馆里响起:"记得早先少年时／大家诚诚恳恳／说一句,是一句……"

她的妈妈听着,经鸿也听着。

小姑娘一直念了下去:"从前的日色变得慢／车、马、邮件都慢／一生只够爱一个人……"

…………

世界互联网大会的第二天也很快过去了。

晚上,经鸿并未参加未莱CEO举办的个人晚宴,直接登上了回北京的客机,周昶也是一样。

回北京后,有的时候,周昶会想起经鸿上个月在他这间办公室里谈判时的神态、语气,在小镇上说"我相信中国药企的雄心和决心"时的口吻,逢源双桥上的一颔首。不过,这些东西很快就消散在每日忙碌的工作中了。

这日,清辉集团战投(战略发展和投资并购)部CEO又来向周昶作汇报。说完几件事后,他提到了这次会议想重点讨论的问题:"周总,我们对随购的投资……好像出了一点儿问题。"

周昶抬起眼皮:"说。我看你最近好像变磨叽了。"

随购,一款社区团购App,而社区团购是这一年的新风口。

"嗯,"清辉集团战投部CEO果然不再磨叽,立即说,"泛海集团——"

泛海，又是这个熟悉的名字。周昶的眉心几不可察地动了一下，他道："对随购的投资，泛海不是已经出局了？"

两个月前，泛海、清辉几乎同时对随购App表现出了兴趣，不过清辉战投部负责人更加果断，连夜飞去对方CEO的出差地点，给出了丰厚的条件，抢在前头与随购签了一份独家投资协议。

投资协议都已经签完了，现在泛海还能横生出什么枝节？

"对。"清辉集团战投部CEO说，"问题出在周总您提出来的CTO人选上面。"

他面对周昶时，绝不似赵汗青面对经鸿时轻松。

周昶盯着对方，示意他继续说。

周昶记性没那么差，他当然记得他提过什么。上个星期，他看完随购的资料后提出来一个问题，就是随购这款产品的创意非常不错，不过技术还差一点儿，希望随购招一个CTO负责App的技术层面。目前这款产品的开发者只是一个前谷歌的技术主管，没什么新产品的管理经验，他本人也压力很大。基于这个原因，周昶上周提出来，打第一笔款项和登记股东变更之前，随购必须招一个CTO。

"是这样的，"清辉集团战投部CEO道，"泛海那边吧，似乎猜出周总您想换CTO了，三天之前向随购介绍了个候选人。喏，就是这个，确实非常合适。"说着，他递上去了一份资料，周昶接过来，发现这人他也知道。

此人很早就注意到"社区团购"这个概念，而且一直投身相关领域。"社区团购"来自美国，而这个人有丰富经验，在沃尔玛干过一阵，后来又到某IT巨头组建团队开发产品，类似创业，最后产品也很成功，去年初回到中国后，去了一家投资公司。资料显示，他一直在撺掇别人做社区团购的产品，他来投资，已经至少找过七八个人了。

有眼光,有技术,有经验,有人脉,既能对内管理,也能对外沟通,还懂运作。

周昶看着手里东西,八风不动,看不出来是喜是怒。

对面人又将一沓子候选人资料递给周昶:"也有其他的人选,但跟这个人相比吧,或多或少差一截。"

周昶拿过其他人的资料,飞速地翻看。他一页只看一两眼——候选人最后两个工作的地方、职位,还有工作中能被量化的成绩,便翻到下一页。确实,都不太行。或者说,有几个人本来还好,但珠玉在前,相形见绌。

周昶合上资料,扔了回去,两根手指在最开始那个人的资料封面上敲了敲,问:"这个人,然后呢?"

对方立即接着道:"这个人是泛海集团主动介绍给随购的,随购的人特别高兴。我当时就觉着奇怪,果然,经鸿曾经有恩于他!"清辉集团战投部CEO看上去也有点儿郁闷:"这个人也特别仗义,油盐不进。他一直说他和泛海搭一条船。如果随购想请他,就必须连带着同时接受泛海当投资者,让泛海也投进去至少10%。如果泛海投不进去,那他肯定不过去。"

听了这话,周昶气笑了。

"他还说,"对方又汇报道,"如果不去随购那边,他就直接加入泛海,在泛海集团做类似产品,泛海自研,与随购竞争。"

讲完现状,清辉战投部的CEO向周昶请示下一步:"所以现在怎么办?经鸿猜出我们这边肯定想换CTO,主动介绍了这个人,还捆绑了这个人,搞买一送一,随购买一个CTO,还要被送一个投资人,泛海削尖了脑袋想挤进去。"

周昶不再看手里的那份资料,也没有犹豫,他将资料扔还给对方,说:"现在清辉占股30%对吧?"

"对,30%。"

周昶又说:"重签一份投资协议。清辉让出去10%,给泛海。

这个项目，就跟泛海一起投吧。"

对方点点头。

过了会儿，清辉战投部的CEO又感慨道："当时为了清辉能与随购签署独家投资协议，排除泛海和其他投资人，我连夜飞去日本，晚饭都没吃，谈了一个大通宵，到早上才签了协议，以为泛海终于出局了呢。结果现在，呵，泛海还是挤进去了。"

这个项目由清辉独家投资占股30%变成了清辉投资占股20%、泛海投资占股10%。

"不怪你。"周昶看着对方收拾扔得乱七八糟的资料，说，"经总的商战手段，都很……"

清辉战投部CEO随口接道："很精彩？"

周昶抬起眼睛，没看对方，好像在透过虚空看什么人，眼神锐利而专注，说道："都很拿得出手。"

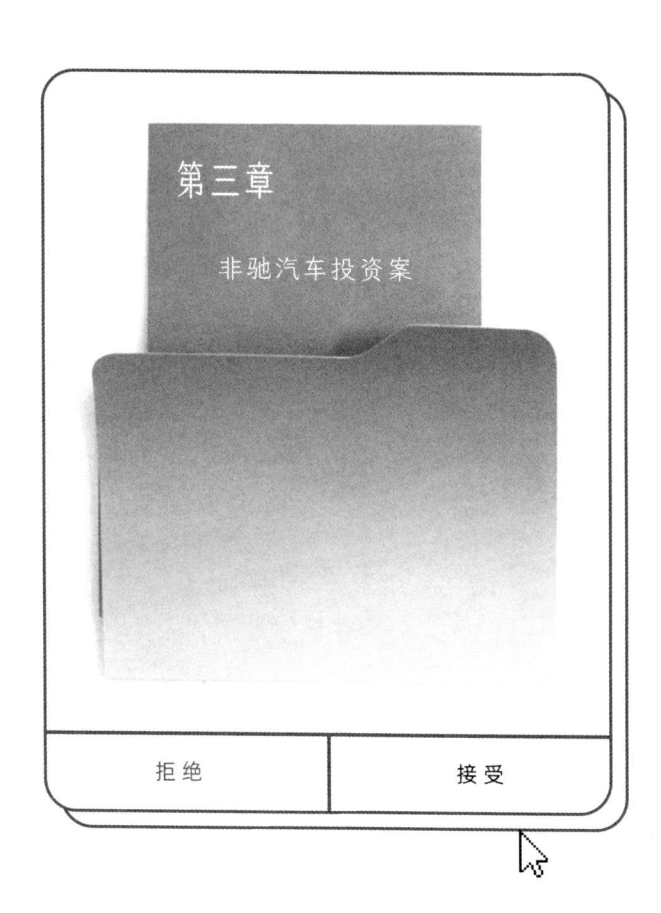

第三章

非驰汽车投资案

拒绝　　接受

泛海之前投资的新能源汽车公司非驰汽车，首款量产车型正式上市了。

非驰是中国目前发展最好的新能源汽车公司，二〇一五年一月由泛海集团领投了A轮，二〇一五年六月由天通证券领投了B轮，二〇一六年六月再次融资，投资方为泛海、IDG等。现在，一系列的铺垫过后，非驰终于正式上市了它的首款量产车型。

事实上，早在年中，这款车就已经在车展上亮相过了，还得到了人们的高度赞美。

与以往一样，在新能源汽车这个领域，泛海、清辉在几年前分别押注了一家公司。但这一次清辉集团失手得比较厉害，押注的那家公司后来出了很多问题，连CTO都因为得了重病，宣布退休……后来的创业公司与非驰都有些差距。技术上面没大差距的又全都是传统企业，比如北汽、上汽、广汽，这些企业不接受什么投资。因此，在新能源汽车这个赛道，清辉其实是落后了。

事实上，这两年，尤其周昶接班以后，清辉集团也无数次洽谈过非驰汽车，表达了投资意愿，当时还想参与C轮融资。不过，泛海好不容易在这个赛道押注成功，怎么可能让老对手挤进来？于是，每一次，泛海都以股东身份迫使非驰汽车狠狠地拒绝了清辉集团。

也就是说，清辉一直想进去，但一直进不去。

现在非驰汽车重磅发布它的首款量产车型，还受到了市场的热烈追捧，清辉集团只有眼红的份儿。

非驰汽车也明确表示，近期应该不会考虑再次融资，这次推出

非驰 P1 已经可以解决非驰的资金问题。

非驰说得完全正确。上市仅仅一周,非驰 P1 的预售量就远远地超出预期,目前公司最不缺的大概就是人民币了。

对非驰的预售结果,各大媒体也纷纷报道:

非驰跻身顶级车企,背后的泛海或成最大赢家!

泛海斥资一亿美元,能投出下个特斯拉吗?

当然也有说清辉的:

清辉错过非驰汽车!在新能源汽车的赛道上已经全面落后泛海?

押注失误!清辉当年下重注的全景汽车现在如何?

报道洋洋洒洒地写了一通全景汽车的惨状。

说实话,看见这些报道的时候,经鸿心里是长长松了一口气的。当年,也就是二〇一五年,经鸿在非驰与全景当中,凭着直觉选了非驰。

他很庆幸。

看着清辉想投但投不进来的模样,经鸿也有一点点幸灾乐祸。

之后的一段时间,泛海、清辉之间可以算是暂时风平浪静了。

经鸿偶尔会听说清辉的一些动作,比如撤了去年收购来的某家公司全部高管,空降了整支管理团队。

再一次与清辉对上,其实完全在经鸿的意料之外。

那时泛海集团正在收购某老牌影视公司。

这家老牌影视公司叫作新动影视,曾经出品过一些现象级的影视作品,旗下也有好几个"国民级"的明星艺人。

泛海先通过协议转让以及在二级市场上举牌的方式拿到了这家

公司共计15%的股份，不过紧接着，新动影视目前的第二大股东东方保险便将自己手里的股份从17.5%增持到了20%。

很显然，泛海集团有入主新动影视的意思，东方保险也有这个意思。

在接下来的一星期内，泛海集团再次在二级市场上举牌新动影视，又抢筹了5%，将新动影视的股份从15%增持到了20%。

这次举牌也引爆了围观群众的神经，一些曾购入过新动影视股票的股民说："坐等十个涨停！"

东方保险那边则又静悄悄地吃进了2%，持有股份到了22%。

外界议论纷纷，都在讨论究竟谁会先触发30%的全面要约收购的红线——是泛海集团还是东方保险？

一旦触发全面要约收购，这位股东就必须向新动影视的全体股东发出要约，请求收购对方持有的全部股份，这涉及公司每位股东，之后的事态发展可能是另一方难以控制的。另外，根据新动影视的公司章程，持股超过30%的股东可以派驻两名董事，那么这场商战再打下去就意义不大了。

据说，新动影视公司内部有点儿复杂。目前的第一大股东欢迎泛海入主新动，泛海集团的举动也知会过新动影视的董事会，第二大股东东方保险却生出了些别的想法，想自己入主。很明显，这个时候，泛海集团和东方保险都打算用最快的方式，先在二级市场上快速扫入超过30%的股份。

就在所有人等着看泛海、东方保险谁会先触到30%的红线时，事情突然发生了转折，或者说，有了新的收购方进场。

清辉集团突然杀入战局，在二级市场上一次性买入了5%的新动影视！

所有的人都没料到清辉集团这个操作，因为清辉集团在此之前并没有影视方面的布局。

所有的人都在猜测：难道清辉集团也打算进军影视行业了吗？

会不会太晚了些?

当然了,以清辉集团的实力,其实多晚都不算晚。

听赵汗青报告这个时,经鸿也觉得不可思议,他问:"清辉?"

"对。"

经鸿又确认了一遍:"清辉?"

"对。"赵汗青道,"现在局面有些复杂了。清辉的入场谁也没有料到,因为清辉以前根本不做影视,他们不想让长视频干扰到他们现在的短视频业务。主要现在也摸不清楚清辉真正的目的……难道真要进军影视行业?本来东方保险都没现金了,要筹一筹,我们这边是比较稳的,结果半路杀出个程咬金。"

经鸿沉吟了一下,也不大明白,便只对赵汗青说:"静观其变吧。"

赵汗青颔首:"也只能如此。"

赵汗青走后,想到周昶入局,经鸿觉着有点儿烦。

经鸿的直觉一向很准,这次,他的直觉告诉他:这事没那么简单。

他坐在班台的后面,又查了查新动影视的状况以及东方保险的状况,甚至查了查东方保险控股或投资的几十家企业,还有这些企业又控股或投资的更多的企业,也没发现什么问题。

他反而发现,在几个月前,清辉集团就开始在影视行业有所动作了。比如,清辉投资了两部大IP改编的电视剧,原著小说热度大,新闻稿件满天飞,外界都猜测,清辉集团基于视频的社交网络服务平台即将开设影视板块;再比如……

看起来,的的确确全都是"进军影视"的信号。

可经鸿就是觉得不安心。

他站起来,走到角落的咖啡机旁,冲了一杯咖啡,又不自觉地想起了周昶上次请自己喝咖啡时镇定自若的样子。

经鸿两手插在裤兜里,垂着头,又想了想新动影视究竟能掀起什么风浪,却依然没有任何头绪。

他更烦了,正好看见茶几旁边静静立着的小垃圾桶,经鸿极其罕见地抬起腿，一脚踹飞了它。

小垃圾桶磕在沙发上，力道却没完全卸掉，又弹飞出去，在地毯上骨碌碌连续滚了十几圈，最后撞上办公区大班台的一只脚，才终于停下了。

晚上，经鸿在自己家招待了两个朋友。

两个朋友都是经鸿的初中同学，非常优秀，一个学通信，另一个学计算机。这个学计算机的本科读的北京大学，博士读的伯克利，在硅谷干了几年，回中国后进了行远，回来时是P8（高级专家），去了行远收购的一家IT公司当CTO，打算明年试试升P9，算是打工人的天花板了。

神奇的是，他没选择发展最好的泛海或清辉而留在了行远的原因是，他既认识经鸿，又认识周昶，觉得别扭。

经鸿是他的初中同学，周昶是他读博时的同学。

最开始听说对方认识周昶的时候，经鸿感到不可思议，觉得世界好小，他当时还想到了"六度空间"的理论——世界上任意两个人，最多通过六个中间人就可以认识彼此。

可再想想，经鸿又感到十分正常了。

他喜欢计算机、学习计算机，而且有能力，他的好朋友里自然也有不少人喜欢计算机、学习计算机，而且有能力。放眼全世界，这个专业最出色的学校就是那几所，而大部分人都会选择位于硅谷的那两所——要么斯坦福，要么伯克利。经鸿、他的这位朋友，还有周昶，都是一届的，那他朋友和周昶成为同学就不是新奇的事。

经鸿与这两个朋友一直以来关系都不错。

念初一、初二的时候，经海平还没创业，经鸿就是普通人家的孩子，家境比朋友们甚至还要差上一点儿，初三那年他还常常到朋友家里蹭晚饭。后来父亲发达了，但经鸿还是那个样子，读书、写paper（论文）、实习、工作，大家相处也没变化。直到一年多前，

经鸿接过泛海集团的领导权,大家才稍微有些生分,不过因为有共同爱好,比如网球,几人偶尔也互相发发新闻、聊上几句,因为都在IT行业,有的时候,两位朋友也向经鸿咨询对政策的解读等,彼此没断了联系。

经鸿很珍惜这份友谊,每隔几个月就将他们两个叫到家里,回忆回忆过去,再聊一聊现在。经鸿觉得与老朋友们在一起时,他真的很快乐,不管是读书时关系好的同学,抑或实习时认识的朋友。进入泛海之后,准确地说是公布身份之后,他就开始分不清楚别人对他是真情还是假意了。

厨师做了五六个家常菜。因为在家里,经鸿身上穿了一件泛海集团的免费T恤,胸前印着泛海集团的吉祥物,它活泼跳跃的姿态十分惹眼。

朋友们也习惯了,边吃边聊。

"我问一问你们两个哦……"学通信的朋友说,"是这么个事:我的领导要跳槽了,想带着我走,但我觉得现在工作挺不错的……我也熟悉这个工作,就正常干,应该快升了。我该不该走?是不是留在这儿比较容易升上去?"

"当然是跟领导走。"经鸿笑着看看他,"新领导应该也会带来他的得力干将,你大概率会被边缘化。"

朋友若有所思。

"对了,经鸿,"这时候,学计算机的那个朋友问,"听说最近泛海、清辉两家公司又掐起来了,而且这次,战场还是清辉从前没涉足的影视行业?"

"对。"经鸿喝了一口冰水,顿了顿,"我其实也不太明白清辉的真正目的。"

"我问问周昶。"朋友突然一脸兴奋,"周昶肯定知道原因吧?他不知道我是认识你的!"

经鸿:"……"

"但我不会出卖周昶。"朋友一边发消息，一边又对着经鸿补充道，"我就是八卦一下，我不会利用人家给予我的充分信任，我有原则。"

经鸿："随便吧。"

事实上，如果对方愿意说，那他也愿意听，他又不是什么正人君子。

这涉及泛海集团，他需要对很多人负责任。

在商场上，各家总裁亲自"翻墙"，甚至派"间谍"，各种手段都没少用，他听一耳朵算得了什么。

过了会儿，经鸿问："你跟周昶的关系居然还不错？"

"还行吧，"朋友说，"当时我们是同一个专业的。后来都在硅谷嘛，同学之间聚过几次，不过周昶一直在麦肯锡，太忙了，大多数聚会都不参加，我们又没什么私交。周昶是我们系最先回国的，我当时其实只知道他收到了清辉的offer（录用通知）。后来没几个月，我就收到行远HR（人力资源）的私信了，我也不认识什么海归，于是就想问问周昶国内的工作环境……他还挺好的，说了很多。幸亏我每年群发了拜年短信，嘿嘿。"

经鸿笑笑。

这是一个"梗"。

这个朋友曾向经鸿吐槽那些每年春节给所有人发祝福语的人，可经鸿回答他："万一日后有求于人，拜年短信就派上用场了。"如果几年毫无联络，消息栏里一片空白，这个口就张不开，可即使只是每年春节互相发发"新春快乐"的关系，两个人也可以算作熟人，开口就没那么尴尬。

现在对方说的就是这种情况。

朋友又说："后来我拿了行远的offer，回北京后请周昶吃了一顿北京烤鸭。然后，我就听说周昶当上清辉集团的CEO了……我真的是……我什么命啊，我的朋友都当上中国首富了！这个命格能

卖钱吗？"

经鸿："你扯远了。"

"后来我就不想断了联系呗。"朋友道，"即使没指望过真的有好处，认识大佬也厉害啊。于是我就偶尔问问他对那些政策的解读，别说，你们两个的很多观点一模一样。"

经鸿说："嗯。"

就在这时，对方手机发出了"叮"的一声。

朋友看看手机，说："周昶回了。"他迫不及待地拿起手机，而后，第一时间点开了周昶的回复。他的表情瞬间变得十分精彩，一副想笑又不能笑的样子。

经鸿问："怎么了？"

"没。"朋友回答经鸿，"我转发了个新闻链接，问他，'你们清辉好像从来不开展影视业务呀，那为什么收购'新动'？干吗非跟泛海集团抢呀？'，带个表情。周昶特别谨慎，什么都没说。"

经鸿随口问："那周昶回复你的是？"

朋友说："回了一句不正经的，你还是别知道了。"

经鸿好奇起来："什么不正经的？"

朋友说："就是一句歇后语。"

经鸿更加好奇了："什么歇后语？"

"你真的别问了……"说到这儿，朋友在经鸿的眼神当中败下阵来，不过还是挣扎着说道，"首先要说明的是，我非常确定他不知道我认识你。"

"行了，我知道了，"经鸿说，"赶紧说吧，不用帮他找补了。"

事情已经到了这步，朋友索性换上一副看热闹不嫌事大的态度和表情，说："就那句歇后语……周昶说，'不为什么，下雨天打孩子——闲着也是闲着'。"

吃完晚餐，两个朋友早早回去了，因为经鸿次日还有一个非常重要的活动——泛海 AI 开发者大会。

这个大会自二〇一六年就开始举办了，这次举办的地点是北京国家会议中心，分主论坛和分论坛，届时将有超过五千名 AI 开发者出席大会，还有超过十万名 AI 开发者通过网络进行互动。

经鸿会在主论坛上详细介绍几款产品。

朋友早不早回去，经鸿其实无所谓。

稿子他早已记熟了，不会忘，何况到时候 PPT 还会被打在屏幕上。产品的每个部分经鸿都非常熟悉，准备讲稿毫无难度——他不是那种不懂技术的 CEO，而演讲的节奏等方面一向都是经鸿擅长的。他的演讲经验太丰富了，不可能每一次都紧张兮兮地准备到上台之前，只要他觉得可以了，那就是可以了。

第二天上午，泛海集团 AI 开发者大会开幕。

舞台使用全息投影，各种场景十分绚烂。

经鸿介绍的首个产品是新一代的自动驾驶系统。他脚下有一个光点，而他周围，全息投影制造的高楼鳞次栉比，道路纵横交错。

经鸿的语速不疾不徐。他穿着一件黑色的衬衫和一条同色的西裤，动作始终从容有度，有时站定，有时走出几步，有时两手都在外面，有时一手插兜，另一只手打些手势。他说："新一代自动驾驶系统采用的是基于 Jetson AGX Xavier 的 GMSL2 摄像头、IP65 防护等级和微秒级的传感器数据同步功能……在边缘计算的层面上——"讲着讲着，经鸿不经意间抬起头向会议室的后门处望了一眼，而后竟然十分罕见地卡壳了一秒！顿了一下，经鸿才又接上："已经路测五百万公里。"

经鸿一边说，一边又向后门口瞥了一下。

他没看错。

后门口站着的那个男人是周昶。

这次泛海 AI 开发者大会，周昶竟然亲自来了。

周昶总显得卓尔不群，虽然只是站在最后面，双手插在裤兜里

面静静地看产品演示,但是也存在感十足。

说惊讶,经鸿也不惊讶。

清辉当然会密切关注泛海的产品发布,看看泛海的最新动向。

泛海 AI 开发者大会是面向公众出售门票的,也是业内的重要活动。直播镜头可能不周全,PPT 的文字也不清晰,清辉肯定每年都来,只是没想到,今年 BOSS 竟然亲临了。

这么重视泛海集团吗?

经鸿感觉周昶似乎笑了笑,但距离太远,经鸿看不清楚。

讲完无人驾驶系统之后,经鸿又讲解了泛海新一代的 AI 开放平台,他最后总结说:"目前泛海的 AI 开放平台已提供了一百五十五项 AI 能力,涉及数据挖掘、自然语言处理、深度学习……许多产品已经采用了泛海的 AI 开放平台,这些产品有美国的、英国的,当然还有中国的……泛海渴望继续助力合作方与开发者,共同打造 AI 生态,加速 AI 落地,推动生活的便利。"

台下响起掌声。

之后是短暂的休息,后面还有两个产品。经鸿到贵宾休息室待了会儿,想等主会议室的听众们全到齐了、都坐好了,再过去。

走出贵宾休息室时,经鸿发现堂妹在等他。

周围非常空旷,这边距离主会议室其实很远。

堂妹也学计算机,每年泛海 AI 开发者大会,她都会来凑热闹。

经鸿其实挺喜欢跟这个妹妹说说话的,因为对方就是非常典型的十六到二十二岁的小女生。经鸿一度为自己不懂这个年龄段的小女生而非常焦虑,因为这个群体是互联网产品最重要的消费群体。

那一阵子,每一回与对方聊完,每一回听对方讲述她们的生活、她们的想法,经鸿都受益颇多。

对互联网行业的 CEO 来说,不懂十六到二十二岁的小女生是致命的。

经鸿停下脚步,问:"在等我?"

"对呢。"说完，堂妹竟突然拔出一支红色唇釉，说，"哥，你们泛海这发布会背景都是科技色，深蓝、银灰……你刚才在台上，气色显得特别不好，整张脸是冷色、灰色的。直播里面也是，我看了。"

经鸿皱了皱眉。

堂妹很懂的样子，看看周围，举了举唇釉："稍微搞点儿，一点点，用手指头抹开了，其实完全看不出来的，尤其大家离那么远，但气色就会好很多。明星演出、明星直播都这么干，男的也是。"

经鸿愣了愣，直到堂妹一边将那支唇釉轻轻点上自己下唇，一边还说"放心，新的"，经鸿才反应过来，一把按住对方的手。

唇釉划过经鸿下唇，在正中央留了一道红印。

经鸿张张口，正想说什么，便听见了一声："经总？"

经鸿本能地望了过去，便再次见到了周昶。很明显，周昶也刚从休息室出来。

见到经鸿下唇中间那道红印，周昶怔了一下，表情有点儿惊讶。

经鸿皮肤生得白皙，有点儿凤眼，高鼻梁，两片嘴唇饱满立体，上唇有一颗唇珠，唇峰清晰，下唇中间有道明显的凹线，而此时，那道凹线上是一抹鲜艳的红。

有种荒诞感。

"周总。"经鸿也没法遮掩了，介绍道，"这是我妹妹，经语。"

经语也有点儿呆住了，磕巴道："呃，我就是觉得，会场太暗了，我哥气色显得不太好……"

周昶颔首。

贵宾室外有棵梧桐树，风一吹，一片叶子坠下来，像迷路的蝴蝶似的，最后落在经鸿肩上。

会议中心的走廊深处挂着一幅传统字画，上面写着：草木蔓发，春山可望。

经鸿拂去那片叶子，问经语："带餐巾纸了吗？"

很显然，他不想抹这玩意儿，不想"气色好"，他没那么新潮。

"呃，"经语在自己身上摸了摸，确定裤兜是空的，道，"在会议室……没带出来……"

经鸿回忆了一下，刚才的休息室里有餐巾纸吗？

记不清了。

这时，周昶犹豫了一下，他解下自己的领带，递给经鸿："领带是干净的，用它来擦吧。"

经鸿犹豫了一下："这……"

周昶还是非常客气："无所谓。我又不用上台。"

"好吧，谢谢。"经鸿接过周昶的领带，用领带尖抹了抹自己的下唇。

周昶今天穿了一身英式西服的三件套，外套扔在休息室了，此时上身只有衬衫、马甲。他的领带是灰色的，擦掉唇釉之后立刻洇出一片艳红。

经鸿将领带还给周昶，再次道谢："时间到了，谢谢周总。"

说完，他淡淡瞥了堂妹一眼。

经语心想：完了，闯祸了。

周昶回到大会议室的时候，经鸿演讲的下半段已经开始了。

第一个产品是 AI 航天的产品。此时，全息投影的背景已经换成深色的太空以及无数的星球。

在太空与星球中间，经鸿脚下依然是一个圆形的光点。他踩着光点，声音还是不疾不徐："泛海 AI 已经与中国月球探测航天工程和中国行星探测航天工程达成战略合作。未来，泛海 AI 将深入外太空星球地下并模仿人类进行思考，自己搜寻行星区域、自己分析土壤数据、独立规划最佳路径，向它认为比较可能出现水源的位置进发，大大提高探索效率、节省探索时间，与只能沿着预设的轨道前进、搜集，只能发回既定种类信息的探测器有本质上的区别，泛海希望……"

他讲完，天体化学与地球化学家、中国月球探测航天工程首任首席科学家、中国科学院院士×××便从后台走了上来。

这场介绍的后半部分将是以两人对话的形式展开。

周昶站在门口,静静地望着大会议室台上的经鸿。

他看着经鸿在"宇宙"中徐徐讲解探月AI,时而做些简单的手势,始终从容不迫、进退有度的样子,眼前浮现出他强逼自己转让Med-Ferry旗下AI药物研发公司的那一幕,他又想起经鸿迫使自己接纳泛海一同参与投资随购……

在与经鸿的竞争中,周昶一直想赢,毕竟泛海、清辉是互联网这片战场上发展得最好的两家公司,现在,周昶更想赢了。

看了一会儿,周昶从会场的后门进去,有些闲散地靠着房间最后面的木饰墙壁,望着远处台上的经鸿。

演讲快要结束时,经鸿的助理谈谦走到了周昶身边,手里拿着手机,礼貌地叫了一声:"周总。"

周昶的目光从台上的经鸿身上挪到了旁边的谈谦身上,随意发出一声:"嗯?"

谈谦摁亮手机屏幕:"经总刚才嘱咐过了,把领带钱转给周总您。"谈谦明显并不知道他们之间发生过什么,可一点儿好奇都没有,神色平静,语调更平静。

敢情是要价格来了,周昶一哂:"得了。我缺这点儿钱?"

他买东西又不看价格。

谈谦道:"经总说——"

"行了,"周昶打断了他,视线拉回台上,"你怎么那么磨叨?"

谈谦犹豫了一下,不过还是点点头:"那过会儿我再问问经总的意思吧,先不打扰您了。"

周昶下颌轻轻一抬:"去吧。"

谈谦顿了顿,看了周昶两三秒,转身走了。

等经鸿讲完下来,谈谦立即迎上去,将一瓶水递给经鸿。

经鸿拧开瓶子喝了一口,问:"领带的钱给周昶了?"

"他没收。周总说，"谈谦学着周昶声调，故意压低嗓子，"'得了，我缺这点儿钱？''你怎么那么磨叨？'"

经鸿被谈谦逗笑了，说："注意着点儿，在外头呢。"

谈谦也笑道："是。"

"先这样吧。"经鸿又说，"不用给了。"

谈谦点头："好。"

路上遇到几个熟人，二人花了一些时间才回到休息室里，谈谦负责收拾东西，经鸿则披着大衣先出了房间，往大门口走。

北京最近降温，挺冷。

刚走出两步，经鸿的手机就嗡嗡地震了几下。经鸿这才想起来，今天早上他刚答应跟某创业公司的创始人通个电话，约的是十点十五分，想着那时泛海集团的发布会应该结束了，他正好可以在车里头通话。没想刚才被耽搁了一下，这会儿电话就响了。

这事谈谦好像都不知道。

经鸿接起来，见这会儿越靠近大门口的地方，人好像越多，便停下了脚步，站在一边接电话——这里目前还算安静。

对方是做二手交易的，主要领域是二手房，既包括买卖，也包括出租。

不出意外，对方再次拒绝了泛海集团的投资。

两个人聊了会儿，对方还是坚持己见，说道："我们……我们商量了一下，我们不想依附巨头，也没什么大的野心，我们就想做'小而美'……投放一些精致房源，比如风景秀美的小地方……"

这时，前面一个孩子突然冲了过来，经鸿一让，身上披的大衣掉在了地上。

经鸿一手拿着手机，捡起来也不好穿，而且正说到重点，暂时也不想捡，便站在原处没动。

十几秒后，经鸿只觉肩上一沉，那件大衣被人捡了起来，披回到了自己身上。经鸿想当然地认为是助理谈谦——谈谦就在自己后面,也要走这条路。

他没回头,一只手继续拿着手机,另一只手则越过肩膀,想扯一扯衣领、紧一紧衣服。

电话那头,对方还在不断强调"我们就想做'小而美'",经鸿笑了笑,说:"很遗憾,这个市场完全没有'小而美'的生存空间。如果你们是这个态度,那不出一年,资本、流量就会彻底将你们打垮。"

图穷匕见的一句话,让电话那头一片死寂——此前,经鸿一直是温和客气的。

经鸿又说:"打垮你们的,可能是泛海,可能是清辉,也可能是别人,你们确定要和巨头作对?"

对面还是一片死寂。良久之后,对方才找回了自己的声音,他说:"为、为什么要这样呢?二手房这个市场很大,吃不完……你不要吓唬我们,我们几个有共识……"

经鸿淡淡地笑了笑:"你知道吗,'市场很大,吃不完'这句话是最大的谎言。不管一个市场有多大,最后都只会剩一两家。要么一家独大,要么平分秋色,到了最后,玩家不会超过三个。只要进入一个战场,就只有血战到底。"

对方:"……"

经鸿放缓了语气:"你们团队'佛系'创业,可其他公司是能吃多少就吃多少。事实上对创业者来说,要么赢,要么死。"

对面此时完全没了一开始的坚决态度,他说:"我、我们……我们再想想,再商量商量,行吗?"

"可以。"经鸿依然淡淡的,"想好了就联系赵总。"

挂断电话,经鸿刚想叫谈谦,就听见自己身后响起一个熟悉却令他意外的声音:"经总霸气。"

经鸿转过身,发现周昶就在身后。

经鸿顿了顿,而后道:"实话而已。为了他们好。"

"倒也是。"周昶赞同,"不过,刚用完领带,转头就拉上清辉当这坏人,经总这心够黑的。"

经鸿说:"这也是实话。周总听不得实话?"

"行吧。"周昶看看经鸿的手机,又问,"不过,这人能行?泛海的流量,他接得住?"

经鸿明白周昶的意思。"流量"是把双刃剑,绝不是越多越好。一旦给了接口,泛海、清辉漫天花雨般的流量,不是谁都接得住的,对团队的管理、技术要求等都是极大的考验。现在清辉集团已经投资另外一家二手房 App,泛海集团如果选择这个公司,那开场就会刺刀见红,没有慢慢上升的缓冲期。周昶的言外之意其实是:这个性格的创业者,不争不抢、优柔寡断,能跟清辉斗得下去?

"这就不用周总操心了。"经鸿的语气里带着揶揄,"我们泛海自己扛着。"

"嗯。"周昶一哂,"合着是我瞎操心呢。那我等着。"说完,便越过他,向大门口走去。

经鸿望着周昶的背影。

谈谦匆匆赶过来,他对经鸿说道:"刘总正在找您,您电话刚占着线,刘总打到我这儿来了。"

"嗯。"经鸿转身,一边拨打电话,一边走出了会场大楼。

在车上,与刘总说完事,经鸿再次想起了周昶的那条领带,他吩咐谈谦和司机:"谈谦,等一会儿你们两个去一趟老经总家,拿上一瓶好葡萄酒,给清辉的周昶送过去。"

经海平喜欢红酒,他那儿的好酒多得很。

谈谦点头:"好。我就放在清辉前台,让前台告诉周总,因为领带那件事,经总送了一瓶好酒,就可以了吧?需不需要亲手交?"

"不用。"经鸿说,"搁在前台就行。"经鸿并不想显得自己过于在意这件事情。

周昶下午一连开了十几个会，有的长，有的短。中间有一次他回办公室时，他的助理跟在后头汇报说："前台刚刚来了个电话，泛海集团的谈总助留了一个盒子，让转交给周总您。"

"嗯，"周昶没问是什么，吩咐助理，"拎到车里吧，我晚上拿走。"

"行。"助理犹豫了一下，问，"前台说……好像是一瓶酒。咱们那个××产品注册用户上周正式突破五千万了，超过泛海，您今早让我们准备一瓶好酒，庆庆功。不然就用泛海这瓶？团队肯定高兴。"

周昶不大在意，道："那拿去吧。"

助理答应了："好。"

"等等。"就在助理转过身时，周昶突然叫住了他。

助理困惑道："周总？"

周昶改了主意，说："还是算了。你们另外准备一瓶。经总这瓶我拿回去。"

助理愣了愣，又说："好。"

周昶一直工作到了当天晚上十一点左右才搭自己的车回了附近的别墅。

他走到酒架前面的木头桌子前，抽开盒盖，拿出红酒，垂着眸子看了看，竟然是一九四七年的滴金。

顶级的贵腐甜白。贵腐菌需要雾气，而这雾气既不能大，也不能小，大了，贵腐菌又容易转变成某种霉菌；小了，贵腐菌数量不够。滴金酒庄的地理位置是世界上最好的，而一九四七年的气候又是历史最佳，那一年的滴金如今每年只开十瓶左右。

让周昶惊讶的绝非经鸿送了一瓶名贵的酒——这对于他们来说不稀奇，而是经鸿送了一瓶甜口的酒。

名字就叫滴金贵腐甜白，当然甜。

周昶喜欢涩一些的酒，最好一点儿甜都不沾，他喜欢那种收敛感。

他认为自己看起来也不像喜欢甜的人。

事实上，因为经鸿嘱咐过谈谦不要提周昶的名字，谈谦对老经总就只说了"经总想送他的朋友"这一句话，于是经海平想当然地认为经鸿会与朋友一起喝，又知道儿子喜欢甜的，便给了一瓶贵腐甜白。

周昶还是拔了瓶塞，拿了一只小醒酒器来醒酒。

接着周昶与英国的分公司开了个会，又脱了正装，洗了个澡，湿着头发出来，浴袍半敞着，腰带松松垮垮地系着，露出大片光滑的胸肌。

见葡萄酒醒得差不多了，周昶径自倒了半杯。

这酒的颜色是琥珀色，清透、炫目。

周昶喝了一口，一瞬间，果香、花香一齐涌来，是周昶平日里并不喜欢的橙子味、蜂蜜味，还有一些粗犷的其他味道，口感竟意外地不错。

周昶捏着杯子，全身被酒精烧得微热，虽不是平日里喜欢的味道，周昶却觉得很好喝，竟等不及一口一口细细地品这顶级的好酒，举杯一饮而尽。

从 AI 开发者大会回来，经鸿的目光再一次投向了新动影视。

他与赵汗青又研究了一下清辉的真正目的，还是毫无头绪。

因为周昶对新动影视收购案的强势介入，经鸿压力有点儿大。

他总感觉不大安生。

各方都摸不太准清辉的真正用意，一时间，新动影视的收购案像被按了暂停键，各方都没了动作。

泛海仅仅等了一周就决定继续收购新动影视，他们重新开始扫股。

就在这个时候，清辉也有了动作。

靴子终于落下来了。

清辉集团继续购入新动影视的股份，这次购入了 3%，将持股由 5% 增加到了 8%，而后与东方保险签署了一致行动人协议。

也就是说，在泛海、东方保险、清辉三方对新动影视的争夺中，东方保险、清辉二者形成同盟，并且此同盟由东方保险主导。至此，东方保险及其一致行动人的占股超过 30%，触发了对新动影视的全面收购要约。

经鸿知道，自清辉介入的那一天，泛海就已经非常被动了。

泛海当时占股 22%，而东方保险与清辉集团加在一起是 27% 以上，泛海距离 30% 还差 8%，而东方保险与清辉的联盟却只差 3% 了。证监会硬性规定每增持 5% 都要公告，那东方保险与清辉的联盟完全可以继续观察泛海这边的动向，在合适的时机再次出手。

由于东方保险、清辉二者联手，经鸿对新动影视又不是非要不可，他果断地认输、退出。

"我到现在还是一头雾水……"赵汗青说，"清辉这次纯粹是帮东方保险，绝对不是清辉自己真想进入影视行业。"

经鸿把玩着一支钢笔，懒洋洋地道："嗯。"

很明显，这次清辉其实只是东方保险的附庸，为东方保险作嫁衣，否则清辉不可能与东方保险一致行动，并由东方保险发起要约。

过了会儿，赵汗青又说："前几天，清辉与东方保险应该就是在谈判，或者说，在交易。清辉同意与东方保险一致行动，但……不知道得到什么了。"

经鸿还在摆弄钢笔："嗯。"

他也不知道。

事实上，他认为，清辉会在六个月的禁售期后将这 8% 的新动影视的股份转给东方保险，退出董事会，就此再也不管新动影视了。

《证券法》规定，持有 5% 以上股份的大股东购入股份的六个月内是禁售期，不得卖出。

赵汗青又叹："唉，本来东方保险的现金已经不多了，结果清

辉帮了他们一把！现在东方保险有更多时间筹集资金了。以东方保险的体量，这桩收购不是事。唉，真不知道东方保险能给清辉提供什么！"

经鸿没回答。这个问题，直到现在他也没想通。

清辉集团与东方保险，究竟在做什么交易？

周昶，究竟在打什么主意？

清辉集团并没有让赵汗青与经鸿疑惑太长时间。

不久后，经鸿就看到了一条新闻：中国最大的民营银行兴民银行将7.5亿天通证券的抵债股权转让给了清辉集团，占天通证券总股本的9.9%。

经鸿此时如梦初醒，原来周昶的目的是这个！

东方保险是兴民银行的大股东之一，经鸿一直都知道。

经鸿之前已经查过东方保险投资过的公司名单，里面就有兴民银行。东方保险在兴民银行的占股说多不多，说少不少，刚过5%，在东方保险的版图里，兴民银行排不上号。

经鸿当时也仔细查了兴民银行的关系网，并没发现什么特别的。

原来两年之前，兴民银行曾拿到过天通证券的抵债股权！

二〇一五年，A股大跌，上证指数从五千多点狂泻到两千七百多点，直接腰斩，其中，从五千点跌到三千点只用了两个月。

事发突然，天通证券某大股东的多个产品爆仓了。

那家公司非常激进，抛弃了最合理的风险对冲的手法，疯狂做多股指期货，大量买入沪深三百等期货，结果，那家公司必须平仓的月份恰恰就是A股最惨的月份。可这就是投机者的代价，合同上面交割时间写得清清楚楚，到了合同约定时间必须卖出那些期货，即使这是割肉放血。

因为在二〇一五年亏本了太多，他们遭遇了非常严重的财务危机，欠兴民银行的贷款还不上了。于是，到了二〇一六年，为了自救，万般无奈之下，他们将自己持有的9.9%天通证券的股份转让给了兴民银行，用于抵债。

中国政府对银行业和证券业是实行分业管理的——目前中国商业银行被禁止从事 IPO 等需要牌照的证券业务，商业银行的投行部也主要做财务顾问、并购贷款等工作。中国法律规定，银行持有证券公司抵债股权不得超过两年期限。

现在两年即将到期，兴民银行必须处置天通证券这些股权。

看上去，兴民银行非常低调，甚至各大媒体从未报道过这样一笔抵债股权，至少经鸿此前闻所未闻。大概兴民银行当时也只低调地发了一条网上公告。前一阵子经鸿调查时，这条两年前的公告已经难寻踪迹了。

经鸿猜想，兴民银行大概是想死死捂着这些股权，两年之内就是不卖，想冲击官方底线，当券商、拿牌照，促成中国银行的混业经营，可能认为混业经营就是大势所趋，于是一直默不作声；然而，很明显，兴民银行大大低估了中国政府对于分业经营的坚决态度，最终还是必须按照规定在两年内处置这些股权。

之后发生了什么呢？

一般来说，抵债股权的处理方式就是两种：协议转让和公开拍卖，监管部门一般要求银行使用后一种方式，不过法律上有一条兜底条款，叫"证监会认定的情形除外"。

经鸿已经能勾勒出这件事的发展脉络了。

清辉集团先是帮助东方保险收购新动影视，之后，东方保险以兴民银行的大股东的身份，建议兴民银行将它自己根本留不住的天通证券的抵债股权转给清辉，并与证监会沟通、商量。虽然东方保险只占股 5%，但天通证券的股份具体转让给谁这件事，对于兴民银行来说确实无关痛痒，反正也留不住，就没有股东会跟东方保险作对。

那么，之后呢？

很显然，证监会同意了。

证监会其实只是希望兴民银行能按规定处理股份。现在两年时间马上就到，再搞拍卖的话，万一拍卖的结果并不理想，比如没人买，让兴民银行真的将天通证券的股权留到超过两年了，就麻烦了。

至此，天通证券 9.9% 的股权归清辉集团所有。天通证券既是非驰汽车 B 轮融资的领投方，也是非驰汽车除泛海外的最大股东。

非驰汽车，泛海投资的成功之作，刚上市了首批量产新能源汽车，放眼中国，完全没有竞争对手。在新能源汽车这条赛道上，泛海押注成功，而清辉押注失败，清辉当时投资的全景汽车最近几年无比萧条。

清辉一直想在非驰汽车上分一杯羹，但泛海集团作为非驰汽车的大股东一直拒绝。清辉集团想投却投不进来，战投部门的总经理急得上蹿下跳。

可现在呢？他们成功了。

清辉帮东方保险收购新动影视，而后，通过与东方保险的协议，接手了兴民银行所持有的 9.9% 天通证券的抵债股权，成为天通证券的股东，再间接地成为天通证券曾投资过的非驰汽车的股东。

这样间接投资，虽然不如直接投资非驰汽车的泛海，但至少也吃到一点儿肉了。

在理论上，间接投资无法干预目标企业的运营，但事实上，作为天通证券的大股东，也就是非驰汽车大股东的大股东，是一定能说得上话、一定能插得进去手的。

经鸿又想了想，觉得周昶大动干戈也不光为了非驰汽车。

首先，天通证券规模不大，但投资眼光非常不错，除了非驰汽车，还投资了好几个成功公司。

其次，天通证券的理财平台是券商里做得最好的，还能投资港股、美股。深度捆绑后，清辉的支付工具将拥有更出色的财富管理能力和资产配置能力，毕竟天通证券是专业的证券公司。

经鸿觉得，知道了周昶的最终目的也好，终于不必提心吊胆了。

"绕太多弯了，周昶。"经鸿敲敲桌子，站起身来。

他想起来，堂妹上次见过周昶以后，曾经几次夸过周昶有种身居高位者的迷人气质，经鸿对此不屑一顾，因为同样的夸赞也经常被用在自己的身上，也同时被用在很多人的身上。跟在身后拍马屁的人多了，这玩意儿自然就有了。

经鸿突然发现，周昶还有一种破局者的气质——不管是在鲲鹏、华微的合并案里，还是在这次对非驰汽车的投资案里，他都展现出了这种气质。

破局，而后控局，让最开始的控局者失去优势，沦为附庸。

身居高位者很常见，能破局者却万中无一。

经鸿想，这样的人才适合当正经的对手。

泛海总部的五十楼，经鸿站在玻璃墙前，手插在兜里，望着北京繁华的夜景，叹了口气，想：到底是让那个周昶挤进来了。

对于新动影视和非驰汽车的事，泛海已经无力回天，经鸿自然也不再想了。

几天后，经鸿要去重庆参加一个非常重要的活动——中国国际智能产业博览会，简称智博会。

智博会由工业和信息化部、国家发展和改革委员会、科学技术部、国家互联网信息办公室、中国科学院、中国工程院等十几个部委联合举办，合作方包括新加坡贸易与工业部等多个国家的官方机构，今年是第一届。

这次并非研讨会，而是展销会，核心是展览和销售，此外也有会议、论坛以及自动驾驶挑战赛、无人机竞速大奖赛等比赛。

官方希望智博会能将中国的智能产品带到国外、带向世界，因此，本届智博会将对重大项目采取集中签约的形式，并举办集中签约的仪式。

泛海市场部的老总早带着一群精干的下属呼啦啦地去布展了——在智博会，泛海集团的摊位将在会场的正中央，与清辉集团挨着，展台很大，布置也很华丽。人工智能事业群的老总和云计算事业群的老总昨天晚上也出发了，同行的还有两个大的事业群的市场部高级副总裁、销售部高级副总裁、大客户部高级副总裁、港澳台及国际部副总裁，以及多个参展产品的总负责人。当然了，各产品的产品经理、前台经理、后台经理也去了一些，他们将在展台里负责讲解各个产品的核心卖点以及回答客户们的各种问题，大客户部及国际部的精英们则主要负责对接、联络。

泛海太大了。

最晚出发的两个人是经鸿和他的助理。

这次经鸿只会在主论坛发表一个简短的演讲，而后看看其他公司的参展产品，再看看自己公司的签约情况，最后出席一下签约仪式，整个行程比较轻松。

首都机场的贵宾厅里，经鸿正在等待登机的消息。

晚上六点的航班，落地重庆是九点左右，他到达酒店后睡一觉，正好参加第二天早上的主论坛。

经鸿坐在单人沙发上，靠着一扇窗子，翘着长腿，看一份报告。

有两个人经过，经鸿抬起眼皮看了一眼，正好与周昶四目相对。

周昶轻轻一颔首，经鸿也点点头，算打过招呼，心里知道对方要搭的大概率是同一趟航班。

打过招呼，经鸿的目光重新落在手里的文件上，余光瞥见周昶他们走去了自己身后，也不知道在哪一排坐下了，周围重新安静下来。

经鸿一直等着登机的消息，等着等着，不禁觉得这等待时间是不是太长了点儿。

没多久，事实证明了经鸿的感觉是正确的——南航CZ2704次航班的起飞时间将会延迟，具体起飞时间未定。

贵宾室的地勤人员过来通知了经鸿。

经鸿想了想，叫助理谈谦让贵宾室的地勤人员过来，看能不能换成最近的其他航班，他不想等了。

北京并非南航基地，这种情况下，飞机不管维修还是调配都不方便，可能要花大量时间。

助理照办。

过了会儿，地勤人员又过来，对经鸿及他的助理说："最近的几趟航班，商务舱和经济舱全都满了。十点十五的川航还有些位置，落地时间是凌晨一点三十分。"

"十点十五？"经鸿看看表，"要等将近四个小时？"他的眼珠向上翻，露出一点儿眼白。

地勤人员也不尴尬，大大方方地回答道："是。"

经鸿点头："好，谢谢，我想想。"

地勤人员："好的，先生。"

地勤走后，经鸿合上文件，右手手指在沙发的扶手上敲了敲。

经鸿正犹豫着，就听见一道温和的男声："经总。"

"嗯？"经鸿转眸，发现来者是周昶的助理。

"经总，"周昶的助理弯着腰，道，"周总问，您要不要跟着我们走？周总的私人飞机早些时候申请过去重庆的国内航线，马上可以走。周总问，您要不要跟着一起？"

经鸿回头望了一眼，周昶正坐在后面的一张米色沙发上，见经鸿望过来，礼貌地笑了笑。

经鸿扭回脖子，琢磨了半晌，最后还是对那助理道："好，麻烦周总了。"万一下趟航班又出现问题，就要误事了。

助理点点头，对经鸿说："五分钟后咱们出发。"

"好。"

经鸿又翻了几页文件，突然感觉到有只大手在自己右边的肩膀上拍了一下，而后一个熟悉的带着磁性的声音在右耳边响起："经总……去重庆了。"

经鸿没想到周昶竟然亲自过来了。

他将手里的那份文件递给谈谦装起来，站起身，跟上了周昶。周昶一手插在裤兜里，另一只手拿着手机，好像在看电子邮件。

经鸿默默地跟着。

等周昶带着经鸿走出机场大厅时，周昶的司机已经来了。

经鸿一看，嚯，又一辆劳斯莱斯。

上一辆劳斯莱斯给了Chris Wells，这儿又一辆。

不知道下一个被派发劳斯莱斯车钥匙的幸运员工是哪一位。

周昶、经鸿坐进了劳斯莱斯的后座。

周昶收起手机，车门一关，他便笑笑："幸亏申请了国内航线。"

经鸿也笑了笑，问："那为什么又改坐民航了？"

周昶的手指在旁边车门的操作板上敲了敲，他道："看到新闻，昨天晚上Las Vegas（拉斯维加斯）一架私人飞机坠毁了，吓死我了。"

经鸿完全无法判断这个说法是真是假，便没作声。

"不过现在也没法子了。"周昶又扬了扬嘴角，一边系安全带，一边问经鸿，"经总现在还敢不敢走？"

"走啊。"经鸿觉得身边这人没个正经，也将安全带"咔嚓"一声扣死了，回答道，"我相信周总没那么倒霉，我也没那么倒霉。"

"当然。"周昶也开玩笑道，"经总人中龙凤，是老天爷最眷顾的人。"

两人之间的氛围完全没有前一阵子在非驰汽车项目较劲时的剑拔弩张。

很快到了公务机的专用航站楼。

安检过后，经鸿看看机场远处，突然说："彭正也在。"

彭正，"四巨头"中行远的CEO。此时，他的那架私人飞机——经鸿认识，就显眼地停在左边的第一个位置。

经家其实也有私人飞机，只是如果可以直飞的话，经鸿一般搭乘民航，飞行过程平稳一些。经鸿自然知道，如果不执飞，这些飞机平时是在托管公司那边的，这架飞机停在这儿就说明彭正今晚也要走。经鸿看过智博会的嘉宾名单，彭正也会出席。

知道经家父子与彭正的关系比与他的好多了，周昶问经鸿："那你跟他走？"

经鸿真是搞不明白周昶，望着那边说："彭正又没邀请我。"

他脚下稍顿，揶揄道："难道周总反悔了？"

"冤死我得了。"周昶一哂，"走走。"

周昶的私人飞机是去年年初中国民航局才认可其型号的湾流650，之前周不群的那架想来已经被淘汰了。

经鸿想起经海平对周家父子的评价："一模一样，骄奢淫逸"。

经鸿琢磨着，下一次见经海平时自己应该报告一下：周昶不仅换了车，还换了飞机。

湾流650的内部空间是同等级公务机里最大的。经鸿扫了一眼，包间的门是关着的，里面一般有双人床和LED电视。外头是四张单人沙发，是米色的，木头桌板收着。单人沙发与包间的中间还有一个会议区，可以坐六个人。

周昶说："随便坐。"

"谢谢。"经鸿也没太客气，找了一张靠窗子的单人沙发，叫助理谈谦坐在对面，两人共用一张桌板。

这个区域一共只有四个座位，于是周昶的座位便与经鸿的隔着一条过道。

这个分配是最合理的，或者说，是唯一合理的——两位大佬正面对着飞机航行的方向，两个助理则背对着。

经鸿、周昶也没熟到面对面聊一路的程度，经鸿今天只是搭顺风车，跟着周昶去重庆，湾流650的过道不算窄，两人一路各干各的，等到最后下飞机前再寒暄寒暄、道个别，非常合适。

几个人准备好后，公务机便起飞了。

- 141 -

飞机装有控压装置，机舱内外压力一致，飞机升空时，人并不会感到难受。

十几分钟后，飞机进入相对平稳的状态，经鸿本来打算继续看刚才那份计划书的，拿起来后又想了想，最后觉得还是算了。

万一周昶的公务机有摄像头之类的呢？这份计划是要保密的。

于是经鸿将那份文件轻轻地放在桌上，交叉着胳膊，静静地看着窗外。

周昶抬起眼睛，问："经总不工作了？"

"不工作了。"经鸿示意他看窗外，"云很漂亮。"

经鸿其实并非一个喜欢浪漫的人，这番话纯粹是一个借口。

周昶听了，也看了看窗外的景色，而后竟也合上了膝盖上的文件，放下桌板，将文件扔在桌上，说："既然这样，那我也不工作了吧。"

窗外此时正是黄昏。

云层全是橙红色的，云轻轻翻涌，飞机好像正在柔柔软软的棉花地里穿行。太阳就在地平线上，圆圆的一轮，两道金光向两边铺开，金光之上是暗色的蓝，之下是明亮的黄。由云朵的间隙望下去，大地仿佛巨幅油画，生机勃勃，无边无际地尽情延展。

在这样的黄昏，一切都是橙黄色的，包括窗边经鸿的脸。

周昶静静地看了会儿窗外的云，随口说："我在美国的那阵儿做咨询，经常出差。"

经鸿看向他，静候他的下文。

周昶继续讲："有次飞机马上要起飞了，但机舱里一个黑人突然抓挠自己的脸，血肉模糊的，应该是有精神问题吧。机组人员开始担心那个人是恐怖分子，叫所有人下了飞机，然后立即排查飞机，一共排查了四个多小时，那是我第一次在机场酒店过夜。"

说完，周昶视线转了回来，二人目光碰了一下。

"这样说的话……"对着自己的助理谈谦，当然还有旁边的周昶他们，经鸿也分享了一段延飞的经历，他笑了笑，说，"有一回我在阿根廷,飞机已经起飞了,但突然撞上一只鸟,据说窗户都裂开了缝,于是飞机立即降落,也耽误了好几个小时。"

周昶:"挺危险的。"

"其实还好。"经鸿对着周昶说,"我也是那次知道的,撞鸟一般是在起飞时和降落时,客机体积大,被撞了一般不会出现什么问题,可以马上安排着陆。"

周昶点点头:"这样啊。"

过了会儿,周昶问经鸿:"你们吃过晚饭了没?我叫厨房准备点儿?"

飞机上有一个厨房。

"不用了。"经鸿对周昶说,"我们两个上飞机前垫了几口,不饿。"

"那喝点儿什么?"周昶又问,"我这儿有些好酒,但不知道经总喝不喝得惯。"

"不麻烦了。"经鸿说,"冰水就好,谢谢。"

周昶又问经鸿的助理:"那谈助理呢?"

谈谦说:"也是冰水,谢谢周总。"

于是周昶直接向乘务员要了四杯冰水。

十分出乎经鸿意料,周昶这儿的乘务员并非年轻靓丽的小姑娘,而是四十几岁、看起来经验丰富的"空嫂"。在中国,一般来说,女乘务员三十五岁之前——最迟四十岁就要转岗。经鸿揣摩着,这边这位女乘务员应该在民航工作过。

经鸿喝了几口,捏着杯子擂在膝上,突然又说:"我上一回去重庆,其实都是二十年前了。"

"哦?"周昶有些意外,"在泛海的这七八年,没去过重庆?"

经鸿摇摇头,看向周昶:"没。很奇怪。"说完他又转回头道:"不过,可能因为童年滤镜吧,我对重庆印象很好。"

周昶看着他,没说话,经鸿便继续说:"那个时候,在重庆上上下下——一会儿上坡，一会儿下坡，一会儿上楼，一会儿下楼，路与路或楼与楼之间还有高高的天桥，觉得特别有意思。"

周昶颔首。

"还有重庆夜游。"经鸿接着道，"长江、嘉陵江……观光船在江水里头走，两江沿岸高楼林立、灯光密布，非常漂亮。"

"重庆的两江夜游吗？"周昶说，"我还真没试过。"

经鸿告诉周昶："在我印象中非常漂亮。"

"你小时候……"周昶思忖了下，"洪崖洞还没建成吧？那现在应该是更漂亮了。"

"是吗？"经鸿喝了一口冰水，"那有机会得再看看。"

顿了顿，周昶又问："经总还有什么别的印象吗？对于重庆。"

"有啊，"经鸿朝着周昶笑，"印象中，还吃了一家极品火锅。"

"哦？"周昶问，"哪家？现在还在？"

"名字叫山城第一家。"经鸿记忆力非常好，他对着周昶用手指头比画了个"山"字，"至于现在在不在……倒不知道了。"

周昶身子一斜，掏出手机："山城第一家，是吗？"他搜了搜，几秒钟后一挑眉："有了，居然还在。老字号，现在也是最被推荐的几家重庆火锅之一。"这是周昶的私人飞机，无线网络早就自动连上了。

经鸿点点头："以那家的口味，应该的。"

北京到重庆的飞行时长差不多是两个小时。在整个航行的过程中，绝大多数的时间里，经鸿、周昶都是这样，时不时闲聊几句。

他们聊了不少话题，一次飞机在云端上时，他们甚至聊起了《在云端》这部电影。

当时经鸿问周昶："《在云端》这部电影，周总看过吗？"

"看过。"周昶回答，"故事本身貌似无聊，但主题还是挺深刻的，我也很赞同。现代人对自由的渴望与对陪伴的渴望是相互矛盾的。幸好，我对'陪伴'不怎么执着。"

《在云端》，二〇〇九年上映的剧情片，贾森·雷特曼（Jason Reitman）执导，乔治·克鲁尼（George Clooney）主演，次年拿到奥斯卡金项奖的最佳电影奖提名。主角是一位人力资源专家，一天天、一年年地辗转于世界上的各大机场。之后，他遇到了另外一个"空中飞人"，从此，他行李箱的另一边多了一个美丽的女人。面对女主角，男主角瑞恩·宾厄姆（Ryan Bingham）想改变生活方式，稳定下来、结婚生子。这部电影的结局出人意料——他的女友早已成家，她只不过是一边拥有家庭，一边仍渴望自由。最后，瑞恩再次踏上旅程。

"我也同意。"经鸿说，"但心里还是隐隐希望能够两者兼得，这两样东西不是永远相互矛盾的。"

会不会有一个人，让他有更多的成长、更大的自由？

周昶笑了，道："经总一直很理想化。"

"谢谢。"经鸿一哂，"个人认为'理想化'不是坏词。"

两个小时竟然很快。

很奇怪的想法，但确实是不大舍得。

飞机终于成功降落了。

也不知道是不是因为周昶的那句话——"看到新闻，昨天晚上Las Vegas一架私人飞机坠毁了，吓死我了"，飞机轮子落在地上时，经鸿竟然真的松了一口气。

他突然想：听说好些有钱人是全家不搭同一趟航班的，怕遇到事故。有些大企业也是，公司高管几乎不搭同一趟航班。这样看来，他和周昶一起搭飞机的做法很不明智——飞机如果坠毁了，所谓的"四巨头"可就一下塌了一半。

解了安全带后，经鸿站起来，身高腿长的。周昶也站了起来。

周昶笑："两个小时无所事事，优哉游哉，看看天空、看看云，我至少二十年没体验过了，在记忆中搜寻不到这种场景，不知道上一次是什么时候。"

对于他们来说，最重要的就是时间。

听到周昶这样说，经鸿回忆了一下，发现自己竟也一样，于是礼貌回道："彼此彼此吧，不过无所事事一回，好像也还不错。"

"是还不错。"周昶一手插进兜里，"那句话是怎么说的，因过竹院逢僧话？"

"对。"经鸿不自觉地笑了笑，接了下半句，"偷得浮生半日闲。"

"嗯。"周昶说，"我之前怎么也不会想到，这难得一回无所事事、优哉游哉，是和经总在一起。"

"彼此彼此吧。"经鸿道。

这时舱门滑开来，门外就是山城的风。经鸿检查了一下随身物品，尤其是手机和文件，与周昶又握了握手，再次告别，也再次道谢："谢谢周总捎这一趟了。"

"不客气。"可能因为在美国待得久了，周昶回了一句英文，"It's my pleasure.（我的荣幸。）"

到酒店后，经鸿才发现他和周昶都没选择官方酒店，而是不约而同地入住了另外一家。他们选的那家酒店位于两江的交汇处，景色极好，酒店一共只有两间豪华套房，都在顶层，泛海、清辉各订了一套，二人的套房紧紧挨着。

在酒店里睡了一夜，第二天一大早，经鸿就去参加智博会了。

经鸿有点儿感冒，不过并不影响他演讲。昨天晚上空调开高了，他睡到半夜踢掉了被子，结果就有点儿感冒了。

他讲了人工智能，而清辉则着重强调了云计算。周昶说清辉将新建多条海底电缆，增加亚欧等大洲海底电缆的覆盖率，同时还将新建两个云数据中心，分别位于越南和沙特。

下午经鸿着重观察了下泛海集团的谈判，发现了其中的一些问题。

等到了晚上，也不知道是出于什么样的原因，经鸿带几个高管去了山城第一家。山城第一家有大包间，他们一大批人浩浩荡荡从大门口到楼梯口，引起了许多人的注意，其中两个靠窗的人认出经鸿，指着他道："大佬！大佬来吃火锅了！"

经鸿其实是无所谓的，他以前去饭店、坐地铁的日常也被人发到网上过，可他是商人，又不是明星，当然无所谓。

山城第一家的味道还是非常不错的。经鸿本来以为一晃这么多年过去了，自己山珍海味早已尝遍，大概会对回忆里的重庆美食感到失望，没想到山城第一家竟再次给了他惊喜。

一时间，过去与现在被奇妙地连接起来了。

吃完火锅，其他下属尽数散去，谈谦包了一条游艇，经鸿又去体会了一把重庆的两江夜游。

"两江交汇，凿崖为城"，因为层峦的结构，从古至今人们都爱重庆夜景，都爱看那一层层的烟火人间。为了这景，人们以前在最高点建观景楼，现在则在江水里驭船而行。

沿江的景色与记忆中的既有重合，又有不同。朝天门还是朝天门，长江大桥也还是长江大桥，但小时候还没有霓虹闪烁的洪崖洞，也没有高楼林立的CBD（中央商务区）。

江风缠绵，江水沉沉涌动，两岸是层层叠叠的万家灯火。那些灯光俯射江面，又随着江波轻轻摇荡，像墨汁里兑了的颜色，让人分不清江水里哪一片是灯火，哪一片又是月光、星光。

难得的清闲时光。

再回到酒店，经鸿洗了个澡，与还在北京的一些高管开了几个视频会议，而后便打算下去二十二楼与高管们商量一些泛海的要事了。他这一层一共只有左右两间总统套房，其他的人全部住在二十二层。

经鸿一天经常几十个会，因为要来智博会已经取消了绝大部分，但还有一些要紧的事必须立即定夺。

经鸿按下二十二层的电梯按键。知道经鸿可能过去，泛海集团的其他人早给了经鸿一张二十二层的房卡。

电梯很快上来，红色数字快速跳动。接着电梯大门平滑地打开，经鸿刚要抬腿，就发现里面有一个人正要出来，竟愣了愣，毕竟这层一共只住了两个人。

他抬抬眼皮，对面果然是周昶。

周昶一手插兜，另一只手几根指头翻弄着手里的房卡。

见到经鸿，他翻弄房卡的动作停了。

都面对面了，昨天又刚承人的情，经鸿便寒暄了句："这个点才回来？"

"嗯。"周昶看着经鸿，说，"去尝了尝山城第一家，很不错。经总这回竟然没坑我，我好像都不习惯了。"

即使知道周昶在说泛海同清辉的竞争关系，也可能是暗指Med-Ferry或者随购那两档子事，经鸿也觉得周昶好像有点儿毛病，但话里依然很客气，道："我们也在，应该是在清辉前头。"

"重庆的两江夜游——"周昶又说，"我也去了，也很不错。"

经鸿眼皮跳了跳，说："一样。我们应该还是在清辉前头。可能因为在飞机上聊起了小时候，就想再找一找、再看一看我小时候的美好回忆。"

周昶："嗯。"

经鸿还要到二十二层去，也不方便聊太多，便告辞说："我这边还有些事，周总也赶紧回吧，这一身的火锅味儿。"这火锅味儿与高定西装、与他的身份挺不符的。

周昶又是一副半认真半玩笑的样子，说："火锅味儿，这火锅味儿说俗了不是？"

经鸿问："不然呢？"

"经总刚才不是说过了？"周昶笑笑，"经总小时候美好回忆的味道。"

经鸿："……"

"行了，经总办正事去吧，拜。"周昶也没继续这个话题，见经鸿要走，便说了句"拜"。

于是经鸿也点了点头："拜。"

电梯门缓缓合拢。

复盘了智博会第一天的情况，包括签了多少个订单、增加了多少个潜在客户，经鸿再回到房间时，内心的想法逐渐清晰。

重庆夜晚灯光辉煌，经鸿拉开落地玻璃门，走到套房的露台。酒店位于两江交汇的朝天门，露台外景色很好。

经鸿走到露台边上，手肘搭在扶手上，略略弓起腰，远远望着万家灯火。

也不知道过了多久，经鸿听见"唰"的一声，隔壁套房的落地窗竟然也被打开了。

周昶也走到露台，搭着扶手，二人目光碰了一下，周昶先笑了笑："又见着了，经总。"

经鸿点点头。

周昶穿着一件浴袍，头发刚刚洗过，也没吹，整个人与平常不大一样，他闲散地搭话："泛海今天收获如何？"

"还行。"经鸿什么信息也没透露，问，"清辉呢？"

周昶说："也还行。"同样，什么信息都没透露。

这时一阵晚风吹过，周昶用右手按了一下自己浴袍的下摆，等风过去了才松开。

过了会儿，周昶突然道："这一次的智博会挺特别的。"

经鸿顺口问："怎么个特别法？"

"不知道，"周昶说，"就是挺特别的，连续两个晚上无所事事。昨天晚上聊天，今天晚上看景。"

江风还是温温柔柔。上面是一片一片的星光，下面是一层一层的灯火，半明半寐，与北京的节奏截然不同。

这座城市的名字有"双重喜庆"的意味，却经历过很多坎坷。

晚风渐凉。

经鸿说:"风吹着,感觉有点儿凉了,我先回去了。周总也早点儿回吧。"

周昶挥了挥手:"好。"

与周昶在露台告别后,经鸿锁了玻璃门,拉上窗帘,处理了会儿工作就睡下了。

第二天,经鸿醒来得比较早,他穿了一件淡蓝色的衬衫,没穿西装,手里拿着一份文件,到二十八楼的休息区坐了一会儿。

酒店正对两江交汇,二十八楼休息区的一面全是落地玻璃,光洁明净,半人高的地方有一排钢制的扶手栏杆。休息区内几张现代、时尚的木质长沙发正对那些落地玻璃,沙发背后是一排高大、茂盛的绿植。

经鸿翘着长腿,看着文件,半晌之后一抬头,便看见了落地玻璃墙前两手插兜、正瞧着窗外景色的周昶的背影。

很奇怪,经鸿一眼就认出来了周昶。

似乎感觉到了经鸿的视线,周昶转回了身子。

此时周昶已经换回平时常穿的昂贵高定西装,人模人样的,不再是昨天晚上那种闲散随意的状态了,黑发也梳得一丝不苟。

最后还是经鸿先打了一个招呼:"早啊,又见面了。"

周昶说:"早。"

经鸿看了看手里的文件,几秒钟后突然抬眼,问周昶:"周总,清辉想没想过,云计算用干销售的人当事业群总裁?"

周昶似乎愣了愣,半晌后才挑了挑眉,觉着新鲜似的,语气充满不可思议:"你在向我征询意见?"

"只是问问,也没什么。"经鸿道。

好或不好,一切都是未知的、都是一场赌博,周昶知道他的想法也无所谓。

周昶脑中必定也转过这个念头,经鸿只是想听一听周昶最终的思考结果。

周昶说便说,不说也罢。

昨天晚上到现在,经鸿都在考虑这件事。

过去和现在,不管是泛海、清辉还是行远、未莱,抑或其他的科技公司,这个部门的负责人一直都是技术出身的,学计算机,做计算机,一辈子与技术打交道。

但这样也有一些问题。

云计算是 B to B(公对公)的业务,客户都是各行各业的公司。公有云还好,但在私有云这一块儿,产品需要在该行业通用版本的基础上根据客户的特定需求进行特定开发。销售部门和售前部门作为桥梁,将客户的需求传递给产品研发部门的产品经理们。

但研发部门为了省事,总会向销售和售前部门传递出同一个意思,就是有两样东西不能做:这也不能做,那也不能做。

这样说有点儿夸张,但事实是,每当遇到比较困难的项目,研发部门往往希望销售部门与客户直接沟通,让客户们放弃需求,让产品更贴近于通用版本,而不是铆着劲儿按客户需求开发。说"这也不能做,那也不能做",也不算是太委屈他们。

在公司的架构中,云计算大事业群的销售或售前部门与研发部门是平级的,但因为每个负责人都是研发部出来的,自然偏心研发部门,销售和售前部门非常弱势。

经鸿以前就知道这些,但经过昨天的智博会,经过对售前环节的观察,经鸿觉得这个问题最近好像越来越严重了。

泛海集团的云计算本就不是多么出色,技术出身的负责人干了整整五年之久,云计算的技术好像也没提升多少,销售额毫无起色,于是经鸿琢磨:如果换上一个比较偏心销售那边的负责人,用客户的实际需求逼一逼研发部门,推动一下,技术会不会提升得更快?

另外,根据昨天的反馈,公有云上各行业的通用模板也显得悬浮,不接地气,技术上的花哨大于功能上的实用。这也正常,还是因为负责人是技术出身的,下面的人自然会想方设法展示自己的技术,而不是实用性,负责人自己可能也会走进"技术"的死胡同。

当然,这样的话,云计算的研发部门压力会很大,甚至闹情绪,但研发部门的负责人智商、情商都非常高,如果研发部门确确实实做不出来,他应该也能做好与他的上司的沟通、协调工作。他并不是只拍马屁却不管下属死活的人。

经鸿想试试开销售人员当云计算事业群总裁的先河。

用市场需求倒逼产品和技术。

几秒钟后,周昶点了点头:"我是在考虑这个选项。"

经鸿看着文件,没说话。

几秒后,周昶笑问:"不然,一起试试?要成功一起成功,要失败一起失败。否则清辉万一失败了,泛海却乘虚而入,就糟糕了。"

此时太阳已经升起,周昶背对着太阳,轻轻靠在栏杆上,阳光从他身后照过来,将他整个人都拢上了一层金。

"不了。"经鸿还是撑着头,看着文件,"我再想想。"

周昶牵牵唇角,说:"没意思。"又转过身子望着窗外。

"行了,时间差不多了,我先回去准备准备。"过了会儿,周昶离开玻璃墙前对经鸿说。

经鸿点点头。

周昶问:"我参加完今天下午的签约会就走,经总呢?"

经鸿说:"我也是。"

"还坐不坐我的飞机?"

"不了,谢谢。"经鸿礼数一向很足,"今天晚上不赶行程,多等一会儿、少等一会儿都无所谓。"

"好。"周昶顿了顿,说,"今天过去,回北京后,有很长时间不会见面了。"周昶昨晚翻过日历,接下来的几个月都没什么重要活动。

"是。"经鸿笑着调侃道,"周总干吗一副好像非常遗憾的样子?难道希望再在办公室见一次面?"Med-Ferry那次交锋,经鸿直接去了周昶的办公室,两人自然见面了。

周昶笑笑:"当然不。不见最好。"

告别后的整个上午,经鸿、周昶都是分开的,周昶出席了某个云计算方面的分论坛,经鸿出席了另外一个。

两人再次相遇是在酒店的餐厅里吃午餐时。这次他们各自带了几名下属,各自坐在一张桌边,只远远地对视了一眼,谁也没主动上前跟对方打招呼。

酒店里热,经鸿没穿西装外套,身上还是早上那件淡蓝色的高定衬衫,他一边切盘子里的牛肉,一边与其他人谈笑。那张桌上的几名高管好像很会聊天,有男有女,妙语连珠,一桌人不时爆发出一阵笑声。经鸿或者看着对方笑,或者切着盘中的牛肉,还时不时应和几句。

周昶看向那边,心想:经鸿与泛海高管的关系似乎比自己与清辉高管的关系要亲密一些,他们的桌上从未有过那样轻松的氛围。

看了会儿,周昶收回目光,大口吞了盘子里边剩下的几个煎扇贝,而后将刀叉一扔,刀叉落到盘子上,甚至发出了哐啷声。

一桌子的清辉高管吓了一跳,想问又不敢问。

"我先回了。"周昶用桌子上的餐巾布抹了一下唇,站起来。他站着的时候,高高大大又卓尔不群,非常显眼。

周昶向经鸿那桌的方向望了几秒。经鸿一直在与泛海的人聊,他听得非常专心,嘴角带着笑,偶尔喝一口茶。

周昶站了几秒钟,又看了看自家公司的高管们,觉得无趣,一转身,离开了。

这天下午是智博会的集中签约仪式。泛海签了一些项目,有与南非的,有与俄罗斯的,有与阿根廷的,还有与印度等国家的,清

辉也是。此外，行远、未莱以及很多大中型公司与创业公司也参加了集中签约，其中一些创业公司还接受过泛海的投资，比如某家为无人驾驶提供智能边缘计算产品的公司。

镜头前，经鸿坐得端端正正，西装笔挺。志愿者递上文件，经鸿扫了两眼，唰唰几笔签上名字。

闪光灯闪烁不停。

经鸿签完，志愿者接过文件，再递上下一份。

参加完集中签约仪式，经鸿便回北京总部了。

回北京后，经鸿立即处理好了智博会期间耽误下来的工作，又在集团内部推进了几项改革。

比如日后在公司的内部会议上，PPT不再是唯一一种可以使用的演示文件。在公司的内部会议上，主讲人也可以用Word。

在群发的邮件里面，经鸿说，对于绝大多数的Design Doc（设计文件），Word文本以及Word提供的长方形及箭头等简单图形就已经足够演讲人做演示了，大家完全可以看懂。

经鸿其实并不希望员工过于注重形式，将宝贵的时间全都浪费在设计PPT上。现在各大公司里头PPT的外观越来越卷，可实际上，它不需要非常美丽、不需要非常精致，有这时间，员工不如休息休息、陪陪家人。

这项举措得到了泛海员工的热烈欢迎。

再比如，企业发展事业群新建立了个创业咨询组，鼓励想创业的公司员工先与公司讨论，如果商业计划书足够好，对方甚至可以直接拿到泛海的天使投资。为了让员工们感到安全，对于咨询的过程，泛海同意全程录音。

经鸿希望这些措施可以取得好的结果，可泛海太大了，正式员工就有十几万人，各种因素太多，很多事情即使是经鸿本人，也推不动，他相信清辉也是一样。

很奇怪，最近一段时间，经鸿每次没能做成一件事情时，他总会想，如果是周昶，做不做得到？甚至说，即使他已经成功做成了一件事情，他也依然会想，如果是周昶，能不能做得更好？

日子一天一天过去，转眼又过了月余。

经鸿终于痛下决心，将泛海云计算事业群的老大调去了另一个事业群，扶销售出身的某个SVP（高级副总裁）做云计算的新老大，并升成了SEVP（高级执行副总裁）。

这位新晋SEVP是经鸿一直十分欣赏的人才，甚至这人还是经鸿发现并向经海平推荐的，当时经鸿刚回国不久。

他毕业于某名校的计算机专业，却更喜欢做销售。

经鸿最喜欢的是这个人身上的那股劲，或者说那股狼性。毕业后他四处推销销售软件，很多工厂院子里有护院狼狗，其他公司的销售们不敢进去，只有他认为这是空白市场，是一个机会。他将公文包做成硬的，还穿防咬的长雨靴，总结了一本防咬秘籍，然后仅仅三个月就做到了业绩第一。

让经鸿注意到他的，是二〇一一年的"千团大战"，这是中国互联网的第一场大战，第一次烧钱，第一次动用亿级资金进行营销，后来，才又有了打车出行、共享单车、外卖、生鲜、视频、直播……

二〇一一年，各类团购App多如雨后春笋。当时的盛况是这些App的销售经理去说服商家加入时，经常在商家的大门口狭路相逢，有几次甚至大打出手，让人搞不清楚他们是互联网公司的还是黑社会团伙的。这人当时凶猛异常，总能抢在新店开张的那一天成为客户们第一个见到的销售经理。后来经鸿听说，他童年时的梦想是当古惑仔。

如果光这样，经鸿也不会建议泛海挖墙脚。可这人当上了大区经理后，经鸿就彻底对其另眼相看了。首先，他并没有完全遵守商家数量多多益善的铁则，而是认为如果订单过于分散，会打击商户的积极性，因此他早期只选择用户喜欢且供货稳定的商户，不管在

商家那儿还是顾客那儿都取得了十足好评。其次，他手里的营销费用并未重点用于线下，没用小礼物或者现金吸引路人下载App，而是用于线上，选择吸引真真正正的消费者，有耐心，不浮躁。当时竞争对手全是晚上开团，可他却选择中午，给消费者留够了在现实生活中呼朋引伴凑人数的时间。

经鸿当时觉得，这人身上有自己很喜欢的一些特质：一个是清醒的头脑，一个是极强的执行力。

经鸿不喜欢无法控局的感觉。现在，经鸿当初看中的人，正要执掌整个云计算事业群。

泛海云计算换帅的消息公布后，业内震动。

各大媒体纷纷报道：

泛海集团云计算高管大变阵：技术派让位销售派！
闪电换帅云计算，经鸿意欲何为？

有报道写：

× 月 × 日，泛海云计算事业群宣布最新架构升级，原泛海集团高级副总裁、泛海云计算事业群COO姜人贵将接替原泛海集团高级执行副总裁、泛海云计算事业群CEO王×的工作，并晋升为泛海集团高级执行副总裁，而王×将调任至……泛海集团副总裁张××将在履行原有职责的基础上出任COO。同时，Amazon Web Services（亚马逊云科技）中国区总经理陶××也将加入泛海云计算事业群……

经鸿在内部信中表示，希望姜人贵带领云计算事业群对市场的重大趋势做出及时的判断和布局，实现规模的量变到质变，为泛海的云计算构建强大的生态体系……

记者们还分析道：

> 高管的变动，通常代表公司对现状的不满意，希望调整战略方向，实现一系列的变革。
>
> 如今，行业已由最开始的低价竞争、跑马圈地，进展到了拼产品、拼服务的新阶段。泛海此举恐怕意味着由技术推动向市场拉动的战略转变……

不过对于变革的结果，记者们十分谨慎，他们写道：

> 技术派让位销售派，泛海开了国内先河，不得不说此举非常激进、大胆。至于最后是否取得经鸿想要的结果，我们只能拭目以待。

对于这些报道，经鸿点都没点开。

仅仅两周之后，清辉集团也宣布了云计算事业群的架构升级，同样任命了一位销售出身的高管担任云计算事业群 CEO。

业内再次轰动。

本来，如果只有泛海集团这样做，那可能只是一次尝试，但现在清辉也这样做，说明"技术派让位销售派"是一次集体转向。

记者们再次闻风而动：

> 中国云计算大厂们集体进行一百八十度大转向？
>
> 泛海、清辉同一时间调整方向、调换部署，这能否打破瓶颈、取得成果？
>
> 泛海之后，清辉云计算事业群也宣布了组织架构调整：原清辉集团高级副总裁……

可以看出，泛海、清辉等大厂正打算与云计算部门的客户携手合作，打算配合客户们的需求并扩大整个市场的规模，建立起作为云服务提供者的底层霸权……

这些都是实话。

业界轰动的当天，周昶坐在劳斯莱斯全苯胺皮的后座上，松了松肩膀，拿着手机，看着某个空白界面，手指一动，给许久未见的经鸿转了一条清辉任用销售派当云计算事业群CEO的公告，并附了一句：舍命陪君子了。

交换联系方式已经数月，聊天界面一片空白。

今天这是第一条。

因为这件事说起来还是经鸿先提出来的。在重庆的酒店二十八楼，在洒落的阳光当中，经鸿曾经问过："周总，清辉想没想过，云计算用干销售的人当事业群总裁？"当时，他给出了个"一起试试，要成功一起成功，要失败一起失败"的选项。

泛海当时不敢跟，可现在清辉跟了，或者说，看起来跟了。

没承想经鸿竟然回得很快。仅仅几分钟后，周昶的手机就震动了一下。看到经鸿的回复，周昶轻轻挑了下眉，因为经鸿回的竟然是语音。

周昶拇指一动，将语音点开。

经鸿的声音立即传出来，他先解释了下发语音的原因："在车上。"接着声音带着微嘲："可担待不起。"意思是，我担待不起这个责任，别赖在我身上。

另一边的经鸿当然无比清楚周昶这次的决定与自己毫无干系。他自己不会拿公司的未来开玩笑，周昶自然也不会。

周昶用销售出身的人代替技术出身的人执掌云计算，原因只有一个，就是他自己想这样做。

可因为泛海先公布，清辉后公布，周昶偏偏就要摆出一个泛海不敢跟，可清辉跟了的架势出来。

几秒钟后，周昶的消息发了过来，也是一条语音。

经鸿点开，周昶的声音响起："这话可真不客气啊。"

经鸿哼笑了一声，没再回复了。

客不客气，得看对谁。对周昶这种人太客气，一不小心就被咬死了，尸骨无存。周昶分明就是一条披着人皮的鲨鱼。

车子一路驶回了竹香清韵。

经鸿回到家里以后照例又处理了一些工作，凌晨三点还在发邮件，又与海外分公司的管理者们开视频会议。

与海外分公司开会时，能迁就对方的时间，经鸿都尽量迁就，经鸿不想传出"在泛海的美国分公司工作，需要半夜跟中国开会"的名声。既然美国分公司的人不半夜开会，就只有经鸿本人半夜开了。

第四章

Saint Games 收购案

| 拒绝 | 接受 |

此后很长一段时间，泛海、清辉相安无事，直到某天，泛海投资部的总经理赵汗青又来请示经鸿的意思。

"经总，"赵汗青道，"您知道 Saint Games 这家公司吗？"

经鸿点点头："知道。"

Saint Games，二〇〇〇年后全球最负盛名的游戏公司之一，总部设在英国伦敦，几年前在伦敦证券交易所挂牌上市。半年前，Saint Games 公司重磅推出一款游戏，叫作《远征》，再次引来广泛好评，在线人数越来越多。

赵汗青继续说："之前清辉想收购 Saint Games，被拒绝了，但这个星期清辉集团发起了恶意收购，公开向 Saint Games 所有股东提出了份双重股权结构的收购要约，目前每股二十二英镑，但如果 Saint Games 可以针对某些问题做出回答，则升至每股二十四英镑。"

这种事先并未获得对方公司董事会同意的要约，通常会被视为恶意收购。

顿了顿，赵汗青又说："事实上，提出要约之前，清辉就闪袭了 Saint Games，在伦敦证券交易所收市之后的几小时，在场外购入了大量股份，最后应该是 10% 左右。很明显，清辉集团希望成为 Saint Games 公司的控股股东。据说那天清辉的 CSO 飞到纽约亲自坐镇，在投行的会议室设下了 War Room（指挥中心），交易员向持有较多股份的投资者询价、议价，再到 War Room 里面向清辉询问他们愿不愿意支付那个约定价格，整个过程两个小时就完成了。"

经鸿："……"

为了保密,这种收购都是闪袭,否则一旦股东之间通了气,收购成本必定暴涨,但两个小时就满载而归,效率还是挺可怕的。

赵汗青:"因为收购超过 3% 的股份,清辉必须向 FSA(英国金融管理局)进行申报。申报后,清辉再次购入了 5%,上个星期更是向 Saint Games 全体股东发了一份收购要约。"

经鸿问:"Saint Games 董事会的反应呢?"

赵汗青回答经鸿:"Saint Games 反应很快,立即建议公司股东暂时不要采取行动,对清辉也采取了质疑。"

经鸿问:"还有吗?"

"有。"赵汗青又点了点头,"他们很积极地通过高盛联系到了我们泛海,希望泛海成为 Saint Games 的白衣骑士,击退清辉。"

经鸿说:"果然。"

"白衣骑士"这个词很好听,是指恶意收购发生之时,作为第三方出面解救目标企业、驱逐袭击者的友好人士或者企业。寻找白衣骑士,就是指某企业主动寻找这个友好的第三方。

现在,泛海就是被 Saint Games 找上门的白衣骑士的候选者。可能因为在这个行业,对游戏有兴趣,又能与清辉争购、竞价的,只有泛海了。其他那些国际 IT 巨头都不曾接触传统的游戏领域。

赵汗青继续说:"Saint Games 的方案是我们提出新的要约,价格高于清辉那份,击退清辉。"

这样,股东们就会接受友好的、泛海的要约,拒绝不友好的、清辉的要约。

"然后,"赵汗青又道,"根据最后的股份数,再向股东们定向增发①一些股份,将清辉的股份数量稀释一下。"说到这儿,赵汗青回忆了一下:"Saint Games 公司的章程规定,持股超过 15% 的股东可以拥有董事席位,但 Saint Games 董事会不欢迎清辉集团。不过定向增发未必能通过股东大会投票。"

---

① 定向增发:向特定的投资者发行债券或者股票。

经鸿点点头，直接问到重点："要求我们做出承诺，收购之后几年之内不能增持吗？"

赵汗青笑了："对，要求。不管泛海这一次能得到多少Saint Games的股份，未来永远不能增持，并且必须委托现在的CEO代为行使投票权。作为交换，其他条款可以谈判。"

这个就是Saint Games的算盘了。泛海出更高价，击退清辉，但不可以再购入Saint Games的股份，并且委托现在的CEO一并行使投票权，不干预Saint Games的一切。

听了这话，经鸿嗤笑一声："想得美。我看起来像做慈善的？光给他们钱？"

赵汗青也笑了："这条当然不能答应。不过，说真的，如果可以去掉这条，这桩交易未尝不可。"

经鸿看着赵汗青，等着对方继续说。

赵汗青分析道："Saint Games刚推出来的游戏——《远征》，非常不错，很成熟，设定、玩法和画面都很吸引人。我今天和老余碰了两次，他很看好这款游戏在全球的销售情况。Saint Games人才济济，技术方面一直领先，近十年的几款游戏也在引领游戏潮流，很有想法。另外一款在研发中的游戏……根据目前的信息，应该也很有前途。"

老余是泛海娱乐事业群高级副总裁，负责游戏这一块儿。

"好，我相信你们的判断。"经鸿说，"如果可以去掉这条，就当一当白衣骑士吧。有董事会的支持，击败清辉问题不大。"

"嗯。"

"记着，"经鸿又强调了一遍，"不同意不能增持，也不要同意委托现在的CEO代为行使投票权，其他条件可以放宽。否则就算了，让他们自己去对付清辉，泛海不做纯粹的财务投资。"

赵汗青说："我明白。"

晚上到家，经鸿再次想起白衣骑士的事情。

根据经鸿对周昶的了解，Saint Games目前的这批人十有八九得罪周昶了。

恶意收购这种手段，泛海、清辉都很少用。

外界总是喜欢说，泛海和清辉两家公司的投资部一味追求利益，我的是我的，你的也是我的，如果你的不是我的，我就硬把你的变成我的。但其实并不完全是这样，也不可能完全是这样。

即使是经鸿这种事事倾尽全力的人，其实也明白不可能事事都如愿，很多机会错过了就是错过了，很多公司投不进去就是投不进去，无法强求。

他相信周昶也明白。

只不过周昶从来不受气，而且看起来周昶也非常想要Saint Games公司的控制权。据赵汗青说，清辉已经与Saint Games那边谈判超过六个月了。

现在Saint Games主动请求泛海成为白衣骑士击退清辉。

想起周昶捎上自己去重庆的那一次，经鸿愧疚了一秒钟。很快，他就放下了心理包袱——他是他，泛海是泛海。同样，周昶是周昶，清辉是清辉。

有意无意地，经鸿点开了与周昶的聊天界面。

最后一条依然还是那句语音："这话可真不客气啊。"

他点了一下周昶的头像，点进去了周昶的页面。

上面名字就是周昶，头像是一轮烈烈红日。

几秒后，当经鸿的两道目光扫到周昶在这款App上的ID时，他突然间愣了一下。

周昶的ID叫作Eternal-Sunshine_Zhou。

Eternal，永远的，永恒的；Sunshine，阳光、日光；合起来，就是周昶的"昶"字，永恒日光。

经鸿突然想起来，他曾经见过这个ID！

Eternal-Sunshine_Zhou。

那是二〇〇七年，十一年前。那一年 iPhone（苹果手机）发行，移动互联网的大幕开启，整个美国上上下下为这款手机而疯狂。当时还在过"博一"暑假的经鸿买这款手机并未寻求父亲的帮助，而是与同学们一道，在苹果店的大门外彻夜排队、彻夜等待。

拆封后，经鸿非常震撼。他立即意识到，iPhone 是可以颠覆传统手机的概念的。

于是，经鸿泡在了美国的开发者社区里，学那些 iOS① 应用的编写，他开发的一款应用还取得了不错的下载量。

后来到了二〇〇八年初，中国也终于有了苹果的开发者社区，那个时候，因为英文很好，经鸿开始在社区论坛里翻译一些美国的开发教程，也回答其他开发者的问题，给出自己的建议。

当时社区论坛里是有几个"大神"的，他自己是其中之一——他翻译的教程非常受欢迎，而 Eternal-Sunshine_Zhou 也是其中之一。

与自己不同，Eternal-Sunshine_Zhou 好像对那些应用在中国推出后的市场反应更感兴趣。Eternal-Sunshine_Zhou 既发教程，也指导别人，还非常在意市场早期那些 App 的受众反响。

那一年经鸿二十一岁，周昶也一样。

不过，仅仅半年之后，他与那个 Eternal-Sunshine_Zhou 就都退了。经鸿不想让 iOS 开发占据自己太多时间。

当时，对于 Eternal-Sunshine_Zhou 这个 ID，经鸿没觉得有什么奇怪的。

二〇〇四年有一部很经典的爱情电影叫 *Eternal Sunshine of the Spotless Mind*（《美丽心灵的永恒阳光》），经鸿以为这个 ID 的后面是什么"小清新"。当然了，这个词也可能是"神之荣耀"的意思——从前天主教的诗人们用这个词来形容神之荣耀，那这个

---

① iOS：一款由苹果公司开发的移动操作系统。

ID 的后面就是个"中二病"。总之，他没想过它来自一个人的中文名字。

可现在看，这个 ID 应该就是周昶的——论坛建于二〇〇八年，而这款聊天 App 的推出是在二〇一〇年，时间上也差不多。

经鸿在那个论坛认识了一些人，但不认识 Eternal-Sunshine_Zhou。

当初论坛上的很多小伙伴如今在互联网这个行业已经混出了名堂。其中一个创业成功，开发的 App 注册用户超过两亿，还有一个拿到过世界移动通信大会的最高奖。

更多的人年少虽有天才之名，后来却要么多次创业，要么多次跳槽，在有了阅历后，才终于得到命运垂青。有几个成功企业曾得到了泛海投资，但老板们完全不知经鸿就是当初论坛上的 Swan。

曾经有那么一两次，经鸿寻思过，当年论坛里的 Eternal-Sunshine_Zhou 在干什么，可他绝对不会想到 Eternal-Sunshine_Zhou 居然是周不群的儿子。

这太诡异了。

仿佛窥探到了周昶十几年前的秘密，怀着这样的心情，经鸿披衣起床，走进书房打开电脑，凭着印象输入了那个论坛的地址。

它竟然还在。

经鸿手指动了几下，输入了他印象中 Eternal-Sunshine_Zhou 一个帖子的关键词，搜索，发现那个帖子竟然还在。

经鸿点击作者名字 Eternal-Sunshine_Zhou，论坛返回结果，一条一条的，有整整两页。

经鸿点开了最早的一条。

也不清楚是为什么，看着周昶十几年前写下来的这些文章，经鸿莫名有点儿兴奋，好像多了解了一些什么，就多赢得了一些什么。

详细看了两三个帖子，惊鸿突然发现了周昶的一个低级错误，类似于"2+2=5"这样的低级错误。

经鸿笑了声,他的手指一动,截了一张屏。在保存的时候,经鸿却犯了点儿难。他在硬盘里新建了一个文件夹,可对于这个文件夹叫什么,经鸿却拿不定主意。他接受不了自己电脑里有一个名为"周昶"的文件夹,这太奇怪了。于是,两三秒后,经鸿随手打下了那一串代表周昶的字符——Eternal Sunshine,永恒日光。

没过几天,赵汗青向经鸿汇报与 Saint Games 谈判的进展情况。

泛海集团拒绝承诺不再增持,而 Saint Games 董事会面对清辉集团的野蛮入侵显得毫无反击之力,因为清辉的报价确实很高,股东们其实想成交。多轮谈判之后,双方最终将协议上不再增持的期限调整成了三个月。同时,委托 Saint Games 的 CEO 行使投票权的期限也调整成了三个月。

经鸿点点头,认可了。

三个月的话,可以接受。

接着,泛海集团向 Saint Games 公司全体股东提出了意向性现金收购要约,价格为统一的每股二十五英镑,比清辉高出一些,不过泛海要约受制于尽职调查等条件,并非清辉那种无条件的收购要约。

泛海集团提出要约的第二天,Saint Games 官网上便火速公布了要约文件。

清辉没再比拼报价,都是现金收购,泛海、清辉财力相当,泛海又有 Saint Games 董事会的强力支持,清辉已经很难赢——一般来说,董事会对股东们还是能产生很大影响的。

清辉只是一再延长自己那份收购要约的期限,等泛海的尽职调查结果,看看泛海在尽职调查后会不会反悔、会不会撤回要约。

赵汗青没想到的是,对于尽职调查,Saint Games 一拖再拖,他们想尽办法拖延,不时拿出这样那样的理由,让泛海无法进驻。

"看起来……"赵汗青的手在桌子上敲了几下,"Saint Games 只是在利用我们。因为我们并未承诺未来永远不再增持以及

委托他们投票，Saint Games其实并不希望我们泛海成功地提交要约、拿到股份。他们只是想用我们这份要约拖着股东而已。"

经鸿皱皱眉："拖？"

"嗯，"赵汗青分析着，"Saint Games董事会应该还在找其他的白衣骑士，可以承诺不再增持的，或者，找好几家组成财团一块儿来进行收购。总之，我看，他们是既不想被清辉收购，也不想被泛海收购，泛海现在这份要约只是他们拒绝清辉的理由。只要泛海的要约还没生效，他们就有转圜余地。他们是在利用泛海。"

只要有泛海这份报价更高的收购要约，Saint Games的股东当然不会接受清辉那份。同时，Saint Games拖着泛海的尽职调查，骑驴找马。

经鸿点点头，轻笑一声："够无耻的。"

赵汗青也同意："是。"

"这样，"经鸿说，"你亲自去趟伦敦吧。逼一逼他们，设定一个最后期限。"

"行。"赵汗青也是这个意思，他说，"我立即让助理订票。"

当天赵汗青就飞去了伦敦，经鸿则在北京总部等赵汗青的消息。

赵汗青并未辜负经鸿的期待，不到三天，Saint Games就同意泛海团队进驻公司做尽职调查了。

据说赵汗青为尽早到达，到达伦敦之后，直接乘一辆网约车去了Saint Games的总部。他当天上午就见到了Saint Games的CEO和CFO，然而并未取得任何进展。对方一会儿说清单上的这样东西没准备好，一会儿又说清单上的那样东西没准备好。

次日早上，赵汗青再次去了Saint Games的总部，还是没能实质上推进这次收购的进度。于是当天下午，在取得经鸿的同意后，赵汗青退了酒店房间，拎着行李打了辆车，直奔伦敦国际机场，并且在路上发邮件给Saint Games，告知对方，因为尽职调查无法进行，经过讨论，泛海集团已经决定退出这一次的竞购。而后，就在赵汗青的车即将到达伦敦国际机场的时候，他被 Saint Games 管理层喊回去了。

Saint Games 终于松口，表示欢迎泛海下周一起进驻公司进行尽职调查，他们已经腾出来了最好的一间会议室。

之后，尽职调查非常顺利，Saint Games 的的确确是一家值得收购的公司，商誉很高，团队的能力很强，用户黏度高，品牌影响力巨大。泛海集团就只是在完成尽职调查的程序上耽误了一下，因为当时泛海集团法务老总被拎去参加北京市刑事合规的培训了，不能签字。

在等待的过程当中，经鸿养成了一个习惯，就是每天看一会儿论坛上 Eternal-Sunshine_Zhou 的帖子，权当解压。

透过文字，经鸿仿佛可以看见十几年前的周昶，并与之对话。

看得出来，周昶那时也在学习、研究，面对新兴的东西时远不如今天游刃有余。

偶尔，经鸿会发现周昶的某个帖子提到自己，比如，这个问题 Swan 的教程已经讲过，不再赘述。

原来，他与周昶十几年前，早在那次商业大赛前，就认识彼此了，通过互联网。他们两人，学计算机，做互联网，一辈子与互联网打交道，原来，最早认识彼此的契机，也是互联网。

他们曾在传统互联网上讨论新兴的移动互联网。

经鸿看完最后一个帖子是结束尽职调查的当天晚上。

从论坛上消失前，周昶发了最后一帖，权当告别，那帖子的收尾处这样写道：

> 移动互联网的大幕已经开启，满天朝霞。
> 我们终会在"互联网"这世界的某处重逢。
> 莫愁前路无知己，天下谁人不识君。

"莫愁前路无知己,天下谁人不识君。"十几年后再看到这句话,经鸿轻轻念了出来。

当初论坛上的先行者们很多如今已是媒体上的常客,真的做到了"天下谁人不识君",包括他自己、周昶,还有好几家著名公司的创始人。

经鸿想,他与周昶,算是在互联网这世界的某处重逢了吗?

如今的周昶,面对互联网的各个新兴领域眼光毒辣,经鸿突然就有点儿想知道,从当初到现在,中间的那十几年,周昶又是如何成长的。

经鸿打开谷歌新闻的搜索页面,中文输入"周昶"二字,然后点击"工具"菜单,将"时间"设定为"2009.1-2010.1",搜索。

没有结果。

英文输入"Zhou Chang",还是没有结果。

经鸿又将时间改成"2010.1-2011.1",还是没有结果。

"2011.1-2012.1",依然没有结果。

一直到"2014.1-2015.1",麦肯锡的官网上才有了一些相关介绍,基本都是周昶自己分享的项目经验。大公司经常会让部分员工写点儿东西放在网上,他们称之为"社区建设"。

文章题目基本都是《FCC(美国联邦通讯委员会)新规解读与网络中立》《2015年,分享经济或将遭受更严厉的法律监管》《2015年,云计算的四大趋势》,以及《××项目经验分享》之类的东西。

经鸿一篇一篇看过去,主要看那些项目分享。

前面几篇都是关于投资管理的,为何进行某项收购,如何帮助客户公司解决资金问题,等等。

后面几篇时间则要更早一些,其领域变成企业管理,经鸿竟然看到了让周昶一战成名的裁员项目。周昶写道,他的思路是"一次裁尽,且CEO明确说明不会发生二次裁员",因为如果只有一次裁员,员工们会正常工作甚至暗自感到庆幸,可一旦出现二次裁员,公司便会人心惶惶，员工担心还有第三次、第四次，这不仅仅是成本问题。

一项一项条理分明。

经鸿摸摸嘴唇，觉得有些口渴。他走到冰箱前，拿起杯子装了点儿冰，却在看见冰箱里的各类饮品时犹豫了一下。最后，他拿出来了一罐酒，内心隐隐觉得一边喝这个，一边继续看周昶的过去，好像更带劲。

经鸿打开啤酒罐，白色的泡沫了涌出来。他将酒倒进装了冰的杯子里，仰起脖子灌了一口，继续看。

其中不少投资项目经鸿其实听说过，他一边看，一边想：原来××公司收购××公司这个项目，是周昶操盘的。

对于这些"社区建设"，周昶并不敷衍。

经鸿知道，周昶绝对不是喜欢分享、喜欢教育别人的性格，但网站上每个项目的总结都非常细致，涉及收购的起因、可能的利、可能的弊、对弊端的准备方案、整个决策的过程，以及收购的优势、收购的劣势，还有遭遇到的新变故、当时应对的方法……

野心昭昭。他将任何工作都做到完美，即使只是"社区建设"。很明显，那时周昶想要更高的职位、操更大的盘。

经鸿还发现，对于失败的项目，周昶会将这个项目掰开来、揉碎了，一点儿一点儿地分析。

他失败的项目不多，经鸿只看见两三个。

一次是投资错了公司。那家创业公司最后破产，周昶详细总结出了"一二三四五六……"比如创始团队虽然优秀，全是谷歌出来的人，但公司文化、公司风格完完全全复制谷歌，让员工们产生了一种"这公司是谷歌分部"的错觉，缺乏创业公司的进取心……

还有一次是收购的竞价不够，客户老板过分犹豫，导致最后错失机会，周昶也是细细总结。后来，那个客户贪便宜收购的公司果然不行。

周昶的英文表达非常顺畅、地道且漂亮，甚至强于经鸿的美国

同学们。

中国人里能说一口流利英文的人，必须聪明且要下功夫，两者缺一不可。

夜深了，该睡觉了，可经鸿依然在看那些项目和报告。

原来，周昶以前打工的时候，是这样的啊。

胆子大，心思却细。

经鸿甚至翻了翻周昶更早的论文，一边看，一边偶尔微微一笑。

不知不觉，两听啤酒全喝完了。

经鸿好像因为窥视二十几岁的周昶而对如今三十几岁的周昶有了一些了解。

他有些畅快，竞争当中知己知彼，终归是一项优势。

七月末的某一天，尽职调查尘埃落定。泛海那份要约起效，收购正式拉开大幕，为时一个月。

因为 Saint Games 董事会暗中建议各大股东留下股份，且泛海此次要约价格与那些百分之几百溢价的比不了，所以最后接受要约、出售股份的股东并不算很多。要约到期时，泛海总共持股 31%。

因为是友好的白衣骑士，所以收购要约的价格是泛海与 Saint Games 董事会商量出来的。

清辉见到这个情况，在几次延期要约后，终于宣布不再延期，清辉要约就此作废。

清辉当然可以提高报价，但泛海作为白衣骑士，已经得到 Saint Games 的支持，双方财力又差不多，清辉赢面已经不大。

Saint Games 的危机暂时解除。

接下来，就要看看三个月后泛海集团会不会有进一步的增持举动了。

经鸿没想到，在等待的三个月间，Saint Games 存在感还挺强的——他们积极要求泛海作为 Saint Games 的最大股东帮助《远征》

进入中国，并立即解决进入中国最困难的政府审批。

可经鸿示意按兵不动，同样动用了"拖"字诀。

拖过一周，再拖一周。

Saint Games 管理层非常着急，一次一次催促泛海，甚至装作无意，在由泛海进行代理、与泛海合作运营的另一款网游里面捣了下乱，弄出了漏洞，于是泛海立即关闭了那款游戏在中国的服务器，第二天，等事情都解决好了，才重新开启服务器，双方之间仿佛无事发生。

时间一点儿一点儿过去，泛海对 Saint Games 的三个月增持禁止期即将结束。

在结束前，经鸿"飞"去大连参加了个 IT 领袖的专业峰会。

经鸿本来没打算去，但负责泛海娱乐的部门总经理突然离职，人力资源部的叶总筛选来筛选去，最后认为清辉集团的一位 SVP 非常适合这个职位，这位 SVP 目前任职于清辉的上海分公司。

问题是，清辉这位 SVP 对于跳槽兴趣不大，她已经在清辉待了十八年。

专门跑去上海见这位 SVP 未免显得兴师动众，于是，得知对方会去大连参加这次领袖峰会后，经鸿临时决定自己也去参加一下，并约了对方在会场附近的咖啡厅随便坐坐、随便聊聊。对方略微犹豫之后，答应了。

于是峰会的前一天，到大连后，经鸿便直接去了约定好的咖啡厅。

咖啡厅很有情调，绿色植物错落有致，二层有几个小包间，用木头搭成了小木屋的式样，落地玻璃干净明亮，小木屋下面，木头般的装饰外壳牢牢包裹着支撑柱，整间咖啡馆就宛如城市中的热带雨林。

经鸿一步一步上台阶时，咖啡厅的门突然打开，一个英俊的男

人从里边走了出来。

经鸿停下脚步。

是周昶。

见到经鸿,周昶微微一愣。今天很冷,经鸿身上披了一件带毛领的呢子大衣,黑色的长毛领半圈着他的颈子。经鸿没系大衣扣子,身材笔直挺拔。

周昶之前扫过一眼IT领袖峰会的嘉宾名单,知道上面没有经鸿,此时遇见,他先是一怔,很快回过神来,因刚才的合作谈判而不大痛快的面色缓和了几分,问:"经总,怎么突然想起来大连参加这个峰会了?"

"周总。"经鸿打了一个招呼,对着蓝牙耳机说了一句,"稍等,碰上一个熟人。"而后,他脸上挂着礼貌的笑容,答:"主办方多次邀请,盛情难却。去年、前年都没过来,所谓事不过三,临时就决定来参加了。"

"这样啊。"周昶将大衣挽在臂间,他颔首,又问,"来这个咖啡厅,是见客户?"

"那倒不是。"经鸿说,"见老同学。平时很少来大连,这次既然来了,老朋友们就说聚聚。大晚上的,他们体贴我,来我酒店附近喝点儿东西、聊聊天。匆匆忙忙的。"

周昶又点头。经鸿当然忙,老同学们想见一见,也只能是来酒店附近见了。

经鸿问:"周总呢?"

"见一个合作方。"周昶漫不经心地说道,"聊了聊接下来的合作,但也没聊出什么名堂。"

"正常的。"经鸿说,"行了,周总,我先进去了。回见吧。"

周昶盯着经鸿略略上挑的眼尾,说:"嗯,回见。"

二人擦肩而过。

咖啡厅里,经鸿往四周看了看,终于在角落处发现了他约见的张丽。

张丽四十几岁，烫了长发，看起来是个温和的人。

"经总，"经鸿走过去后，张丽看看窗户外面，神情好像有些紧张，"我刚才撞上周总了。"

"嗯。"经鸿说，"我在门口也碰着他了。"

张丽问："要不要换个地方？"

经鸿完全理解对方来谈跳槽的事结果撞上现任老板的紧张，思忖了下，道："他应该不会折回来了。你要是放心不下，我们可以去二楼，找一个能看见门口的地方。"

张丽点头。

于是二人移步楼上，一人点了一杯咖啡，经鸿便开始讲述对泛海娱乐的规划，以及对对方能力的认可。

张丽虽然时不时瞥一眼门口，但经鸿看得出来，她每一句都听进去了。

经鸿再次承诺放权，最后他又着重补了一句："失败了就失败了，也没什么，你不用有压力。没有人可以保证每个产品都成功。泛海做到今天的规模，靠的是不断试错。"

经鸿总体比较谨慎，但他也充分尊重市场，很多时候市场无法预测，他开项目、停项目的速度都非常惊人，该开就开、该砍就砍。在这点上，周昶也一样。

张丽抬眼。

阅人多了，经鸿看人极准。

一个人被委以重任时，一般呈现两种态度：一种是感激、高兴，摩拳擦掌要大干一场；而另一种则是退缩，害怕自己会让对方失望，害怕自己辜负对方的期待，前者以自己为中心，后者以对方为中心。叫人分外感慨的是，男性往往是前者，而女性往往是后者。

经鸿查过张丽的资料。

她出身农村，下面还有四个妹妹、一个弟弟，张丽自己聪明，

考上复旦,读了硕士,毕业之后进入清辉,是比较早加入清辉的员工。

据说,从入职的那一天起,她就天天干到十二点,不做到某阶段性的任务节点就不收工,保证每天都有进度,项目全部提前完成,甚至能提前一半时间,够她自己再做一个的;而且,交上去的工作内容总比要求的多一些,比如附带某个项目下一阶段的计划。

神奇的是,她这么干,其他同事也不反感。可能因为弟妹众多,张丽很会做人,每次去北京总部与其他部门开会时,她都会带一些礼物,比如上海网红店的蛋糕;而在办公室,也因为足够虚心、足够谦逊,并且愿意帮助别人,并不惹人讨厌,同事们都觉得张丽就是喜欢工作。

作为老板,经鸿当然非常清楚这种人会升得很快。被提拔的员工未必多么聪明、多么机灵,但谁都愿意提拔一个在自己的团队里干了多年,非常认真、非常努力,按照计划完成一切工作的员工。

张丽当上负责人后又展现出了用人的眼光。她本人未必很有创意,但判断力强,可能因为出身普通,采用的创意都很贴近普通人需求,且手下人个个厉害,业绩一直非常出色。

作为负责人,会用人这一条其实就足够了。

因为这些过去,经鸿推测,在清辉已工作了长达十八年的张丽,并非没想过接受一份新的挑战,但面对来自其他公司的器重、挖角,她都退缩了。

基于这点,经鸿的话最后扣在"别有压力"这个话题上。他猜,过去,每一个来挖张丽的,都强调自己多么相信张丽的能力、多么期待张丽做出成绩。

经鸿没逼迫对方。话说完了,咖啡也喝得差不多了,经鸿站起来,说会给对方两个星期仔细考虑这个 offer,张丽答应了。

第二天,经鸿并未见到周昶。因为决定参加论坛的时间相当晚,经鸿并没有被安排到主论坛上,而是被安排进了分论坛里。与张丽见面的主要任务已经完成，做完那场圆桌讨论，经鸿就回了北京。

张丽在思考了一个星期后，最终决定加入泛海集团，迎接新的挑战。

经鸿表示非常欢迎。

不过，在加盟前，张丽提了一个要求，她要求有部门的人事权——人事权不交给集团，要握在自己手里。经鸿答应了，他知道，张丽此人最出色的一点就是用人。

张丽跟周昶辞职的时候，周昶明显愣了一下。

他向后靠在椅背上，说："辞职？张丽，你已经在清辉干了十八年。"

"对。"张丽十分从容，她说，"在清辉这十八年，非常感谢清辉集团充分的信任和栽培。我本以为自己会终老清辉，但现在，我面前有了一个感兴趣的工作机会，我想寻求一下新的挑战。"

周昶说："能问问是哪家吗？"

"泛海。"张丽依然不慌不忙，她说，"不过工作内容与在清辉完全不同，是负责泛海娱乐，与现在的咨询服务并不存在竞争关系。我不会透露任何东西，也不会带走手下的人，希望周总能看在我服务清辉十八年的份儿上，不要启动竞业协议为难我。"

启动竞业协议的话，张丽两年之内不能入职有竞争关系的企业，但清辉集团需要支付这期间的全部工资。

其实员工若真很想去存在竞争关系的企业，公司怎么都拦不住，不当正式员工，走派遣合同就完事了。看得出来，张丽不想撕破脸，周昶同样不想。

"泛海？"一瞬间，周昶什么都明白了。他道："工资待遇都好谈，你应该知道的吧？"

"对，谢谢周总。"张丽说，"但与工资待遇没有关系。"

周昶点点头，也不劝了，对张丽说："好，我不拦你。祝你在泛海取得成功。"

张丽站起来，憨厚笑笑："谢谢周总。"

两个人又寒暄几句，周昶终于问了出来："新的职位，上星期在大连时谈的？"

"对。"张丽坦白，她不喜欢撒没意义的谎，她笑笑，"您其实撞见了。就在您遇到经总的咖啡厅里，经总说动了我，我本来是没兴趣的。"

周昶感到匪夷所思："你们都没换个地方？"

"没。"张丽回答，"经总说，您不会折回来的，我们不用耽误时间。"

张丽走后，周昶依然觉得不可思议，所以那次在大连，经鸿临时决定参加那个 IT 领袖峰会，就是去挖张丽的？

经鸿明明知道张丽是与自己一道参加大连峰会的，几乎一直都在一块儿，还飞去大连，叫张丽偷跑出去一会儿，约她在酒店附近的咖啡厅见面？

经鸿就在他的眼皮子底下，挖他的人？！

他怎么敢？

他们甚至撞上了。

不知怎的，周昶对那一天经鸿的每一句话都印象深刻。周昶还记得自己当时问他来咖啡厅干什么，经鸿一秒都没犹豫，神色如常地回答自己："见老同学。平时很少来大连，这次既然来了，老朋友们就说聚聚。大晚上的，他们体贴我，来我酒店附近喝点儿东西、聊聊天。匆匆忙忙的。"

结果，他是去挖自己的人。

撞上自己，他竟然一点儿都不心虚，还照样实行了原计划，甚至都没换个地方，而且经鸿还真说动对方了。这些年来挖张丽的大小公司不计其数，张丽从来没动心过，没想到经鸿竟然说服了她。

对于张丽离职后职位的空缺，周昶当然有些烦躁，但与此同时，莫名地也有种找到了一个合格对手的感觉，心痒痒的。

他解锁手机,开玩笑似的给经鸿发了一条消息:别挖了,经总。

看到这条信息,被 Saint Games 管理层催得很烦的经鸿突然之间心情就好了不少。

他知道,这不是示弱,也不是真的请求,只是周昶随口一句揶揄、轻讽而已。

经鸿没回,但看着这五个字,四指微弯,食指轻轻抵在下唇上,无声一笑。

挖来张丽后没几天,在一款出行产品上面,周昶和他的清辉又打了经鸿这边一个措手不及。

在那款出行产品的布局上,泛海、清辉本来南北分治,清辉主攻北方,泛海主攻南方,多年来都相安无事,然而最近清辉集团那款产品取得了技术突破,周昶竟在推出产品全新版本的当天晚上,非常突然地砸了一亿围剿上海市场。

一夜之间过了江,打破默契闪袭南方,泛海集团毫无防备。

经鸿感到不可思议:对新版本,周昶甚至没试一试在北方的推广效果,就直接攻过长江点燃战火?

周昶对他自己的判断是有多自信?

时间一晃到了十月,泛海集团三个月内不能增持 Saint Games 的股份这条承诺还未到期,Saint Games 公司第三季度的财报倒先出来了。

营业额和净利润等关键数字均低于预期,而且是大大低于预期。

财报一出,Saint Games 的股价一天跌了 10%。分析师们全都认为财报显示的这家公司第三季度的表现差得不可思议。谁都没有想到,《远征》这款新游戏的火爆期竟如此短暂。

也许因为财报不好,Saint Games 的总裁再一次催促泛海行动起来,解决相关政策问题,帮助《远征》进入中国,而且非常着急。

看起来，在之前的几个月里，Saint Games 也是因为经营上的问题，才一再请求泛海帮助自己进入中国、扩大市场，毕竟《远征》表现不好，CEO 是一定知道的。

为了谈进入中国的事情，Saint Games 的总裁甚至亲自飞了一趟北京，约了经鸿，去了泛海，显得非常有诚意。

泛海大厦五十层，总经理办公室。

经鸿的助理将 Saint Games 的总裁马克·格林伯格（Mark Greenberg）一路领进经鸿的办公室。

马克·格林伯格的父母是犹太人，他本人的长相也带着一些犹太特征。游戏公司的创始人大多是宅男，可马克·格林伯格明显不是，他是个精明的商人。

事实上，他虽然是 Saint Games 创始人，但这公司的最大功臣其实是另外两名合伙人，也就是联合创始人。游戏创意和世界观等全部出自合伙人们，但因为马克·格林伯格比较擅长管理经营，CEO 由他担任。

最近一两年里，马克·格林伯格焦头烂额，去年年初他被曝性骚扰 Saint Games 的好几名女工程师，信誉大跌，部分股东甚至要求这家公司换 CEO。不过因为马克·格林伯格对董事会的控制比较稳，公司几个独立董事全部站在他那一边，他平安度过了那次危机。

经鸿甚至没去会客区，就在大班台后边坐着，指了指自己对面的一张椅子："坐吧。"

马克·格林伯格犹豫了一下，拖出椅子，坐下了。

知道经鸿英文极好，马克·格林伯格也没刻意放慢语速，他笑了笑，开门见山地说："我这次来是因为《远征》进入中国的问题已经拖延几个月了——"

"不着急，"经鸿直接打断了他，"聊进入中国的问题前，先说说 Saint Games Q3（第三季度）的财报吧。"

马克·格林伯格十指交叉着放在大腿上，听到这个，顿了顿，道：

"行。"

经鸿在自己右手边的一摞文件里翻了翻，没翻到自己想找的东西，便拨了一个分机号，对助理说："再印一份 Saint Games 的财报送进来。Q2（第二季度）、Q3 的都要。"

谈谦立即道："好的，经总。"

在等待的过程当中，经鸿完全没理他对面的马克·格林伯格，自顾自地审批了几份文件。

两三分钟后，谈谦将财报送进来了。经鸿接过来，说了句"谢谢"，又将刚批阅好的几份文件交给助理去走公司的线上流程——公司太大，很多东西需要经鸿审批，经鸿很少自己操作公司的线上系统，基本是在纸上审批，再由助理扫描文件、上传系统并且保留底稿。

助理走后，经鸿才慢条斯理地翻开了那份财报，说："第三季度，《远征》的营业额比上季度下降了20%，净利润下降了29%。用户数量的增长率也大幅降低，与上一季度相比，增长率直接减少了四分之一。"

马克·格林伯格静了静，说："是。《远征》的表现不如预期，所以我们迫切需要扩大市场。"

"不对吧。"经鸿伸手拉开抽屉，取出来了另外一份东西，说，"这两个月《远征》好像做了几个大型活动？八月十五号，登录即送一万金币。九月十五号，又来了一次登录即送一万金币。九月三十号……"经鸿一条一条地念着。"还有，《远征》正式运营以来，每个月都推出一些角色技能的特效，覆盖全部职业，然而八月、九月，Saint Games 却只发布了职业'母舰'的一个特效和'飞龙'的一个特效。另外，八月十五号到十月十五号，所有特效半价促销。最后，近两个月，《远征》暂停了在日本、韩国和印度等地的推广，连美国这个最大市场的推广都砍了一半，甚至完全停了'脸书'上的宣传广告。"说完，经鸿将那份报告往马克·格林伯格的面前一扔。

马克·格林伯格缓了缓，解释说："因为阻击清辉，还有迎接泛海、

整合资源，这两个月，Saint Games 的重点并未放在《远征》的常规运营上，是有一些疏忽了。"

经鸿有一句没一句地听着，听完了，才牵牵嘴角，问："不是吧？你们难道不是故意这样的？"

马克·格林伯格："……"

事实上，经鸿早就防着这手了。

他看得出来，Saint Games 既不欢迎清辉，也不欢迎泛海，引入泛海纯粹是无奈之举。

面对恶意收购时，应对的方法一般就是那几个，比如"白衣骑士"，再比如"焦土战术"，此外还有过去几十年最常见的"毒丸计划"等。

Saint Games 的做法类似于"焦土战术"——出售公司有价值的资产或者破坏公司有价值的特性，或者购买垃圾资产、增加公司负债，让公司的吸引力不复存在，从而让收购者丧失兴趣。

一般来说，这么做可谓是两败俱伤。

互联网公司又有不同之处。目前的互联网公司最重要的核心资产就是所谓的"流量"，因此，Saint Games 以为只要游戏公司的财报一片惨淡，营业额和净利润相比 Q2 双双下跌，显出一副老用户已对这游戏失去兴趣，而新用户的增长又趋近饱和的样子，泛海就自然会对它丧失兴趣。

Saint Games 本来的主意大概是：利用泛海拒绝清辉，再用"尽职调查"这个由头拖着泛海的要约，等 Q3 的财报出来，泛海、清辉同时失去兴趣，Saint Games 的危机就解除了。

可泛海拒绝一直被拖着，赵汗青甚至为了推动收购进度，亲自去了伦敦的公司总部，于是，Saint Games 只能同意泛海的尽职调查，接受泛海的要约，最后给出去了 31% 的股份。

很明显，泛海集团拒绝承诺不再增持是因为也想谋求对 Saint Games 公司的控制权，于是 Saint Games 董事会用尽办法，让泛海至少三个月内无法做出任何行动，可以等到财报出来，并寄希望于泛海看到财报以后主动放弃。

对一款游戏来说，只要它足够好玩，那等到危机解除之后重新吸引玩家、推出活动，是非常容易的一件事，毕竟玩家最喜欢的并非那些华丽特效，而是最核心的独特玩法，他们绝不会单单因为特效少了就放弃《远征》。

可经鸿早就料到这手了。

他一直让手下的人盯着《远征》的动静，甚至自己亲自注册，看了看里面的活动。

最后，不出所料，《远征》两次大撒金币，全部特效半价促销，八月、九月整整六十一天只推出了两个特效。

同时，报告显示，日本、英国、印度等地的营销推广全部暂停，Saint Games故意让用户数的增长变得缓慢。

也就是说，这几个月，Saint Games在故意让《远征》显得像一款垃圾游戏，让Saint Games显得像个垃圾公司。

经鸿又问马克·格林伯格："三个月过去了，Saint Games是不是已经找到几个小财团，打算购回泛海手里的这31%股份？"

经鸿猜测，经过三个月的时间，Saint Games已经在美国或欧洲找到几个小财团了，想趁财报惨淡、股价低迷，泛海集团丧失兴趣并很可能想甩脱之际，大家合力将泛海手中那31%的股份购回，这样，Saint Games的股东再次分散，公司的控制权被收回，危机就解除了。

那几个小财团应该已经知晓了Saint Games的计划，只想从《远征》中分一杯羹、赚一点儿钱而已。

如果泛海还想观望观望，暂不卖掉这些股份，那Saint Games就只好忍痛再次做低几个月的流水，并反映在接下来的几次财报上。

总之，做这一切的目的都是让泛海误以为Saint Games近几年来最重要的《远征》项目未来十分惨淡，对控制Saint Games失去兴趣，并在出现接盘者的时候，将31%的股份转给对方。

马克·格林伯格道:"当然不是。你们怎么会这样想?"可他的笑容分明已经非常尴尬。

经鸿又继续问:"Saint Games只打算让泛海当三个月的大股东,所以,你们一直在催促泛海为《远征》解决政策上的问题,为《远征》进入中国铺平道路,是不是?"

"No!(不!)"这个时候,马克·格林伯格只能不断地重复,"No!"

经鸿又说:"利用泛海击退清辉,再催促泛海帮着《远征》解决中国政策问题、拿到在中国运营的权限,同时做低《远征》的流水和利润。等三个月后,再用难看的Q3财报让泛海以为自己看走了眼、损失了钱,对Saint Games失去兴趣,将Saint Games的股份卖回给你们……正好股价还在低点,你们甚至还赚一笔。"经鸿笑笑:"打得一手好算盘。利用泛海利用得明明白白、彻彻底底。"

够无耻的,经鸿想。他有点儿明白周昶为什么对Saint Games那么不客气了。

马克·格林伯格依然在否认,但他的心底已经冰凉。他以为,经鸿、周昶年纪轻轻,并不会有太多经验,但显然,他过于天真了。

"走到这步我很遗憾。不过,既然你们这样对待白衣骑士……"经鸿坐在大班台后,一手撑着下巴,微微一笑,竟然还很好看,他说,"你这公司,我看是保不住了。"

十月末,泛海集团再一次向Saint Games的股东发出要约,价格远远高于上次,这一次有附带条件:一是拿到两国的批准;二是至少收购51%股的股权,最好可以超过90%,完成Saint Games的私有化——两国法律都规定,持股一旦超过90%,就可以选择强制收购剩余股份。

显然,这一次泛海开始谋求控制权了。

这一次要约价格是每股三十五英镑,而此时,因为垃圾的财报,

Saint Games 收盘价是每股十八英镑，泛海要约溢价将近100%。

因为事先并未获得 Saint Games 董事会的认可，这次要约变成了恶意收购的要约。

Saint Games 华丽的白衣骑士，竟突然同清辉一样，对 Saint Games 公司发起了恶意收购。

不同的是，泛海这次收购会比清辉更容易，因为几个月前，是 Saint Games 自己将31%的股份亲自交到泛海手上的。

消息一出，两国媒体竞相报道：

"白衣骑士"变成家门口的野蛮人？

泛海集团！中国企业罕见发起恶意收购！

Saint Games 董事会则立即建议股东不要采取行动，可赵汗青却在采访中说："泛海集团有信心取得超过50%的股东支持。"

对于这桩恶意收购，泛海做了充分准备。

对一家科技公司发起这种恶意收购是很罕见的状况。科技公司的核心是技术、是人，也就是说，即使拿到一家公司，只要无法留住里面的人，这桩收购也毫无意义。

但罕见绝不等于没有。于是，与过去的做法一样，泛海发出收购要约后立刻又发了一封公开信。

公开信是经鸿自己的手笔，大意是：泛海集团不会改变 Saint Games 现在的运营方向，Saint Games 将继续独立发展。正因为泛海集团非常喜欢 Saint Games 之前的那些游戏，因此希望 Saint Games 员工们能一直保持对游戏一贯的热爱与敬畏、其天才的想象力和创造力、顶级的技术能力和审美水平，以及因共同的崇高的目标而奋斗的凝聚力。

信里还说，这个世界有时乏味，但在游戏中，人们可以有一趟趟无比精彩的旅程，人们可以作为另一个人、使用另一个身份，在

幻想的世界当中徜徉、翱翔，做一些新的事情，过一段新的人生，这种快乐至高无上。泛海感谢 Saint Games 的全体员工给世界传递的快乐，并且愿意拿出全部诚意守护他们的初心。

而后经鸿笔锋一转，又写道，泛海希望改变目前游戏业的一个共识，就是靠情怀吸引员工。游戏公司的工程师技术不逊于巨头公司，可工资却只有对方的一半。令人尤其失望的是，一些游戏公司利润明明非常丰厚，却也是如此。泛海对此感到不解，泛海认为 Saint Games 的员工不应被如此对待。因此，泛海如果收购成功，将大幅提高员工工资，以回报他们的热情。泛海认为，在这个世界上，对工作一直保持高度的热情，是一种值得被珍惜的高贵品质，不应该被利用。

公开信的最后一段，经鸿说，泛海已与 Saint Games 除 CEO 外的几名高管谈过，Saint Games 的几个元老、功臣将尽数留下，他们现在也与泛海一道，恳请所有员工一同留下。

经鸿在公开信里没撒谎。此前，赵汗青与马克·格林伯格的两个合伙人已经聊过了，两个合伙人都同意继续留在 Saint Games 公司里。这家公司的 CEO 比较擅长管理、经营，但游戏创意和世界观等更多倚仗他的合伙人们。

当然，说服对方留在公司，赵汗青动用了"钞"能力。合伙人们虽然会卖掉手里的股份，但不会离开 Saint Games，为此赵汗青允诺了非常高的年薪。

除了"钞"能力，其他因素也发挥了作用。CEO 本身这个贼样，合伙人们并没有多喜欢他、依赖他，合伙人们对 Saint Games 这家公司和自己开发的游戏，感情其实是很深的。

泛海集团的公开信立即起了正面作用。员工们当然不愿意 Saint Games 被中国公司收购，可泛海的信一片赤诚，更重要的是，泛海承诺提高工资。

靠情怀压榨员工确实是游戏行业的普遍现象。员工们都为爱工作,好像谈钱就落入俗套了。可员工们看着其他公司的工程师们的待遇其实也会难过、不平。

某游戏论坛上,有个自称Saint Games员工的老用户发帖子说,他本来挺排斥泛海的,可看完公开信后,他改变了想法,觉得公司卖给泛海说不定真比现在强。他还说,公司同事普遍觉得泛海的态度挺真诚的。

经鸿看着他的语法,感觉是个日本人。

看起来,这一次的恶意收购会进展得比较顺利。

经鸿相信,Saint Games的股东马上就会开始出售手中的股份。

可让经鸿与赵汗青二人完全不曾料到的是,感恩节之后,Saint Games收购案风云突变。

见Saint Games董事会与泛海这白衣骑士闹翻了,清辉集团竟卷土重来、再度出手,向股东们发了一份竞争性的收购要约,报价要比泛海那份高出一些,但差不太多。

经鸿没想到,此前清辉都已经退出竞购了,可周昶竟仍旧关注《远征》,他同样没有被马克·格林伯格的手段所蒙蔽,好像料到泛海与Saint Games不久之后会起龃龉一般。

面对这样两份报价,股东们自然都会心动,于是逼迫Saint Games董事会给出公司的建议。在股东们的逼迫下,扛不住的Saint Games董事会向股东们提出了四个选择,分别是接受泛海的要约、接受清辉的要约、在市场上出售股票、继续等待新的要约。

Saint Games董事会又玩了一把文字游戏,这么多建议其实就等于没建议。Saint Games董事会在拖延时间。

经鸿听说,"拖"其实主要是CEO,也就是马克·格林伯格的意思。

在法律上,董事会是有义务为股东们谋求利润的,面对这样两份报价,如果依然不推荐,就显得非常没有道理。可事实上,公司股东与董事会在利益上往往存在冲突,董事会不愿意公司被收购,

有自己的小九九。这次也是，Saint Games董事会在用无效建议拖延时间。

很显然，马克·格林伯格寻来的接盘者、小财团，没能力与泛海、清辉两家竞购。

股票市场上，因为知道泛海、清辉正在争抢Saint Games的控制权，大量的对冲基金争相买入Saint Games的股份，Saint Games的股价一路走高，Saint Games董事会眼看着就可以用低估价值拒绝要约了，而那时候，泛海、清辉就必须提高要约的总报价。

泛海集团总经理办公室内，赵汗青向经鸿征询意见："怎么办？现在情况复杂了。一边要和清辉竞争，而另一边，Saint Games在证交所的股价持续走高。照现在的增长势头，很快就会接近要约价格。如果再高，我们两边都必须提高报价。"很显然，要约价格必须高于二级市场上的股价，否则股东不会接受要约，而是会选择在交易平台上直接出售股份，那样更简单也更快——交易软件上点一点，一秒钟就全都结束了。

经鸿合上一份文件，说："我想想。"

如果最后成交价格太高那肯定是不合适的。金融上面甚至有一个词，叫"winner's curse"——赢家的诅咒，指在竞价中为了赢得目标公司而将价格哄抬到了过高的水平。

赵汗青又补充道："我们现在的报价其实已经拉到上限了。"

经鸿点头："知道了。"

赵汗青想了想，又道："对了，我看了看清辉的要约文件，当中包含一条对作为Saint Games股东的泛海集团的歧视性收购条款，泛海有权否决这份要约。"

"嗯，可以。"经鸿道，"先否了这份收购要约，让清辉重新提交一份。"

赵汗青走后，经鸿按了按自己的眉心。

周昶……又是周昶。

绕不过的一个名字。

清辉发出竞争性的收购要约一星期后，泛海集团突然间公布了两个重磅消息：

第一，清辉集团那份要约包含对泛海的歧视条款，泛海集团已经否决。

出人意料的是第二条，泛海集团宣布泛海绝对不会提高报价，而是维持目前的每股三十五英镑，强调现在的要约价已经高于实际价值，泛海已经是诚意满满了。

这个时候，泛海没说 Saint Games 做的手脚，而是表示 Saint Games 之前的股票价格真实反映了 Saint Games 近期的运营状况。Saint Games 有苦不能说。

不会提价这一条给狂热的资本市场兜头泼了一盆冷水，Saint Games 的股价终于不再上涨，稳定了下来。

不久后，泛海拿到中、英两方所有部门的批准，并延长了要约期限。至此，要约条件只剩下了至少收购 51% 股的股权。

清辉修改收购要约，删除掉了对泛海的歧视内容。

紧接着，正当各大媒体全都认为清辉将凭价格胜出时，泛海集团突然针对清辉发动了进攻。

赵汗青向 FSA（英国金融管理局）提出申诉，称在之前各大对冲基金对 Saint Games 股份的争相购买中，来自澳大利亚的对冲基金 Kings Asset Management（金代资产管理有限公司）与清辉存在关联，二者现在共同拥有超过 15% 的 Saint Games 股份而未按要求进行申报，违反规定。

泛海指出，清辉这个违规行为使得清辉在对 Saint Games 的争夺中占据到了有利位置，而这是不公平的有利位置。同时，Kings Asset Management 的购股完全可算作 Saint Games 股价上涨的

因素之一，清辉及其关联方正在推高股价，想逼退泛海。

消息一出，Saint Games 的股价应声而跌。

泛海集团认为的存在关联指的是，Kings Asset Management 创始人和拥有者同时还有另一家基金，而那家基金，正好是清辉集团澳大利亚分公司员工们的退休基金，该基金直接管理着清辉集团澳大利亚分公司的退休账户。

英国对关联方的认定与美国等国大不相同，在实际的操作当中，非常特殊的一点是，FSA 会将一个公司及该公司的退休基金也算作关联，而这一点在其他国家的收购认定中极少出现。

FSA 同时规定，某个股东及关联方持有股份超过 3% 后，每增持 1% 的时候，必须申报、披露。

在所有国家都一样，收购者中两方或者多方关联是必须公开的——两家公司明明存在关联、共同收购股份，可被收购股份的公司却不知道他们之间的关系，这样是不公平的。不过，什么样的关系算作关联，各国法律又有不同。

在周昶更加了解的美国，受益所有人没有明确的判定标准，关不关联主要看双方协议、聊天记录等，以此判定双方是否已经针对收购达成安排或默契。

经鸿对这次申诉的结果是信心满满的。

果然，几天后，FSA 做出裁决，由于申报出现违规，Kings Asset Management 所持有那 7.5% 的股份不具备任何投票权，并且，Kings Asset Management 必须在二十个交易日内卖出它所持有的全部 Saint Games 股份。

这个判决一下来，清辉集团当即宣布不再继续推动对 Saint Games 的收购，再一次退出了竞购。

退出的原因很好理解，现在 Kings Asset Management 必须卖出那 7.5% 的股份，而现在二级市场上面 Saint Games 的股价明显低于泛海集团的要约价，因此，由于关联，在 Kings Asset

Management 不可以将这些股份出售给清辉集团的情况下，Kings Asset Management 为了利润最大化，它的选择必然不是在伦敦证交所市场抛售这些股份，而是接受泛海的要约。

这样一来，泛海集团持股数量将从目前的 31% 上升至 38.5%，泛海、清辉两家公司持股数量差距过大，清辉已经无法得到比较稳定的公司控制权，决定不再推动此次收购合情合理。

Saint Games 停牌、泛海集团宣布此次要约结果的那一天，清辉集团战投部的总经理对周昶汇报："泛海集团这次得到了超过 98% 的 Saint Games 股份，肯定是要将股权私有化了，Saint Games 要退市了。连 CEO 到最后都接受了泛海的要约，拿钱走人了。"

周昶把玩着一支钢笔："嗯。"

清辉刚过锁定期，也接受了泛海的要约。当时战投部的总经理问过周昶："咱们这 15% 的股份还要不要了？"周昶的回答是："给泛海吧，15% 没什么用，做个人情。"

Saint Games 也属于搬起石头砸自己脚，做低业绩，做低股价，结果公司不但没保住，也没卖上最高价。甚至可以说，正是因为 CEO，也就是马克·格林伯格的小聪明，做低业绩，导致 Saint Games 的股价一泻千里，要约之前的市场价比泛海的收购价低了太多，才使得高达 98% 股份的持有者都选择了接受要约，出售股份。

当然，在商言商，Saint Games CEO 的这个做法周昶可以理解。面对当时来势汹汹的清辉，除了泛海他没能拉到其他白衣骑士，只能接受泛海的要约，给出去了 31% 的股份，先获得三个月缓冲期，之后再想办法驱逐泛海，而他想到的驱逐之道就是做差《远征》的表现，希望泛海失去兴趣，将股份再转手。

可惜他打的小算盘被经鸿识破了，而经鸿不是他能招惹的，双方关系迅速崩盘了。

清辉这一边，战投部的总经理又检讨道："我这一次疏忽了，没料到清辉澳洲员工们的退休基金与 Kings Asset Management 的创始人和拥有者是同一人。这个关联非常隐秘。"

周昶转动着手中的钢笔："嗯。"

事实就是，清辉，包括他自己，当然也包括周昶，都不知道清辉集团跟这 Kings Asset Management 关联上了。当得知泛海宣布自己不会提价、保持原价时，清辉一方非常惊讶，而当获得泛海向 FSA 申诉清辉和 Kings Asset Management 存在关联时，他们更惊讶。

这竟然是被经鸿发现的。

周昶作为清辉的 CEO 当然不会什么都知道。事实上，各个国家的子公司用了什么退休基金，他一无所知，也没关心过，这些细节自然不是一个总裁必须了解的。清辉太大了。他更不可能详细了解每个国家的每条法律和每个判例。

周昶自己没查过，可经鸿居然去查了，而后抓住了这一点，给了清辉致命一击。

周昶知道，对于两家公司的关系，经鸿必定是查了个底朝天，并且非常确定 FSA 会将两家公司判定为关联，否则经鸿上个星期不会宣布不提价，不会急着给狂热的二级市场泼一盆冷水。经鸿想让 Saint Games 的股价尽量维持在较低位，拉大股价与泛海集团要约价之间的差距，迫使 Kings Asset Management 管理者只能接受泛海的要约，将 7.5% 的股份出售给泛海。

"Kings Asset Management 真是成事不足，败事有余。"清辉战投部的总经理骂了一句，"已经努力将近一年了，结果还是被泛海截和了。"

"算了，"周昶放下那支钢笔，"跟 Saint Games 没什么缘分，不强求。"

战投部的总经理见周昶并未责怪，终于放下了心。其实周昶几乎从不发怒，但身上的那股气势总是令人战战兢兢。战投部的总经理又说："以后和泛海再交手，真的是要小心小心再小心，多小心都不为过。他们真是，为了可以击退清辉，多小的细节都不放过，全要查个清清楚楚。"

他的语气是担心的、厌烦的。

他没想到，对面的周昶打开一份产品的竞争报告，看了一眼，发现了什么似的，用食指在"泛海"的名字上点了点，说："嗯，带劲。"

战投部的总经理明显蒙了，战战兢兢问："周总？"

"我听见了。"周昶挑起一双桃花眼，看着对方，似笑非笑，毫不遮掩地又重复了一遍，"我说，带劲。"

第四章

Saint Games的事尘埃落定，经鸿给他自己放了一个四天的小短假。

自打执掌泛海，经鸿从没用过假期，工作太多了。

经鸿叫助理谈谦订了马尔代夫的一个岛，想放松放松。酒店是LVMH集团前几年新开的，经鸿还没去过，据说海景、设施、食物、服务都非常不错，很适合度假。最重要的是，它由一个大岛与四个小岛组成，右侧的两个小岛上是客人们住的别墅，而左侧的两个小岛则是私人岛，一岛一户，与其他人隔开。经鸿订了左侧的一个岛。

这次度假经鸿没带助理等无关的人，自己过去了。他乘着客机先到了马累，而后也没歇脚，直接叫那家酒店的私人飞机将自己接到了岛上。

这里果然远离尘嚣，一上岛，经鸿就觉得确实不错。

私人岛的正中央是占地一千多平方米的房子。房子中间是大客厅，而客厅的落地窗外，一侧是金黄的沙滩、碧蓝的大海，另一侧是泳池，而泳池的另一侧也是沙滩与大海。泳池边上有一排躺椅，既可以朝向大海那边，也可以朝向屋子这边。客厅里有钢琴、沙发、吧台，客厅两侧是两间卧室、两间浴室，以及更衣室、办公室等。

家具都是顶级红木，家居用品也全都是LVMH旗下的奢侈品牌。还有一支专业的表演团队随时准备服务客人。

说是度假、休息，坐在别墅的办公室里，对着海景，经鸿还是打开了电脑，登录了邮箱，看了看工作邮件。

他批复了几个问题，而后因为有点儿累，小睡了一会儿。为了腾出时间来度假，经鸿昨晚一直都在处理工作和开视频会，一夜未睡，今天又刚经历了数个小时的飞行，而他在飞机上是从来都不睡觉的。

躺在床上的时候经鸿觉得又困又饿，一向雷厉风行的经总陷入了巨大的纠结情绪中，是起来吃东西，还是不起来呢？仿佛这是宇宙中的最大难题。他纠结着纠结着，就睡着了。

醒来已是当地时间晚上七点。

经鸿叫服务团队做了点儿当地的鱼，配着沙拉吃完了，又望着大海歇了会儿，突然想去大岛上的夜间泳池看一看。

那个夜间泳池是被酒店着重宣传的东西，好像非常特别。

经鸿请服务团队开小船带他上了大岛。

夜间泳池果然特别。

它在一处建筑之内，这里空间宽敞，穹顶极高，高大的石柱立在四周。泳池由某著名的艺术家设计而成。从上边望下去，池子里面仿佛全是湛蓝清澈的海水，而底部则是用波浪线条隔离开的黑沙滩、黄沙滩和白沙滩，三种颜色被不规则的波浪线切割成了许多部分，互相隔开，又互相拥抱、互相缠绕，极具艺术感。泳池边上，一盏盏的黄色小灯亮着，而泳池上方的穹顶图案与泳池底一模一样，仿佛天空中的海洋倒影。一侧的落地玻璃外，海浪声若隐若现。

经鸿进去的时候，里面只有一个人在游泳。

岸上还站着两对情侣，正望着那个游泳的人。

经鸿走过去。

里面的人在游蝶泳。经鸿听见身边的男人用英语赞叹道："他腰腹的力量好强……后半程完全没减速……"他说着一口地道的美式英语，一听就是母语为英语的人。

这时，泳池里面的人游到了池边，他没戴泳帽，竟是一头黑发。只见他把着池边，甩了甩头，经鸿正巧在他侧面，看着他的侧脸，一时只觉难以置信。

周昶？！

几年来唯一一次度假，居然能遇到周昶？！

这是什么"运气"？

池内，周昶轻轻划了一下，找到台阶，而后一步一步走了上来，浑身肌肉一点儿一点儿露出水面，水珠哗啦啦落下去，噼噼啪啪打在脚边。

周昶头发还没擦，向脑后面顺着。两边肩头又宽又厚，锁骨突出，发梢上的水珠淌下来，在锁骨处积一会儿，再被新的水珠挤出去，偶尔顺着平滑的胸肌倏地滚落下去。胸肌鼓鼓的，就那么大大方方地敞露着，八块腹肌非常明显，一丝赘肉都没有，两条漂亮的人鱼线延伸进了泳裤当中。泳裤下露出来的大腿肌肉强壮结实，充满力量感。

他拥有堪称完美的肌肉与骨骼，矫健如猎豹。

经鸿旁边的白人女生也不管同来的白人男友的感受，望着周昶的身材，说："He is so strong！（他好强壮！）"

周昶向脑后方向拂了一把头发，走过来，看见经鸿也是一愣。

他惊讶道："经总？"

"周总，"经鸿礼貌地微笑、颔首，"真没想到在这儿还能碰上。"

周昶说："缘分。"

经鸿随口问："周总也是来度假的？"

周昶笑笑，说："来上班的。"

经鸿："……"

"还打卡呢。"

经鸿转移了话题，问："水温怎么样？"

"还不错。"周昶说，"挺舒服的。经总也想游几下？"

"今天算了。改天再说吧。"

两个人又聊了会儿，经鸿说："行了，周总赶紧擦一擦吧，晚上凉。"

周昶点点头，说："我就住在那边的私人岛上，经总呢？"

经鸿身上穿着T恤，清清爽爽的，与平日里不大一样，他说："好巧，我在另外一个私人岛上。"

而后二人告别，回到了各自订的私人岛上。

第二天早上，经鸿起来在办公室又处理好了几项工作，然后再次叫服务团队开了小船前往大岛。

大岛上的度假设施除了夜间泳池，经鸿昨晚还什么都没看过。

大岛上面的游客大多是欧美白人。海水瓦蓝，今天的浪出奇地大，一些男女在冲浪。他们被浪抛至半空，再一下子落下来，他们在海面上，努力地控制着身体的平衡，适应着海浪的汹涌，仿佛在和大自然不断拉扯。

栈桥、茅屋、躺椅、阳伞、游艇、帆板……大多在上岛的那一侧，经鸿看了会儿，便顺着林间的小路穿过小岛，去了另一边。

另一边就冷清得多，走出树林，远远地，经鸿便看见了一个熟悉的背影。

他竟然又与周昶选择了同一个地方。

"……"经鸿慢慢地走过去。

今天的浪非常大，天也阴沉着，海水带着浮沫，浪头一个接一个拍在岸上，海风带着潮腥的味道。

经鸿走过去，与周昶并肩而立，说："周总。"

周昶有点儿惊讶地看过去，目光又移回海面，应道："经总。"

与昨天晚上不一样，今天的周昶穿着一件黑色的休闲衬衫，衬衫上有暗金色的复杂花纹，显得风度款款。因为大风，周昶的发梢和衬衫略显凌乱，是过去在各类互联网会议上绝对不会有的样子。

经鸿随口问："在这儿看多久了？"

周昶神态悠闲地接着话："有一阵了。"

"今儿的风还挺大的。"经鸿说，"在这地方很少见。"此时虽然是十二月，但马尔代夫不分冬夏，气温常年在三十摄氏度左右。

"嗯。"周昶说，"风大，浪也大。一浪接一浪地拍上来，让人想起那句诗，'乱石穿空，惊涛拍岸，卷起千堆雪'。虽然没有乱石穿空，但后面两句确实是有了。"

经鸿笑笑，揭穿他："你真正想起的不是这一句，而是下一句，'江山如画，一时多少豪杰'。"

周昶也笑笑，默认了。

经鸿突然想起周昶前一阵子针对一款出行产品对泛海发起的"攻城"和"围剿"。

因为进攻过于突然，泛海毫无准备——毕竟泛海、清辉分南北而治，多年来都相安无事，加上那款产品泛海在技术方面也确实是落后于人，仅仅几周，南方市场就被抢去了很大一块。

经鸿得到了教训，与周昶之间的默契根本不能算是真正的默契，那只是周昶的蛰伏。

过了会儿，周昶问："张丽适应得怎么样？"

"还不错。"经鸿不再想工作了，说，"既然度假，就不要谈工作了吧？"

周昶也同意："抱歉，是不该提。"

两个人并肩站着，默默看海。

也不知道过了多久，风小了，太阳也出来了，海面渐渐变得平静。

海水清澈见底，远望过去，可以看见不同层次的蓝铺到天际，地平线上有金色的光正闪闪发亮。水面下各种热带鱼正游来游去，许多鱼的色彩明亮斑斓。

见到这风平浪静的景象，两人反而意兴阑珊，经鸿先抬脚走了，周昶跟在经鸿后面，后来又与经鸿并排而行。

经鸿发现，一路上，周昶收获了无数异性欣赏的目光。

从沙地穿回码头那边，二人发现今天竟然有对新人在这地方举办婚礼。

海水中间有座教堂，是纯白色的——白色的墙，白色的地面，白色的椅子，白色的木架，仿佛海中央的天堂。此刻，通往教堂的木桥上铺满了粉色花瓣，既有深粉的，也有浅粉的，花瓣飘散着一阵阵令人迷醉的香气。木桥上，一对新人站在中间，他们与教堂中间的木桥上每隔几步就布置有一个精致的鲜花拱门，长长的紫藤花从拱门上垂下来，被风吹得轻轻摇曳。

远远望去，教堂里面的木架上、椅子上，也都摆着或者绑着美丽的鲜花花束。

这座岛上游客不多，毕竟一共只有十几个度假别墅，只能入住十几户，走奢侈路线，此时，木桥上三三两两地站着几个游客，离新人们有段距离，远远地观望这场婚礼。其中有几人还举着手机，想记录下这个精彩的瞬间。

"既然闲来无事，"周昶扬扬下颌问，"去看看？"

经鸿点头："好。"

于是他们也走上栈桥，脚下的木桥发出温柔的咯吱咯吱的声响，伴随着海浪的声音。

不知过了多长时间，人群中的说话声突然间就变小了，连小孩子都停止了叽叽喳喳，所有游客都看着新人。

婚礼就要开始了。

霎时间，空气中带上了神圣庄严的味道。

周昶好像想说什么，他开口道："经总……"

经鸿觉得这个称呼实在是破坏氛围，便道："好不容易度一次假，就不要经总经总的了，叫我经鸿吧。"

周昶自然不会反对。

婚礼现场一片安静,唯有海浪轻轻拍岸的声音。

著名的门德尔松所创作的《仲夏夜之梦》第五幕的前奏曲《结婚进行曲》响起来了。

因为离得远,经鸿其实听不大清,耳朵里主要还是一浪接一浪的海浪声。

新郎、新娘走向牧师,牧师在迎接着这对新人。

新人走到那名牧师的面前,牧师念了一大段话,经鸿这儿听不清楚。接着就是一对新人随着牧师宣读誓言。他们转过身子,面对彼此,牵着双手,望着对方的眼睛。

这时经鸿才看清楚了那对新人的样子,男人很英俊,女人很美丽,是一对璧人。

可能因为到了关键的部分,观礼的人在栈桥上默默地向教堂的方向挪了挪,既靠近了他们,又不惊扰他们,经鸿、周昶也跟在后面。

誓言声随着风飘过来。可能因为事先知道结婚誓言的内容,所以即便只听见了零零星星几个单词,经鸿也能拼凑出来完完整整的一段内容。

他们说:"I……consider you…… for my lawful wife (husband) ,to have and to hold from this day forward, for better for worse, for richer for poorer, in sickness and in health, until death do us part.I will love you and honor you all the days of my life. (我……认定你……为我的合法妻子/丈夫,从今往后,无论顺境或逆境,无论富裕或贫穷,无论健康或疾病,直到死亡将我们分开。我将爱你,尊敬你,在我生命的每一天。)"

不论富裕或贫穷,不论健康或疾病,在我生命的每一天,爱你,尊重你。

他们说完,观礼的人都有一点儿受触动,因为他们正在见证那

两个人这一辈子最神圣美丽的一瞬间。

牧师打开盒子，拿出戒指，举起来，说了一句什么话，而后便小心地将那枚戒指递给新郎，新郎接过来，再将那戒指套在新娘伸出来的修长手指上。新娘戴着白色长手套，手套的花纹繁复精致。

戒指戴上后，牧师宣布他们两人从此便是一对夫妻，声音再次隐隐约约飘过来："Now that you both have committed yourselves to one another……through the sacred vows that you have taken and by the giving and receiving of these rings……I now pronounce you husband and wife.（现在通过你们所发的神圣誓言，通过这戒指的赠送和接受……你们已经彼此承诺……我现在宣布你们成为夫妻。）"

他们已经说出了神圣的誓言，他们从此便是一对夫妻。

牧师又对男人说："You may now kiss the bride.（你现在可以亲吻新娘了。）"新人开始拥吻，并不是仪式上面敷衍的吻，新郎垂着眼眸，新娘闭着眼睛，圈着丈夫，在蓝天下、碧海间，用心地感受着这饱含爱意的、温柔的、软软的吻。

一吻结束，亲友以及围观的人都鼓起了掌。

经鸿、周昶也不例外。

新郎、新娘这时才对观礼的人挥挥手，一个挽着另一个，是最亲密的模样。

婚礼结束了，新人开始与家人们拍合影，围观的人渐渐散去。

经鸿和周昶走下木桥，经鸿想着刚才的情景，随意调侃了句："你……马上就三十三了吧？就没想着安定下来？"

"没合适的。"周昶也随意回答："你呢？"

经鸿一哂："也没合适的。"

二人你看我我看你，都笑了起来。

怪了，经鸿想，竟然不光是在工作上，连在生活上，他们都总是一样。

正好午餐时间到了，周昶问经鸿："一起吃点儿东西？大岛上有几家非常不错的餐厅。"

"行啊。"经鸿没拒绝，反而是享受着这难得的不与周昶做竞争对手的时光，"哪家？"

周昶沉吟了下："Deelani（蒂拉尼）吧。海味。"

经鸿又说："行啊。"

哪一家都无所谓。对于吃，经鸿其实并不挑剔，他太忙了。

二人走进 Deelani 餐厅，寻了个靠窗、靠海的位置。

桌上摆着新鲜的花。

"经总先去洗手间吧。"周昶一笑，"我占着座。"

经鸿也没客气。他站起身，推开椅子，目光淡淡扫了一圈，便向洗手间走过去了。

等经鸿回来后，周昶去了洗手间，他中途看了一眼公司邮箱，快速处理了要紧的工作。个别事比较麻烦，于是周昶走出餐厅，到外面打了两个音频电话。

本来觉得挺抱歉的，将经鸿晾那儿了，结果当他再回到餐厅时，赫然发现经鸿对面坐了一个女孩！

女孩靓丽而又热情，说着一口流利的英语，但长相不像有欧美血统，倒像是中东那边的，黑发、黑眼、高鼻深目，风情万种，年纪很轻，应该是与长辈或朋友一起来度假的。

此刻两人交谈甚欢，女孩正给经鸿展示手机里的什么东西，经鸿听得非常认真，还时不时搭两句话。

周昶静静看了会儿，走过去，在经鸿他们旁边的一张桌子边坐下了。

他拿起酒单翻了翻，要了一杯威士忌。

也是巧了，他才刚坐下，正前方靠着窗的一个女孩突然回头，女孩长得有点儿像某个明星年轻时，二人目光正好撞上，周昶微微一笑，在这样的事情上也要和经鸿较量一下。

那个女孩犹豫片刻，端起酒杯走了过来。

经鸿这回看见了，向周昶瞟去一眼，二人目光碰了一下。

可周昶蓦地觉得后悔了——与经鸿的"较量"应当在商场上，而非这样的事情上。

对方已经走到眼前，周昶站起来，说："抱歉，我的同伴在那边，刚刚好像聊完了，我必须过去了。"

女孩停下步子，一脸难以置信的表情，仿佛在说："Excuse me？（什么情况？）""你究竟有什么毛病？""你是不是欠抽？""我要跟姐妹们吐槽。"

旁边，经鸿也对对面的女孩说："不好意思，我的同伴回来了。"

"啊……"那个女孩看看周昶，又问经鸿，"那，今天晚上能一起在这附近逛一逛吗？"

"不了。"经鸿说，"祝假期愉快。"

经鸿不傻。那女孩对他的兴趣非常明显，说到有个哥哥在P大念博士，给经鸿看了他们的照片，又给经鸿看了别的。可经鸿的确对她无甚兴趣。

对方走后，周昶在经鸿的对面坐了下来。

在落座的过程中，周昶一直看着经鸿的眼睛，经鸿也是，二人相互猜忌。

周昶觉得经鸿好像已经看透了自己，又好像没有。

经鸿翻看着菜单，问周昶："吃什么？这家餐厅名气挺大的。"

周昶也翻开菜单，说："名气大又能说明什么？我上一次在Post Ranch（波斯特牧场酒店）还吃到了发霉的东西。"

Post Ranch，美国加州一号公路旁最著名的奢侈酒店，颇受好莱坞明星和硅谷富豪们的青睐，里面的餐厅也挂着米其林的星级。

经鸿笑："什么东西发霉了？"

周昶说："蓝莓。端上来时长满白毛，跟毛线团似的。"

经鸿这回笑出了声，问："你吃了？"

"当然没。"周昶有一搭没一搭地说着,"我又不瞎。"

"了不起。"经鸿揶揄,"真没想到周总还能认出来长毛的东西呢。"

周昶问:"我为什么认不出来?"

经鸿挑着眉毛看他:"传闻周家的英式管家用乒乓球练端盘子,讲究得很,我还以为周总这一辈子还没见过发霉的东西呢。"

周昶从菜单上抬起眼,说:"用英式管家时,我都已经上本科了。"

一顿饭两人竟然吃得十分愉悦。

窗外,海浪不断地拍打着海岸。

印度洋上的阳光炽热、明亮,让人感觉不大真实,仿佛要把整座岛屿都融化。

经鸿从落地窗望出去,望向太阳,只觉阳光耀眼。

饭后,二人分别叫了一艘小艇回私人岛。

次日一早,经鸿起来后优先处理了几项批复,而后到大岛上的网球场跟人打了几盘球。好不容易过个假期,当然最好是能锻炼锻炼。

没承想再次遇到了周昶。

周昶从健身房出来后需要路过网球场,无意中看见经鸿后,便在场地边站了会儿,眼中闪过一丝诧异。

等经鸿出了球场,周昶说:"经总这有专业水平了。"这话并非恭维,周昶自己也会打打网球,而经鸿显然打得更好,周昶对自己和别人一向都有正确的评价。

经鸿纠正他:"叫经鸿就好。"

周昶说:"抱歉,叫习惯了。"

经鸿接着刚才的话茬儿:"其实网球是我唯一一项能拿得出手的运动,都练了二十几年了。"

"大学时候打过半职业吗?"

经鸿点头:"进过斯坦福的校队,但队友水平实在太强,我几乎一直是替补。唯一一次参加比赛是大三那一年,和别的人组了双打,跟着队伍混的冠军。"

"当然。"周昶也略懂,"斯坦福的网球一直很强——正选球员毕业之后应该都打职业了吧?"

"也不是。"经鸿说,"能人太多。有一些人知道自己的能力,当程序员去了。事实上,我们当初的一号种子……这些年ATP的最高排名是141。"顿了顿,经鸿又说:"我刚知道时还有点儿感慨。我当初无论如何也赢不了的那些对手,其实连世界前一百都打不进去,人外有人。"

"嗯。"周昶明白经鸿想说的事是什么。

能人太多,网球如此,IT亦如此。

经鸿又问周昶:"我不太懂游泳。你的蝶泳,好像也有专业水准?"

周昶说:"二百米蝶泳偶尔能进两分零五秒,极少能进。这种东西想提高一秒钟都要付出巨大代价。没时间,算了。"

经鸿点头:"正常的。我明白。"这些年,网球也渐渐变成他单纯的兴趣爱好了,多巴胺都在别处释放。

经鸿走后,周昶想:运动果然能体现出一个人的性格。经鸿充满耐心,惯于打拉锯战,但一旦抓到机会就又凶又猛,直接打得对方不得翻身。

打完网球,告别周昶,经鸿回了自己的套房,而后他没再出去,就坐在书房的圆桌前,时而看看窗外的海景,时而翻翻手里的书。这其实是一本闲书,一个导演的自传,经鸿已经读半年了——他实在没有闲暇时间。看样子今天下午便能读完,他的心情变得极好。

经鸿没赶什么行程,他只想放松放松,马尔代夫最常见的浮潜、深潜、冲浪、海钓等活动他一样也没参加,即使绝大多数海上活动经鸿都或多或少能玩一下。

他这几天就散了散步,可大岛已经逛完了,连那两个红酒博物馆和珠宝博物馆都看过了。

事实证明,只要有时间,一本闲书很快便能翻到最后一个段落。

读完后,经鸿放下手里的书,回味了会儿,又走到书房的落地窗前,拉开落地窗,任凭海风吹拂过来。

接下来的这个晚上如何打发呢?

这时候,房间的电话响了几声,经鸿以为是酒店的服务团队,接起来,才发现对方是周昶。

"经鸿,"周昶叫他的名字,"大岛今晚有个篝火舞会,你知道吧?"

经鸿问:"篝火舞会?"显然他并不知道。

"嗯,"周昶回答,"酒店组织的,算一个event(既定活动)。几个著名的音乐人会来这儿当舞会伴奏,弹弹吉他之类的吧,今天晚上酒店会开几瓶博物馆珍藏的上好红酒。"

经鸿来了一点儿兴致,问:"几点钟?"

"晚上八点。"

"哦,那我去看看。"经鸿说道,"反正也没什么事,明天就回北京了。你呢?"海浪、沙滩、篝火、红酒、吉他、舞蹈,很适合以这些来结束这次度假。

周昶答:"我也会去看看。"

"那到时候见。"

"到时候见。"

八点,大岛沙滩与白天的时候完全不同。

海边柔软的沙滩上,几十个篝火炉子围出来了一大片圆形的空地,炉里填满了当地木柴,篝火正熊熊燃烧。金属制的篝火炉壁被镂空了一些图案,是月亮和群星。透过月亮、群星,可以看到炉子里面橙红的火焰正不断跃动、不断起舞。场地的正中间还有一个更大的篝火炉。

- 207 -

空地上方，几十条黄色灯链从几十个篝火炉旁被拉到了空中汇聚，每两个篝火炉的中间都会被拉起来一条灯链。灯光好似一顶帐篷，温柔地、轻轻地罩着中间的舞场，整个场地亮如白昼，而旁边就是黑沉沉的大海。

月亮倒映在海面上，水波晃动，倒影如银鳞一般。夜色里，偶尔几片云朵从月亮上飘过，让月亮看上去含羞带怯的。

场边摆着一个吧台，服务生正进进出出地服务客人。

吧台旁边，一个乐队在弹吉他和贝斯，还有乐手在弹钢琴和拉手风琴。

在吧台前，经鸿找到了周昶。周昶还是穿着一件休闲衬衫，左胸口处带着一片金色暗纹，好像是一只鹰。他正坐在吧台一侧，面对着场地，背对着吧台，手里端着一杯酒，两条长腿支着地，懒懒散散的样子。

经鸿走过去，说："周总。"

周昶眼皮一抬："来了？"

"嗯。"经鸿坐上周昶旁边的那张凳子，扯过酒单看了看，点了一杯。在这个度假小岛，他们两个认识的人总不至于还分开坐。

周昶轻瞥一眼，一哂，说："这酒可烈，说是鸡尾酒，里头都是龙舌兰。"

"无所谓。"当年陪着客户，白酒一杯又一杯，也没什么。

周昶笑笑，不说话了。

酒上来，是紫粉色的，清澈漂亮，辛辣当中透着香甜，味道还不错。

舞会很快正式开始。

乐队奏了一首舞曲，轻快活泼，吧台边上的人以及远处沙滩上的人纷纷下场舞起来。

前行、后退、横移、旋转、抬腿、扬臂、扭胯、转身。他们揽着她们的腰，她们把着他们的肩，双方的手紧紧握着，难舍难分。

一曲过后，人们动作定格，两三秒后慢慢放松，而后静静等待下一支舞曲。

很快，下一支舞曲便被奏响，人们再次舞了起来。

几杯酒下肚之后，经鸿脸上有些烫。他不知道酒量这玩意儿居然是会退步的。这几年他不应酬，不喝酒了，头竟隐隐发晕，神经麻木，思维好像也僵了。

周昶喝得好像也不少，服务团队已经收走了他好几个空酒杯。

经鸿用手里的玻璃杯冰了一下自己的脸，问周昶："过去看看？"

周昶放下杯子，点头道："好。"

于是他们走到场边，面对着大海，隔着一个篝火炉上欢快跃动的火焰看场地中的男男女女。

每个人都跳得极好。

女士们穿着漂亮的礼服裙，露着光洁的手臂、健康的小腿，尽情展示自己的美。其中几位非常擅长舞蹈，她们的身材热辣性感，跳舞的时候像跃动着的精灵。

"远离商场，远离都市，真不错。"周昶突然说。

他也喝了不少酒，与龙舌兰一样烈的威士忌。

随着时间的推移，有一些人下了舞场，跳累了就坐在一旁喝酒休息，过一会儿再回到舞场上，休息和跳舞的人来来去去。

渐渐地，大家全都喝了些酒，气氛变得时而热烈，时而缠绵起来。

空气里渐渐带上了些荷尔蒙的气息。

舞场外依然还是印度洋柔情的海浪。

绵绵密密，欲说还休。

某一支曲子很慢，在热带傍晚的风里好像凌乱的梦的片段。

空气也扯出了丝，枝枝蔓蔓，情侣们交握的手渐渐松开，女人们的两只手都搭在了男人们的肩上，男人们的两只手也轻落在了女伴们的腰际，一对一对随着音乐轻轻地摇、轻轻地晃。

柔歌慢调中，有些情侣开始一边跳舞，一边亲吻，他们眼睛看

着对方,眼里是满满的爱慕,整个世界都消失了,眼中就只剩下彼此。

音乐声中,距离经鸿极近的一对情侣终于也开始亲吻,他们一下一下汲取对方嘴唇的味道,动作轻柔,眼神缠绵。两个人旁若无人,天地之间好像只有他们二人存在。

经鸿本来就晕,夜间的海风一吹,好像更晕了。

脑子里是周昶那句:远离商场,远离都市,真不错。

晚会渐渐到了尾声。

经鸿却意犹未尽——几年来唯一一次假期的最后一天,他还想放松放松,比如,找一个人喝喝酒、聊聊天。

经鸿不禁看了一眼他唯一认识的人——周昶。

只能是他了吗?

他们站得不算很近,隔着几步距离,一条灯链横在两人的中间。周昶走过来,他主动说:"好像没有其他活动了。"

经鸿点头,但心里在犹豫。

周昶似乎有同样的想法,他思忖着,问:"经总……不,经鸿,要不要回岛上,再喝点儿?"

经鸿正好也不愿意就这样结束假期,周昶这样问了,他就顺水推舟,点点头,说:"好。"

于是两人一路走过舞场,走到码头。

开船的人已经认识他们两个,招呼一声,两个人便上了快艇。

快艇开动时声音太大,两个人谁都没说话,就只是看着夜色当中当地驾驶者的背影,以及远方目的地的方向。

船破开浪,快艇经过之处,平静的水都被扰乱,晃荡着,泛着白色的泡沫。

两人到了周昶订的私人岛上那套套房。

周昶打开门,请经鸿先进去。

"我去拿酒。也没什么太好的,啸鹰行吗?今年的,评级很好,正好还是加州的。"

经鸿问:"评级几分?"

酒店提供酒水服务,酒单上有很多选择,经鸿没点,但周昶显然是点了,他是会享受的。

周昶说:"酒单上说九十九。"

"那是很好。"九十九,极高的分数,百分制是加州纳帕自己的评估体系,但最好的几个酒庄这些年的平均得分也就九十上下。

周昶去拿酒,经鸿走到落地窗前,拉开了门。一股海风灌进来,经鸿眯了眯眼,又关上了门。

屋里重新安静下来,经鸿听见周昶打开酒瓶塞的声音,也听见了随后红酒倒入杯中的声音。

周昶将其中一杯递给经鸿:"今天晚上——也许是最后一天晚上,我们依然不是周总、经总,只是周昶、经鸿。来,喝酒。"

经鸿接过酒杯,一饮而尽。

"经鸿,"周昶又道,"有的时候我会想,如果我们不是各自掌管泛海、清辉,我们会是很好的朋友。"

经鸿捏着酒杯,望向窗外,那里海浪温柔,月光也温柔,他说:"嗯。"

整个晚上,数个小时,两个人就这样半醉不醉地,一直在喝。

他们谈到对酒的喜好,而后两人再次发现,他们惊人地一致。

在这样的氛围之下,没有竞争,没有对抗,他们甚至细数了自己家里的美酒,还约好了要一起品尝。

两人都知道,这样一种放松的、友好的关系只可能是昙花一现。如果不是度假刚好选择了同一个岛,如果不是凑巧遇上了篝火晚会、喝了些烈酒,两人不会有这次交心。

他们的关系只会是剑拔弩张、你死我活,不过,在这样的场合之下,他们愿意暂时不提。

翌日,经鸿睡醒的时候,外面天光已经大亮。

窗帘没拉，经鸿睁开眼睛，被直射进来的阳光刺了一下。

一开始经鸿还没反应过来这并不是他的套房，还翻过身又眯了会儿，几分钟后才感觉到不大对劲，猛地一下清醒过来。

记忆涌上。

他们昨夜如老朋友般品尝红酒，外人眼中一向如仇敌的他们，居然把酒言欢，在深夜里畅聊。

清醒过后经鸿知道，一切都该结束于此。

他依然会对清辉下狠手，在每个细分领域都想置对方于死地，周昶也会这样对泛海，他们分别是泛海、清辉的执刃者。

他不能有一丝心软。

如果因为自己的私交影响泛海、影响股东、影响员工，他就不配做泛海的 CEO。

该走了。

算算飞机起飞时间，现在回去收拾准备一下，正好回马累。

走出房间，经鸿并未见到周昶。他等了会儿，快艇便停靠在了套房前面的码头，经鸿不想误了飞机，便只发给周昶一条消息，而后就关了房门，上了快艇。

行李很快便收拾好了。离开之前，经鸿只检查了下自己的皮夹、护照、电脑和手机，确定没遗漏什么重要的东西后，便叫服务生拎着行李去前台了。其他东西没了也就没了，电脑和手机里却有重要的公司文件。

到大岛的前台，酒店账单已经出来了。

虽然着急，但经鸿还是一项一项比对着他的账单。

看着看着，经鸿皱皱眉，问前台："这二十块钱是什么？"

前台解释了一下，他又问："这四块钱又是什么？"

周昶早上在岛上面跑了个步。

跑完他又冲了个澡，叫岛上的服务团队回来这边准备早餐，接着去敲经鸿借住的房间的门。

没人应。

周昶敲了好一会儿，仿佛察觉到里面没人，就直接去拧卧室的门把手。

周昶推开房间的门，发现经鸿确实已经走了。

看看手机，上面有一条经鸿发来的消息。

那条消息十分客气：周总，我的飞机中午起飞，也没时间好好道别，我先回去了，回见。

好吧。

周昶并未特别在意，他要去大岛的前台参加一个出海活动，便换了一身便服，叫了酒店快艇。

结果没想到，在大岛上他竟然又瞧见经鸿了。

经鸿换了一件干干净净的白色衬衫，他没坐下，就站在那儿，微微弓着腰、垂着眼，一只手按在桌面上，另一只手的食指尖点着账单上的某个条目，问："另外，这一行……这十六块钱又是什么？每天四块。"说罢，抬起眼皮看着对方。

经鸿一向给人很强的压迫感，说话简洁、有力，而且有条不紊。

对面的人也站在桌子后，身子弯成虾米看了看后，说："这是一个环保基金……"作为当地人，他的英语不太标准。

"环保基金？"经鸿问，"任何材料提到过这样一笔强制款项吗？"

"呃……"对方目瞪口呆，显然也没料到，这样一位来马尔代夫最豪华的酒店度假、住这里最昂贵的私人岛屿、用这里最专业的管事、小费直接给了两千美元的客人，会这么在意这十六块钱。

过去，凡是能来这儿的客人，没任何一个对这每天的四块钱发难，即使是那些用积攒的薪水来度一次蜜月的普通职员。

那边经鸿看看表，又说："如果真是环保基金，那就算了。但我需要这笔款项流入基金的证据。"他说着一口流利又好听的英语。

前台道:"我去叫一下我们经理。"

许久之后经理出来,是个白人,道:"以前是有环保基金的,但现在新的财务好像忘记每月支付了,我们先退给您,然后我会反映这个情况……非常感谢您指出我们工作的不足……好了好了,钱已经打回您的卡上了。"

经鸿掏出手机,登录 App,当真仔细确认了下是不是有退款记录。

周昶一直饶有兴味地看着。

确认收到了十六块退款,经鸿说了一句"行吧",跟对面的人告别,锁了手机屏幕,转过身,瞬间就看到了周昶。

周昶的那股气质实在叫人很难忽略,何况他们已经面对面了。

周昶揶揄了一句:"真不愧是经大总裁,可不能叫什么人占了一分钱的便宜去。"

"……"经鸿挑了下眉,说,"周总,没想到在这里又碰上你了。"

"确实巧。"周昶点点头,说,"不过,当面道一个别也还不错。"

"是。"经鸿同意周昶的话,"那周总,我这就走了,下次再见。"

"好。"周昶也顺着经鸿说,"下次再见。"

他们语气生疏客套。

好像,经鸿一结了房款,他们立即又恢复到了竞争对手的关系。

假期好像已经被他们从记忆中删除了一般,删除得迅速、干脆、彻底。

他们又是经总和周总了。

码头上,水上飞机正待命。私人岛的服务团队已经将经鸿的个人行李抬到了飞机旁边,见到经鸿,才开始七手八脚地往飞机上搬。

经鸿上了水上飞机,飞机开始在水面上滑行,一段距离后腾空而起。

经鸿随意地向下望了一眼,周昶的身影越来越小。

回到马累,经鸿接到了公司高管打过来的视频电话。

"经总啊,"云计算事业群的总裁姜人贵向经鸿汇报工作,"上次说的,云教育的那个产品,我是这样子考虑的:人员分别从另外的三个组里抽调过去,组成一个新团队,分别负责与原业务比较相像的部分,正好这几个部门都有一些人员的冗余,配置很好。负责人呢,我想就用×××,这个人的技术很强,另外——"

看见姜人贵,经鸿瞬间又想起来了与清辉一起更换云计算群的总裁那件事,一瞬间有点儿分神,但他很快就强迫自己集中精神,看着电脑里面,右手指节在桌子上敲了敲,思索半刻,道:"别抽调了,直接交给莫里斯的团队吧。"

对方愣了一秒,问:"直接交给莫里斯的团队?经总,这个项目优先级别这么高吗?"

"对。"经鸿说,"抽调的话,我比较担心新团队的磨合问题。彼此不熟悉、不了解,影响效率。从三个部门抽调过去,甚至可能各自为营,有派系,有矛盾,负责人也未必能真正驾驭全部手下。我想要的是一个团队,不是一个团伙。如果组个临时团队,成员也没归属感,甚至觉得自己是个弃兵,心态不对。"

"可……"对方犹豫了下,"莫里斯的团队,首先,对其中的两个部分并不是非常了解,过去业务没有重合。其次——"

经鸿打断了他,道:"不会就学。没什么是学不会的。"

比起态度问题和沟通问题,这个已经不算问题了。这个产品,经鸿想做长期的。莫里斯的团队成型多年,骨干都是他本人培养的,团队成员都喜欢他、感激他,是泛海内部一支效率非常高的优秀团队。

对方又提出来了一个问题,坚持说完了自己的考量:"还有,莫里斯的团队项目真的非常多了,时间已经都被占上了。"

经鸿依然毫不犹豫,道:"让他自己做决定吧,转出去一个他

认为现阶段最不重要的。"

"好。"停了几秒,对面的总经理又说,"据说清辉那边也正在做云教育的项目,启动得还比我们要早一些。"

听到清辉这个名字,经鸿的心提起来了一瞬,不过很快,他又淡淡道:"我知道。那就做得比清辉好,超过他们。"

云教育这个产品,经鸿非常看好。

中国人对教育越发重视,同时兜里的钱也越来越多,必然会开始追求更高效的学习方式。这款产品可以整合教师、学生、家长三方,包含课前、课中、课后阶段,还能自动分析学生的优点和缺点。

经鸿其实隐隐有种预感,一两年后,云办公和云教育都会是市场热点,而他的预感一向很准。

清辉也在做,那就只有超过他们。

听了经鸿的话,对方笑道:"当然。"

视频结束,经鸿又与赵汗青进行了一个一对一会议。

赵汗青喜上眉梢,说:"经总,方才××的负责人找到了我,想停止竞争,本着'敌人的敌人就是朋友'这个重要的战略思想,一起对付清辉的直播业务。"这家公司是新兴的直播公司里最为出色的。

"哦?"经鸿也来了兴趣,"具体说说。"

"是这样,他们想在港交所上市。"赵汗青继续汇报,"但既要面对清辉的竞争,又要面对泛海的竞争,此外还有他们的同级别对手××××,外面还有一圈零零散散的小公司。投资者们不太满意他们被围攻的这个状况。他们就想尽快去掉一个大的竞争对手,将主要的敌人从三家缩减到两家,尤其不想被泛海和清辉夹击。直播这块,清辉目前一枝独秀嘛,他们就认为,我们双方可以联合。"

"形式呢?"经鸿想:借着对方想上市的这个时候联合起来,确实不错。

"我们这边象征性地投资他们几个点,我打算投 5%,之后呢,因为他们早期的大主播合同全要到期了，他们希望泛海这边可以给个流量接口，这些直播能同时出现在两边的平台上，增加流量，帮助续约，而其他的大主播们看见他们这个流量，就也会被吸引过来。用这种形式直播的，泛海分成50%。同时他们那边的流量入口也可以分享给我们。我们两边品类不同，这样可以扩一扩品类，一起冲击清辉那边。"

经鸿摸摸下唇，冷静布局："行，去做吧。"

"好。"

连续布置了好几场针对清辉的狙击，虽然不是亲自策划的，可经鸿觉得，一切都与从前一样。泛海与清辉、他与周昶，依然是竞争对手，也只能是竞争对手。

番外

Cheers

| 拒绝 | 接受 |

在成长过程中，经鸿只知道周不群也有个独子，与自己同岁，但对周不群这个儿子的信息知之甚少。

周不群对他的儿子保护得非常好，据说他儿子的同学、同事都不知道他的身份。

对于这点，经海平不屑一顾："周不群的坏事做多了，哪敢让别人知道？"

经鸿说："爸，提醒您一下，您也经常嘱咐我不要泄露自己身份。"

经海平不服："那不一样！我们家的人一向低调，怕周围人与咱们家相处起来觉得不舒服。但周不群，他跟'低调'这个词有关系吗？他就是害怕！"

"行行行，他害怕。"经鸿不争了，"他是亏心事做多了。"

蒋梅看着自己的丈夫和刚刚才高三毕业的儿子，轻轻一笑。

事实上，经海平时常听到周不群吹关于儿子的牛，比如他的儿子多聪明、多优秀，他的儿子多帅气、多……可又没有任何具体信息。一直说是第一名，可又不说是哪个学校的第一名。说英文好、编程好，这个好、那个好的，也全部是模模糊糊的。

经海平一直是很不屑的，觉得周不群肯定是在吹牛。

"扯淡！"经海平时常说，"吹牛呢！如果真的那么聪明、那么优秀、那么帅，周不群能忍得住一直都不透露具体信息？早吹到咱们跟前了。"

"可能也还行吧。"蒋梅显然对经鸿更有信心，她欣慰地说道，"但能有鸿鸿聪明优秀？"

彼时经鸿已经得了非常多的奖项，有了很多头衔。

经鸿并未参加高考，但高三的"一模""二模"他全都是年级第一；英语方面拿过两个演讲比赛的特等奖；编程上更硕果累累，USACO（美国信息学奥林匹克竞赛）的成绩极其突出，铂金满分，而这个评级全国只有七个人；经鸿中途退出NOI（中国全国青少年信息学奥林匹克竞赛）的比赛，并未接受省级参赛名额，原因竟是不想占用其他同学的保送资格……否则甚至可以收到国家集训队的邀请；至于跆拳道，他已经获得黑带二段，在等十八岁后升成三段；数学方面更是不在话下……

经鸿的聪明优秀与父母的滤镜无关。这些经海平没在外边显摆过，其他人也不知道经鸿获得的奖项与头衔，但经鸿的智商、能力是任何人都否定不了的，迟早会被发现。

这几年来，经海平以及蒋梅或多或少期待过两个孩子走到台前、接班公司的那一天到来，让自己的儿子狠狠打压周不群的儿子，让周不群关于孩子"聪明优秀"的吹嘘在对比中失去颜色，让周不群看看什么才叫真正的"聪明优秀"，最好让周不群想起自己吹过的牛就羞愧难当。

要说周不群也生出一个如经鸿这种水平的儿子，大多数人都觉得可能性微乎其微，无限接近于零。但不知道为什么，经鸿本人反而很不安，他不敢看轻周家的儿子。

很奇怪，高中时期，经鸿对周不群的儿子充满好奇，而且冥冥之中，他总觉得事情的走向并不会如蒋梅所想——他全胜而归，对方落荒而逃。他有种难以向人解释的感觉，就是他们可能缠斗一生，而他的预感一向很准。

他不安，却也有隐隐的期待。

经鸿喜欢赢，尤其喜欢在困境中取胜。

他喜欢压力，喜欢极度紧张的情绪，也喜欢对抗感，而这种对抗感不仅包括与对方的对抗，还包括与自己身体的对抗，与自己精神的对抗。他喜欢超越自身能承受的极限，超越自我、寻找自我，这是"赢"的艺术的一部分。

经鸿身边优秀的人很多，但渐渐地，面对他们时，经鸿变得兴趣寥寥，绝大部分的时候，他赢得无比轻松，同时他也总是想，他跟这些人要比什么呢？怎么算结束？他们注定只能争斗非常短的一段时间，很快就会分道扬镳，互为生命中的匆匆过客。他们会选择不同的专业、踏上不同的方向，再没什么后续故事了。即使大家选择同一个专业，他们也绝对不是在同一个起点上的，等毕业了，他执掌泛海，那些同学进入公司，那他又与那些人比什么呢？好像真没什么好比的。

他更多地将获胜欲发泄在了体育比赛上，比如网球或跆拳道，这里输就是输、赢就是赢，但经鸿心里其实清楚，他真正渴望的比赛绝对不在体育方面，他想激发的极限也绝对不在体力层面。

因此经鸿非常期待可能当他一生的对手的那个人出现。至于其他的人，比如新兴公司的创始人、国际巨头的接管者……都只能是走一步看一步了。双方背景终归不同，要么起步不同，要么市场不同，总不是那么严丝合缝。

有的时候，无意之中遇到一个姓周的英俊同龄人，经鸿都会多看他两眼，想对方可能是周不群那个独子，揣测、评估，最后失望地否定。

听说那人是第一名，经鸿甚至打听了下北京市另几大名校，最后得知学校里头常年第一的"学神"没一个是姓周的。

参加各种大赛时，对于水平非常高、能力非常强的对手，经鸿也会习惯性地扫上一眼对方的姓，看是不是周，但都不对。

对于各种编程比赛、数学竞赛甚至其他竞赛的获奖人员名单，经鸿也会看上一眼，看特等奖、一等奖里有没有姓周的。如果有，再看看对方是不是北京的。可两个条件都符合的，经鸿一次都没遇到过。

总之，周不群的儿子继续保持着神秘。

对方究竟有没有资格当他的对手，经鸿也一直无法确认。他甚至都不知道对方的中文名字。读大学前，经鸿会突然之间想起对方，甚至无意之中在笔记本最后一页写下"周？"，而那个本子，是申请上斯坦福后经海平送给他的，很贵重。

直到经鸿三十三岁那年，他才知道，周不群夫妻竟把儿子送到外地念高中了！同时，因为周昶对比赛之类的东西不感兴趣，懒得自己参加比赛，所以经鸿一直没有在比赛中遭遇对方。

周昶觉得参加比赛纯属浪费时间——他说，他知道自己已经会了就可以了，大学可以靠周不群上。能靠周不群上就靠周不群上，这是捷径，别人爱骂就骂、爱嘲讽就嘲讽，他干什么要证明自己？

这是后话。

大一的那个寒假，经鸿回到家后，经海平对蒋梅母子道："我今天听说周不群的那个儿子竟然也在湾区呢，念伯克利。"

"啊，"蒋梅说，"那好像是蛮优秀的。"

"可不一定。"经海平自然希望周不群家越差越好，"他周不群的儿子，想进还能进不了吗？甚至不用捐什么钱，光凭身份就够了。我听说去年啊，周不群帮他朋友的女儿申请大学，请美国几个大公司的CEO写推荐信，最后人家进哈佛了。朋友女儿都轻轻松松，别说自己的孩子了。"

蒋梅骄傲地道："也是。咱们鸿鸿可是自己申进去的，申请材料全篇没提是经海平的孩子呢。"

经海平也哈哈一笑："经鸿当然不一样了。"

于是经鸿知道周不群的儿子在伯克利，他们离得很近，都在湾区，只不过他在湾区南部，对方在湾区东部。

中国人的圈子不大，经鸿当然认识读伯克利的并且还是学计算机专业的人，他确定周不群的那个儿子在伯克利并且打算选计算机专业，但经鸿现在已经不像高中时期那么毛躁了，他不会再沉不住气，否则如果被那个人知道自己的在意，他开局就先输了。因此，虽然经鸿依然好奇，但他不会有任何举动了。

大一的那个寒假，一天晚上，经海平又在饭桌上说："周不群的那个儿子果然只是个混子而已！"

原本经鸿对这顿饭兴致寥寥，结果听到这句话，突然就好奇起来。

蒋梅问："怎么呢？为什么就是个混子了？"

"他那儿子，"经海平道，"之前也混二代圈子。周不群才创业几年啊，他儿子就跟那些个传统企业的孩子们混起来了，经鸿可从不这样。"

经鸿这天晚上第一次主动问："然后呢？为什么'就只是个混子'？光因为混二代圈子？"

"当然不是。"静海平地道，"今天啊，孙成业说，他儿子讲，周不群的独生子在伯克利组了乐队，玩摇滚呢！每个星期都有演出！"

二〇〇三年左右，美式摇滚确实非常流行，经鸿听到这个消息沉默了一下，觉得对方跟他确实不是一路人。

他都已经拿到谷歌的实习生资格，马上就要去硅谷开始实习了，而周不群的儿子呢，在玩摇滚。

"我的预感错了吗？"经鸿默默问自己。

两个月后，他再次听到了些关于周不群儿子的消息，而这一回更加"炸裂"。

消息又是从孙成业这房地产商的儿子那里传来的，经海平转述："周不群的那个儿子比我之前想象中的还要浑！"

这回经鸿没搭话，因为他对那个人的兴趣已经降低了，倒是蒋梅配合地问："他又怎么了？"

经海平说："孙成业的儿子讲了，周不群的儿子喜欢玩无保护攀岩！我都没听过这个！这玩意儿孙成业也是刚刚才弄懂，就是攀

岩者不带保护绳爬到很高的岩壁顶上。孙成业的儿子是用很崇拜的语气讲的,说中国的专业登山者都不敢玩这个东西。当时周不群也在,但他明显不知道自己儿子这个德行,吓得脸都白了。"

顿了顿,经海平又说:"对了,孙成业的儿子还说,周不群的独生子非常喜欢飙车,在加州的一号公路飙。那儿有一段是专业赛道,一边是峭壁,一边是蔚蓝大海,每个弯又大又急。哦,对了,孙成业的儿子还羡慕地说'很危险,也很美丽'。这可是在玩儿命啊,他是不是有病?!"

蒋梅嗔嗔两声:"确实有病。"

经鸿也觉得周不群的这个儿子脑子好像不大好使,毕竟"不作死就不会死"。

蒋梅二人继续讨论周不群的奇葩儿子,语气是轻松、高兴的。清辉、泛海是竞争对手,他们当然不希望清辉集团有好的继任者和好的发展前景,尤其在经海平非常厌恶周不群的情况下。

在父母轻松、开心的氛围里,经鸿其实是暗自失望的。

他在心里轻叹了一声,想:那个人不过如此吗?

不过,当天晚上,出于一种说不清的原因,他查了查一号公路上的那段赛车路线。那里有分外陡峭的悬崖,有无与伦比的海景,有高大茂密的红杉森林,有绵延起伏的乡间小路,有漂亮的酒乡山谷。

经鸿想:周昶的生活方式,说不定也有一番滋味。

后来,经鸿就不大关注周不群的儿子了。

他们并非一路人,经鸿甚至开始觉得对方不会接清辉的班,性格不适合,能力大约也不适合。

也无怪他高中时没发现对方,周不群大概真的是在吹牛。

他之前隐隐的期待好像一个笑话。

他的预感是错误的。

经鸿告诉自己:"我其实也就是随便期待了两年而已,一个月能想起一次就不错了。"

这之后,经鸿只跟自己比,其他的竞争者都是匆匆过客,直到那次商业大赛。

商业大赛上,对方姓周的负责人长着一张中国面孔。虽然对方的英文讲得非常地道,但经鸿能瞧出来,他是土生土长中国人。

对方身材高大、气场压人,但经鸿已经很多年没在意过姓周的人了,甚至觉得他中学时的关注十分不成熟、十分幼稚。

比赛开始后,经鸿当然小心应对。他制定了一个学生其实很难想到的策略,或者说,他策划了一个学生很难想到的骗局,想拉对方入坑。

没想到,对方竟然采用了一模一样的策略,他当时是惊讶的。

那次经鸿全力以赴,最后险胜对手,因为对手收了一张假钞。

可经鸿团队开局不利,经鸿认为自己的赢并没什么不公之处。

他当时很兴奋,体会到了久违了的肾上腺素飙升的滋味。那种担忧、紧张、小心筹谋、步步为营,时刻感到危急、凶险,但最后依然胜出的滋味,他好多年都没尝到了。

比赛结束的那一刻,他甚至觉得很舍不得,想与对方再次交锋。

后来组里一个队员对他说:"听说那个 Zhou Chang 是周不群的儿子呢。他以前也经常混在二代圈子里的,但后来不去了,突然就收心了。我朋友圈一个大佬之前认识他,前两天这个大佬还回复了我朋友圈的活动照片呢。"

一些感觉穿越时光再一次地袭击了经鸿。他问队友:"Zhou Chang,哪个'Chang',你知道吗?"

对方回忆了一下:"那个大佬打的字好像是……左边一个永远的'永',后边一个红日的'日',我之前都不认识这个'昶'字。"

经鸿点点头,仔细观察了对方一下,发现对方也的确是担得起周不群的吹嘘,身材高大、五官英俊,虽然才二十二岁,却已经有了矜贵慑人的气场,一举一动都惹人注目。

几秒钟后经鸿才说："周不群那么丑，生得出来这个长相的儿子？基因突变。"

对周不群的儿子，这已经是最高赞扬了。

最后，两支队伍离开的时候，挺莫名地，经鸿转回身子，又看了一眼周昶的方向。

也许因为罕见地输了，周昶也正转过头看向经鸿。

两人目光蓦地对上，他们两个谁都没有礼貌性地打招呼，更没笑，视线就那样互相绞着，仿佛要将对方碾碎。

半晌后，经鸿收回目光，离开了。

离开之后，经鸿站在高端商场的大门口等着队友，几步之外，纷纷扬扬的雪花正从高空中落下。

他看见了周昶开着车子离开。

周昶车窗上的雨刷一下下地扫着雪花，而周昶本人就坐在车里看着他。

他在亮处，周昶在暗处，一如过去的许多年。

周昶的车打出两道暖黄的灯光，车灯照过经鸿，又照向更远的地方。车轮碾过脏污的雪，吱嘎吱嘎，渐行渐远。

很快，接经鸿的车子便来了，经鸿钻进副驾，队友们说："这次晋级好惊险啊！"

"嗯。"经鸿回头，笑道，"但也很有意思，不是吗？"

那一天回到房间后，经鸿站在书架前面，发了会儿呆，而后抽出经海平送给他的笔记本——上面已经写满了字，是本科的四年里他实习后的记录与总结。他轻轻翻到最后一页，在当年莫名其妙写下来的"周？"的那个问号下面，提起钢笔补充了一个汉字"昶"。

他终于知道了对方的名字。

后来，经鸿想，在那次商业大赛之后的许多年里，他可能一直在等待着与周昶再次交锋。

也许因为有周昶，经鸿越发不敢懈怠、不敢止步不前。他本来也不会懈怠或者止步不前，但周昶的客观存在让经鸿更有危机感。

他不知道，周昶其实也一样。在与经鸿交手过后，他的张狂收敛了不少。

两人毕业后，经鸿很快走到台前，当了经海平的助理，于是周昶猛地发现，泛海未来的接班人是他见过的那个经鸿，让他难得品尝了输的滋味的经鸿。

事实上，那次大赛之后，周昶也关注着经鸿，知道他领英网上那一大串实习过的公司名单，也知道那一大串他参与过的重要项目。

经鸿在泛海当助理的那三年半，也是周昶这一生中危机感最重的三年半。

两个人的接班，比他们想象中的都要更早些。

经海平身体抱恙，周不群退居幕后，两件事情都很突然。

接班后的第一年，周昶一直十分低调，而这多少让经鸿感到无趣。

他无法确认周昶的本事是不是真的就只有这样了。直到一年后，在鲲鹏、华微的合并事件中，周昶终于露出了獠牙。

经鸿震惊，却也兴奋。

周昶竟从半年前就开始布局，而后破局，是个名副其实的能破局者。

那一场，经鸿认输了。

签字后的第二天，他们就在一个关于人工智能方面的论坛上相遇了。当时他们一人占着一块茶歇厅的地方，身边各围着一圈人。

两人间的龙虎争斗在多年之后终于开始了。在此前很长的一段时间里，两人之间绷着一根无形的弦，而现在，那根一直绷着的弦断裂了，而这突然无声断裂的弦，甚至可以震动世界。

他们开始了正面的、直接的争斗。

周昶终于不再低调，那个时候他甚至还端起酒杯，对经鸿说了一句："Cheers。"